Glücks
UNIVERSUM

Lebensdoof®

Fit fürs Leben

von

Autorenperle

Lilly Fröhlich

Glücksuniversum Verlag

Bibliografische Information der Deutschen Nationalbibliothek
Die Deutsche Nationalbibliothek verzeichnet diese Publikation in der Deutschen Nationalbibliografie; detaillierte Informationen sind im Internet über **http://dnb.d-nb.de** abrufbar.

Lektorat: Marion Glück
Korrektorat: Bianca Weirauch
Autorenfoto: Dominik Pfau (www.dominikpfau.de)
Illustration: Angela Ziller
Umschlaggestaltung: Grit Gebauer
Satz und Layout: Marion Glück
Herstellung: BoD – Books on Demand, Norderstedt

Erstausgabe

ISBN Softcover 978-3-949536-12-0
ISBN E-Pub 978-3-949536-11-3

Glücksuniversum Verlag ist ein Imprint der
Glücksuniversum GmbH, Ruhlsdorfer Straße 120, 14513 Teltow

Wir produzieren **perfekte nichtperfekte Bücher**. Wenn du einen **FEHLER** entdeckst, ärgere dich bitte nicht. Werde zum **HELFER** und sende uns deine Anregungen an verlag@gluecksuniversum.de

Weitere Informationen zum Verlag findest du unter:
www.gluecksuniversum.de/verlag/

Inhalt

Damit du so richtig durchstarten kannst, bekommst du diesen Ratgeber in die Hand. Er ist für Schulabgänger, Berufsstarter, Studierende und alle, die aufgeklärter durch die Welt laufen wollen. Es handelt sich hierbei nicht um eine konkrete Rechtsberatung, sondern um einen Leitfaden mit vielen frei erfundenen Fallbeispielen, deren Handhabung in der Rechtsprechung quasi in alle Richtungen entschieden werden kann. Bei konkreten, individuellen Problemen wende dich bitte an einen Rechtsanwalt.

Viele weitere Beispiele und Hinweise findest du in meinem
Podcast Lebensdoof®.

Weil ich keine Vorwörtchen mag – schließlich kann ich auch nicht nur ein bisschen schwanger sein, warum soll es dann ein Wort VOR dem Wort geben? –, merke ich hier noch etwas gaaanz Wichtiges an:

Um in diesem Ratgeber eine bessere Lesbarkeit zu erreichen, wird auf die Nennung der jeweils weiblichen und männlichen Bezeichnung verzichtet. Die in diesem Dokument verwendete männliche oder auch weibliche Bezeichnung gilt daher auch für jeweils andere und diverse Personen.

Und jetzt geht es los.

Achtung Leben – ich komme!

Bist du jung, wachsen dir Flügel. Du hast den Schulabschluss frisch in der Tasche oder deine Ausbildung abgeschlossen? Oder du gehörst zur *reiferen Jugend*, bist frisch getrennt und darfst noch mal von vorne starten? Leicht und als Chance, denn manchmal ist die Trennung die beste EntSCHEIDUNG.

Das Leben besteht aus unerwarteten Wendungen und keiner von uns ist davor gefeit. Manchmal sagt dir das Leben: »Gehe zurück auf *Los*, laufe nicht am Gefängnis vorbei, kassiere, wenn möglich, noch Geld; pass jedoch dabei auf, dass du in keine Falle tappst, und sei möglichst glücklich.«

Klingt einfach, ist es aber leider nicht (immer).

Ich weiß noch, mit welchen Stolpersteinen mein Leben bestückt war.

Ich war in der 10. Klasse, als ich mein Elternhaus verlor und nur eine bezahlbare Wohnung ohne Badezimmer fand. Ich musste in Schwimmbädern duschen und neben der Schule arbeiten gehen. Und dann kam der Tag, an dem ich mein Abitur ganz alleine geschafft hatte.

Ich erinnere mich noch an den letzten Schultag. Es war, als hätte man uns plötzlich Flügel angenäht. Vollkommen befreit sind wir damals über den Rasen geschwebt und fühlten diese unendliche Freiheit, die ganze Welt stand uns offen. Es war ein strahlend blauer Himmel, kein einziges Regenwölkchen hatte sich verirrt und mit 18 durfte man schließlich machen, was man wollte.

Denkste!

Wir neigen dazu, auf *Abschlüsse* hinzufiebern, statt den Moment zu genießen. Wir wünschen uns ganz oft dieses Freiheitsgefühl zurück, welches uns nach der Schule überschwappt hat, doch durch viel zu viele Stolperfallen im Leben kommt es nur selten zurück.

Wir müssen uns mit Pflichten und Rechten herumschlagen, haben dabei oft nur Halbwissen und hoffen, dass es gut gehen wird oder andere den Schaden richten, den wir unachtsam oder eben unwissend verursacht haben.

Ich sage dir jetzt: Das Leben ist gar nicht so kompliziert, wie es dir erscheint!

Mit den richtigen Kniffen und Tricks in diesem Buch machst du dich fit fürs (*neue*) Leben und ich helfe dir dabei, sodass du deine Pflichten im Vorbeilaufen erledigen und deine Rechte mit einem Lächeln einfordern kannst. Du wirst sehen, mit dem Wissen kannst du dich um das Leben kümmern, das dich glücklich macht.

LEBEN – ICH KOMME!

Aber **WAS** ist das wahre Leben?

Was fängst du mit deinem Leben an? Wenn du *leben* willst, brauchst du Geld, und um Geld zu bekommen, musst du arbeiten gehen. (Normalerweise.)

Klar, die zündende Idee, Social Media gut genutzt und schwups, ist man reich und berühmt. Geht – ist aber trotzdem ein hartes Stück Arbeit. Es ist jedoch nicht jeder als Unternehmer oder Freiberufler geboren und so müssen eben doch viele einen anderen Plan verfolgen, um Wohnung, Auto und Co. bezahlen zu können. Sie wählen ein Leben als Arbeitnehmer.

Natürlich gibt es auch die scheinbar Gesegneten, die bereits reiche und berühmte Eltern haben. Die werden auf der nächsten Cocktailparty entsprechend präsentiert, werfen ein paar selbst gemalte

Bilder auf den Markt und nennen sich bereits nach einem Jahr *Millionär*.

Klingt super – ist es auch. Aber leider, leider gibt es von 7,8 Milliarden Menschen auf diesem Erdball (und 110 Milliarden, die je hier geboren worden waren) *nur* **18,1 Millionen Millionäre**, also etwa 0,25 Prozent der Weltbevölkerung.

Ich sage nicht, dass du deinen Traum, den Sinn deines Daseins, nicht verfolgen sollst. Im Gegenteil. Du musst! Aber vorher solltest du zumindest darüber nachdenken, wie du dein Leben gestalten willst.

2019 gab es in Deutschland **1.328.964 Lehrlinge**. An den deutschen Universitäten tummelten sich ganze **2.897.300 Studierende**[1].
Damit hatte die Zahl der Studierenden einen Rekord geknackt, im Vergleich zu 2018 waren es 29.100 Studierende (ein Prozent) mehr und im Vergleich von vor 10 Jahren sogar 37 Prozent mehr. Was fängt man nun mit diesen Zahlen an? Helfen sie bei der Berufswahl? Nicht unbedingt, aber wusstest du, dass 90 Prozent der Deutschen unglücklich sind in ihren Jobs?

Ich will dir *nicht* sagen, mach irgendeinen Job, der dich unglücklich macht, Hauptsache, du verdienst Geld. Ich rate dir an dieser Stelle ausdrücklich dazu, eine Tätigkeit zu finden, die dich glücklich macht *und* mit der du dein Geld verdienst. Früher dachte ich

[1] https://de.statista.com/statistik/daten/studie/1326/umfrage/auszubildende-in-deutschland-nach-bundeslaendern/.

Seele wirkt. Und glaube mir eins: Wenn du nicht wagst, deinen Traum zu leben, und das beruflich wie privat zu machen, was dich glücklich macht, kann es passieren, dass du eines Tages dasitzt, auf dein Leben zurückschaust und dich fragst, warum du nicht mutig genug warst, um das zu tun, was dich erfüllt hätte.

Dann setzt du womöglich mit zittrigen Händen ein scheußliches Puzzle zusammen und weißt, das Leben hast du mächtig vergeigt.

Als *reifere Jugendliche* sage ich dir darum:

Mache es nicht wie ich und Millionen anderer Menschen jahrelang falsch, sondern:

SCHNAPP' DIR DIESEN RATGEBER UND MACH' DICH FIT FÜRS LEBEN!

Was ist ein Vertrag?

Eigentlich hatte ich das Buch mit anderen Themen starten wollen. Aber während ich meinen typischen 14-Stunden-Tag als Autorin/Juristin/Journalistin/Haushaltsvorstand und 5-fache Mutter startete, fiel mir auf, dass wir ständig und immerzu mit einer Sache konfrontiert werden:

Wir schließen permanent **Verträge** ab!

Egal, ob du beim Bäcker ein Brötchen oder beim Imbiss einen Burger kaufst; ob du im Elektrofachmarkt ein Handy mit Vertrag holst oder den coolen Pulli in der Boutique, der Vertrag klebt an dir wie eine Klette.

Selbst wenn du deinem/deiner Liebsten das Ja-Wort auf die Frage ›Willst du mich heiraten?‹ gibst, schließt du einen Vertrag.

Das Eheversprechen ›Ja, ich will‹ ist auch ein Vertrag, aber im Gegensatz zu anderen Verträgen kann man hier sein Recht auf Eheschließung NICHT einklagen. Wenn du also einen Rückzieher machst, ist das eben so.

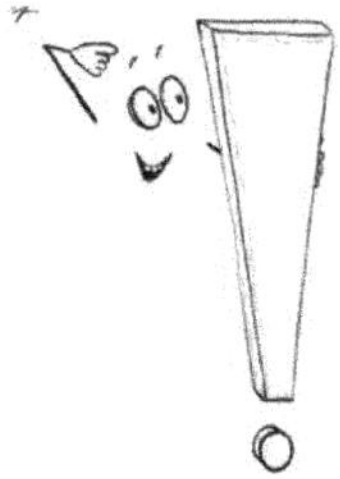

Die Eheschließung (= Heirat) selbst ist auch ein Vertrag, der so einige Tücken hat und dich rechtlich anders bindet als eine ›schnöde‹ Verlobung. Solange du keinen Ehevertrag hast und damit die ›Zugewinngemeinschaft‹ ausschließt, seid ihr einander zum Unterhalt verpflichtet, auch wenn ihr euch wieder trennt. Aber das Thema wäre eher ein Ratgeber 2.0.

Wer also Verträge schließt, bindet sich.

Pacta sunt servanda, sagt der Jurist dazu, was so viel heißt wie **Verträge sind einzuhalten**.

Wenn du also ins nächste Fitnessstudio rennst und dort Sport machen willst, musst du einen Vertrag abschließen. Und zwar einen, aus dem du (meistens) vor Ablauf von 1 bis 2 Jahren nicht rauskommst, egal, wie ätzend du die Muckibude plötzlich findest. Da gibt es kein *Umtausch- oder Rücktrittsrecht*. Du bist bis zum Ablauf des Vertrages *gefangen*, und selbst hier musst du aufpassen, denn in der Regel musst du **3 Monate vor Ablauf der Vertragszeit kündigen**, um die Verpflichtung auch tatsächlich von der Backe zu kriegen.

Bevor wir uns also in diesem Buch den vielen kleinen Dingen widmen, die einem (Jung-)Erwachsenen so über den Weg laufen - oder auch vor die Füße geworfen werden - kommen wir daher zu einer der grundlegendsten Sachen im Leben: dem Vertrag. Deutsche lieben Verträge!

Aber was ist das eigentlich genau, ein **Vertrag**?

Wann schließe ich einen Vertrag?

Hafte ich für einen Vertrag?

Und was passiert, wenn ich mich umentscheide?

Ein Vertrag ist ein 2-seitiges Rechtsgeschäft und kommt durch 2 übereinstimmende Willenserklärungen zustande. Es muss zwischen den Vertragsparteien ein Konsens bestehen. Der Vertrag kommt durch die Annahme eines Angebotes zustande, § 145 *BGB - Bürgerliches Gesetzbuch*. Zum Vertrag gehören die Hauptleistungspflichten, die jede Partei zu leisten hat.

Ich könnte verstehen, wenn du das Buch jetzt in die Ecke pfefferst und dir sagst: ›Lilly hat 'n Knall! Ich verstehe nur Bahnhof!‹

Aber halt! Immer langsam mit den jungen Pferden.

Ich bin eine gute Ratgeberin und lasse dich nicht ohne (Rettungs-) Schirm im Regen stehen.

Jetzt kommt die *Übersetzung*, denn als Juristin habe ich obiges Geschwafel über ein paar Jahre studiert und mit einem Ersten Juristischen Staatsexamen abgeschlossen. Zudem habe ich 5 Kinder, denen ich solche Dinge regelmäßig erkläre.

Darum weiß ich, dass man die *Definition* erst mal so umschreiben muss, dass sie jeder versteht.

Willenserklärung

Dröseln wir also den Vertrag mal auf: Eine *Willenserklärung* ist (wie der Name schon sagt) ein stinknormaler Satz, eine Äußerung, die jemand sagen will und auch sagt.

Eine *private* Person[3] muss hier etwas sagen, um eine bestimmte Rechtsfolge herbeizuführen, also zum Beispiel, um etwas im Supermarkt zu bekommen, sprich: einzukaufen. Früher hat man auf dem Markt sein Hasenfell gegen einen Korb getauscht, heute muss man in der Regel Geld über den Tresen schieben.

Der Jurist schlüsselt die *Willenserklärung* allerdings noch genau auf, damit alle (Un-)Klarheiten beseitigt sind.

Du gehst zum Bäcker und möchtest ein Brötchen haben. Hierzu

[3] Sagt ein Mitarbeiter einer Behörde etwas, ist das keine *Willenserklärung*, sondern ein *Verwaltungsakt (VA)*.

sagst du: »Ich hätte gerne ein Mohnbrötchen.« Dann weiß der Bäcker, du möchtest ein Mohnbrötchen haben und dafür Geld bezahlen (= Rechtsfolge), und zwar so viel, wie das Brötchen eben kostet.

Du hast also eine Willenserklärung abgegeben, mit dem Ziel, dafür etwas zu essen zu bekommen.

Du bist erst 17 Jahre alt? Oder 11? Oder jünger?

Auch hier hat der Deutsche, der Gesetze liebt, eine Lösung gefunden.

Darum gucken wir erst einmal, ob und wer was überhaupt in welchem Alter kaufen darf, und machen einen klitzekleinen Ausflug zur Geschäftsfähigkeit.

Kleiner Ausflug zur Geschäftsfähigkeit

Geschäftsfähigkeit ist die Fähigkeit einer Person, eine Willenserklärung verbindlich abzugeben und entgegenzunehmen. Wer geschäftsfähig ist, darf Rechtsgeschäfte abschließen. Geschäftsunfähig sind Kinder unter 7 Jahren, § 104 BGB. Beschränkt geschäftsfähig sind Minderjährige zwischen 7 und 17 (§ 106 BGB), unbeschränkt geschäftsfähig sind alle Personen über 18 Jahren.

Ein *6-jähriges Kind* darf also keine Brezel kaufen gehen! Auch kein Eis oder Bonbons. Ein *7-jähriges Kind* darf ein Eis kaufen, wenn die Eltern einverstanden sind – oder das Kind *Taschengeld* bekommt.

Taschengeld?

Eine geile Sache! (Alle lieben Taschengeld.)

Was hat es mit dem Taschengeld auf sich?

Es gibt den sogenannten **Taschengeldparagrafen**, § 110 BGB (Bürgerliches Gesetzbuch). Der besagt, dass Minderjährige zwischen 7 und 17 Jahren mit ihrem Taschengeld einkaufen gehen dürfen, ohne dass der Vertrag ungültig wird, weil die Eltern etwas dagegen haben.

Kauft sich ein *7-jähriges Kind* ein Eis von seinem Taschengeld, dürfen die Eltern hinterher das Geld vom Eisverkäufer *nicht* zurückverlangen. Der Verkäufer darf davon ausgehen, dass das Eis für 1 Euro vom Taschengeld gedeckt ist.

Bekommt ein *10-jähriges Kind* zum Beispiel 10 Euro Taschengeld im Monat, darf es sich davon zum Beispiel eine Hörspiel-CD kaufen, die 9,99 Euro kostet. Auch hier kann der Verkäufer davon ausgehen, dass er die CD nicht zurücknehmen muss[4]. Spart sich ein *15-Jähriger* monatelang sein Taschengeld, um sich ein Smartphone zu kaufen, welches 300 Euro kostet, so ist dieser Kauf *nicht mehr* vom Taschengeldparagrafen gedeckt!

Die Eltern können zum Verkäufer gehen, das Handy zurückgeben und das Geld herausverlangen, und zwar ganze *2 Wochen* lang. Das ist der Zeitraum, in dem das **Geschäft** des Minderjährigen **schwebend unwirksam** ist und jeden Verkäufer zittern lassen sollte (den Minderjährigen in der Regel auch, denn der hat sich bei dem Kauf ja was dabei gedacht).

---

[4] *Vorausgesetzt, der Jugendschutz (FSK) wird beachtet.

Auch dürfen Minderjährige **ohne Genehmigung der Eltern keine Abos oder Ratenverträge**, also Verträge, wo sie den Kaufpreis monatlich abstottern müssen, abschließen. Dies dient dem Schutz von Minderjährigen und wurde nicht erfunden, um diese zu ärgern.

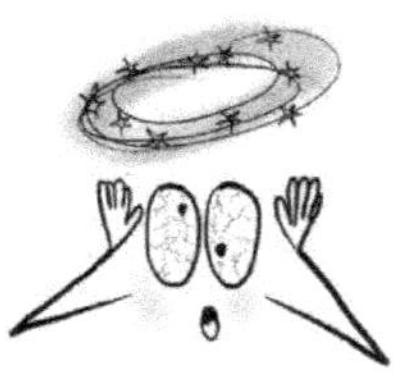

Geschäftsfähigkeit hat nichts mit Rechtsfähigkeit zu tun! Sobald ein Mensch geboren wird, ist er ab dem ersten Atemzug *rechtsfähig*. Das heißt, auch ein Säugling darf ein Haus besitzen (Eigentum) oder eine Million Euro erben.

Können Eltern das **Taschengeld** abhängig vom Alter oder von einer Gegenleistung zahlen?

Vielleicht fragst du dich, ob deine Eltern dein Taschengeld davon abhängig machen dürfen, ob du im Haushalt mithilfst, gute Schulnoten hast oder dich *gut* benimmst.

Die Antwort ist eindeutig: **Sie dürfen, sollten es aber nicht!**

Es gibt *keine gesetzlichen Regelungen*, die es deinen Eltern verbieten, dein Taschengeld mit einer Gegenleistung zu verknüpfen.

Es gibt ja nicht einmal Gesetze, die es deinen Eltern vorschreiben, dir überhaupt Taschengeld zu zahlen.

Taschengeldzahlungen sind absolut FREIWILLIG!

Es gibt trotzdem ein paar goldene Regeln[5]:

1. Das Kind erhält den festgelegten Betrag regelmäßig und unaufgefordert. Jüngere Kinder können größere Zeiträume noch nicht überblicken, deshalb sollten Eltern am Anfang das Taschengeld wöchentlich ausgeben, ab 9 bis 10 Jahren reicht monatlich.
2. Das Kind darf sich grundsätzlich davon kaufen, was es möchte. Einzige Bedingung ist, dass es nicht gefährlich oder ungesund ist. Die Eltern sollten sich also nicht einmischen, es sei denn, sie werden vom Kind um Rat gefragt.
3. Die Taschengeldhöhe sollte nicht abhängig gemacht werden von zusätzlichen Einnahmen. Zum Beispiel Dazuverdienen in kleinen Jobs oder bei Geldgeschenken von Verwandten.
4. Schulmaterial, Nahrungsmittel und Kleidung sollten grundsätzlich nicht vom Taschengeld gekauft werden. Ausnahme sind hier mutwilliges Beschädigen von Schulmaterial oder besondere Kleidungswünsche.
5. Bestrafungen und Belohnungen sollten nicht über das Taschengeld erfolgen, es sollte eine feste Größe bleiben. Taschengeld sollte also kein Erziehungsmittel oder Druckmittel sein.

[5] Quelle: www.arbeitsgemeinschaft-finanzen.de.

Höhe des Taschengeldes

Auch gibt es keine Vorschriften, in welchem Alter du welche Summe an Geld zur Verfügung gestellt bekommen solltest.

ABER ... es gibt tatsächlich eine *Taschengeldtabelle*[6], an der sich Eltern orientieren können, aber nicht müssen.

Taschengeldtabelle

Unter 6 Jahren	0,50 bis 1,00 Euro pro Woche
6 Jahre	1,00 bis 1,50 Euro pro Woche
7 Jahre	1,50 bis 2,00 Euro pro Woche
8 Jahre	2,00 bis 2,50 Euro pro Woche
9 Jahre	2,50 bis 3,00 Euro pro Woche
10 Jahre	15,50 bis 18,00 Euro pro Monat
11 Jahre	18,00 bis 20,50 Euro pro Monat
12 Jahre	20,50 bis 23,00 Euro pro Monat
13 Jahre	23,50 bis 25,50 Euro pro Monat
14 Jahre	25,50 bis 30,50 Euro pro Monat
15 Jahre	30,50 bis 38,00 Euro pro Monat
16 Jahre	38,00 bis 45,50 Euro pro Monat
17 Jahre	45,50 bis 61,00 Euro pro Monat
18 Jahre	61,00 bis 76,00 Euro pro Monat

[6] Quelle: www.taschengeldtabelle.de.

Zurück zu unseren Willenserklärungen

Du bist auf einer **Auktion/Versteigerung** und der Auktionator vorne will den Anwesenden ein Kunstgemälde für eine Million Euro verkaufen. (Wahnsinn, aber das gibt es!) Du bist mit deinen Eltern dort und entdeckst plötzlich eine Freundin am Rande der Veranstaltung. Du winkst ihr heftig zu, um sie zu begrüßen.

Nun haben wir folgendes Problem: Bei einer Auktion bietet der Auktionator (der Typ vorne mit dem Hammer in der Hand) den Gegenstand zu einem vorgeschlagenen Preis an (hier das Bild für eine Million Euro). Die Gäste im Raum, die den Gegenstand kaufen wollen, *heben* für den Kauf die Hand.

Du ahnst sicherlich schon, wo hier das Problem steckt?!

Exakt. Du *winkst* deiner Freundin zu, hebst dazu die Hand – und schwups, hast du einen **Kaufvertrag** über ein Bild für schlappe eine Million Euro abgeschlossen.

Wolltest du nicht?

Egal ... du hast es gekauft – oder auch nicht!?

Auf einer Auktion solltest du niemals winken, wenn du nix kaufen möchtest!

Willkommen im echten Leben!

Keine Sorge! Du hast nicht plötzlich eine Million Euro Schulden für ein Bild, welches du gar nicht haben willst. Du kommst hier in der Regel mit einem blauen Auge davon, könntest aber dem Auktionshaus **Schadensersatz** zahlen müssen, weil die das Bild entweder noch mal versteigern müssen oder weil derjenige, der das Bild kaufen wollte, bereits weg ist und jetzt nicht mehr kaufen kann. Dann bleibt das Auktionshaus auf dem Bild sitzen und muss den Schinken noch mal bei der nächsten Auktion anbieten. Über die Folgen deines Winkens streiten sich die Juristen, bei denen es immer eine *herrschende Meinung (h.M.)* und eine *Mindermeinung (M.M.)* gibt. Denn eigentlich hattest du ja kein **Erklärungsbewusstsein**.

Du wolltest nur jemanden begrüßen und nix kaufen.

Noch ein Beispiel: Du schläfst am Strand ein. Ein Straßenverkäufer drückt dir ein iPhone in die Hand, weckt dich auf und will dann von dir dafür 800 Euro haben. Hat er dir ja schließlich verkauft, oder?

Geht nicht, sagst du?

Richtig – denn du hattest keinen **Handlungswillen**.

Wer schläft oder hypnotisiert durch die Gegend ›*hoppelt*‹, gibt *keine* Willenserklärung ab (weil er keinen Handlungswillen hat) und kann damit auch nix (ver-)kaufen – der Göttin sei Dank!

(Oder vielmehr dem findigen Juristen, der hier einen Ausweg gefunden hat.)

Nächstes Beispiel: Dein Opa hat eine teure Edelsteinsammlung im Wert von 500.000 Euro, und weil er unbedingt in die USA fliegen will, verkauft er sie für 5.000 Euro. 80 Jahre lang hat er sie gehütet wie einen Schatz. Und nun ist er auf seine alten Tage plötzlich leichtsinnig geworden.

Darf er allein entscheiden, schließlich ist er erwachsen, denkst du?

Richtig ...

... oder auch nicht?

Nehmen wir an, dein Opa war aufgrund seines Alters **geistig verwirrt** und verkauft in dem Zustand seine Sammlung (für viel zu wenig Geld). Am nächsten Tag kann er sich an nichts mehr erinnern und sucht seine Edelsteinsammlung.

Hat er eine Willenserklärung abgegeben?

Äußerlich hat dein Opa eine Willenserklärung abgegeben, denn schließlich hat er dem Käufer gesagt, dass dieser die Edelsteine für 5.000 Euro mitnehmen kann.

Dein Opa ist volljährig und damit voll geschäftsfähig.

(Hast du ja vermutlich bereits gelernt!)

Damit kann natürlich jeder andere (Erwachsene) davon ausgehen, dass dein Opa weiß, was er tut.

Aber was ist, wenn sich ein Mensch im Alter wieder *›rückwärts‹* entwickelt und weniger Verstand zeigt als ein Kind?

Was, wenn er dement ist?

Hier kommt der Jurist ins Spiel, der die **Willenserklärung** so aufsplittet, dass sie in ganz viele Bestandteile zerlegt wird, damit man deinem Opa die viel zu billig verkaufte Edelsteinsammlung auch wieder zurückholen kann. Denn Opas Willenserklärung war im Zustand geistiger Umnachtung **nichtig**, also ungültig.

Rechtsgeschäft

Nachdem du nun gelesen hast, was Willenserklärungen sind, erkläre ich dir das Rechtsgeschäft.

Ein Rechtsgeschäft besteht aus mindestens einer Willenserklärung, die von einer geschäftsfähigen Person abgegeben wird. Es kommt durch 2 übereinstimmende Willenserklärungen zustande, ist aber keine Willenserklärung. Mit dem Rechtsgeschäft wird eine Rechtsfolge herbeigeführt.

Kauf in Trunkenheit

Auf deiner Schulabschlussparty feiert ihr heftig und trinkt möglicherweise das ein oder andere Gläschen mehr. Gehen wir mal davon aus, dass du 2 Wochen vorher 18 Jahre alt geworden bist. Im alkoholisierten Zustand hast du deinen besten Kumpel so lieb, dass du ihm dein neues iPhone XI für süße 5 Euro verkaufst, damit du dir von dem Geld den letzten Cocktail kaufen kannst.

iPhone weg, Geld weg, Cocktail ist alle.

Am nächsten Tag kannst du dich nicht daran erinnern, dass du dein heiliges Smartphone verschleudert hast und wo es nun ist.

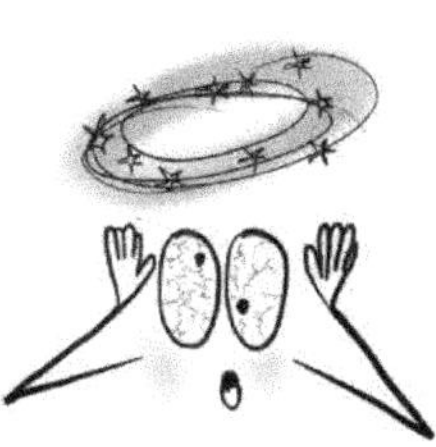

Du triffst dich mit deiner Clique und dort ist auch dein bester Kumpel, der gerade stolz sein neues iPhone präsentiert, welches er dir supergünstig abgekauft hat. Lernen durch Schmerz?

Oder ist der Kaufvertrag vielleicht ungültig, weil du deine Willenserklärung im Suff abgegeben hast?

Ein Kaufvertrag unter Alkohol- oder Drogeneinfluss sorgt generell dafür, dass deine **Willenserklärung nichtig** ist (§ 105 BGB). Aber es muss sich hierbei wirklich um eine starke Vergiftung handeln.

Hiervon geht man bei etwa 3,4 Promille Blutalkoholgehalt aus oder bei Drogenkonsum.

Gehen wir mal davon aus, dass du nicht ›trinkgewohnt‹ bist und bei dir auch schon ein Pegel von etwa 2 Promille ausreichend ist, damit du einen Filmriss hast.

Gehe also zu deinem Kumpel, drücke ihm die 5 Euro in die Hand und hole dir dein Smartphone wieder. Sollte dies nicht fruchten, wirst du wohl oder übel einen Anwalt oder das Zivilgericht einschalten müssen. Wir gehen aber mal davon aus, dass dein Kumpel einsichtig ist und dir das Handy zurückgibt.

Was gibt es für Rechtsgeschäfte?

Einseitige Rechtsgeschäfte

Sie bestehen nur aus *einer* Willenserklärung.

Testament

Du schreibst in dein Testament, was du nach deinem Tod an wen vererben/weiterreichen willst. Das darf jeder! Dafür brauchst du auch nicht zwingend einen Notar.

Kündigung

Du kündigst beim Sportverein und führst damit die Rechtsfolge herbei, dass deine Mitgliedschaft beendet wird.

Mehrseitige Rechtsgeschäfte

Bestehen aus mindestens *zwei* Willenserklärungen.

- ✓ Kaufvertrag
- ✓ Mietvertrag
- ✓ Schenkung
- ✓ etc.

Schenkung

Eine Schenkung ist tatsächlich ein **Vertrag**, so verrückt das klingt.

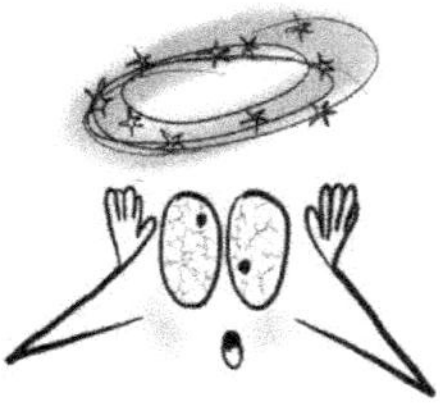

Wenn Opa Jörgen dir also 10 Hundert-Euro-Scheine in die Hand drückt und sagt: »Kauf dir was Schönes!«, ist das ein 2-seitiges Rechtsgeschäft, eine sogenannte **Handschenkung**. Dein Opa macht das Angebot über 1.000 Euro (= 1. Willenserklärung) und du musst es annehmen (= 2. Willenserklärung).

ABER ... es ist nur einseitig verpflichtend (!), denn dein Opa schröpft ja SEINE Ersparnisse und kann/darf dafür KEINE Gegenleistung verlangen.

Solche *Handschenkungen* sind in der Regel Geburtstags- oder Weihnachtsgeschenke.

Nehmen wir an, dein Opa hat megagroße Spendierhosen an und will dir gleich eine ganze Eigentumswohnung zur bestandenen Abi-Prüfung schenken, dann muss die Schenkung über einen Notar *beurkundet* werden, weil es sich um eine Immobilie handelt.

Auch größere Geldsummen müssen über den Notar laufen. Wenn dein Opa dir also 20.000 Euro verspricht, solltet ihr das über einen Notar laufen lassen (§ 518 BGB). Wenn ihr das vergesst, ist die Schenkung allein durch die Übergabe des Geldes allerdings gültig (oder auch *geheilt*, wie der Jurist sagt). Steuerfrei kann jeder Elternteil seinen Kindern bis zu 400.000 Euro schenken, Großeltern jeweils 200.000 Euro. Nicht schlecht, oder?

Geschenkte Firma

Dein Opa will seine Firma deiner Schwester schenken, obwohl du schon seit Jahren scharf darauf bist und richtig Bock hast, dort zu arbeiten. Die Firma läuft super, schreibt schwarze Zahlen (ist also schuldenfrei) und erfreut sich großer Beliebtheit. Dein Opa geht davon aus, dass deine Schwester den Betrieb bestmöglich weiterführen wird. Darum verkauft er die Firma nicht, sondern **schenkt** sie deiner Schwester. Undankbar, wie deine Schwester aber ist, hat sie gar keine Lust auf die Firma und denkt nur daran, mit einem Verkauf der Firma fett Kohle zu kassieren.

Du kriegst das spitz und erzählst das deinem Opa. Der ist total geschockt und rennt zum Notar, um die Schenkung rückgängig zu machen.

Geht das überhaupt? Grundsätzlich sagt der Volksmund ›ja‹.

Aber was ist mit dem Spruch: **Geschenkt ist geschenkt – wiederholen ist gestohlen?**

Hier gibt es verschiedene Lösungsansätze und Dinge, die der Jurist für einen möglichen Widerruf fordert, um so eine Schenkung rückgängig zu machen:

1. Dein Opa würde verarmen und durch eine zu kleine oder gar keine Rente in **Altersarmut** auf Sozialhilfe angewiesen sein. Dann kann (oder vielmehr muss) er die Schenkung rückgängig machen. Hierfür hat er *10 Jahre* Zeit.

2. Dein Opa hat auf dem Weg zum Notar so einen schweren Unfall, dass er pflegebedürftig wird. Sein Vermögen reicht für die **Pflegekosten** nicht aus und er müsste Hilfen vom Staat beantragen. Auch hier kann man die Schenkung rückgängig machen.

3. Dein Opa darf die Schenkung rückgängig machen, weil sich deine Schwester **groben Undanks** schuldig gemacht hat.

Sollte sich die Schwester super um die Firma kümmern und sie sich auch gegenüber eurem Opa keine Verfehlungen leisten, hat dein Opa **kein Widerrufsrecht**!

Konsens

Was bedeutet denn eigentlich, dass die Willenserklärungen *Konsens* haben müssen?

Ganz einfach: Beide Menschen, die den *Vertrag* schließen wollen, müssen **das Gleiche wollen**. Es reicht also nicht aus, wenn du zum Bäcker gehst und ein Mohnbrötchen bestellst, der Bäcker dir aber ein Käsebrötchen gibt. Wenn du ein Mohnbrötchen haben willst, muss der Bäcker dir auch eines verkaufen (wollen).

Angebot

Jedes *Angebot* ist eine **Willenserklärung**.

Wie es abgegeben wird, ist vollkommen unterschiedlich. Es kann *mündlich* sein, *schriftlich* oder auch *am Telefon* (also unter Abwesenden ohne Blickkontakt mit eventuell schlechter Verbindung).

ABER ... eine Willenserklärung muss abgegeben, also auf den Weg gebracht werden!

Das Angebot in Form der Willenserklärung muss dem Empfänger auch **zugehen**, damit er es annehmen kann.

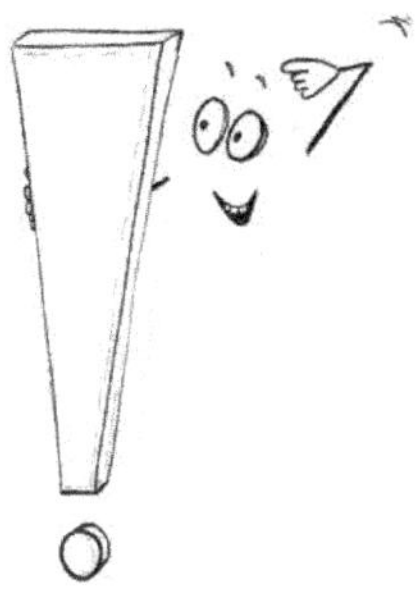

Verständnisprobleme

Du bist ein pfiffiger Mensch und gehst zu deinem Opa, um ihm die Edelsteinsammlung abzukaufen. Du bietest ihm 5.000 Euro an. Opa, der zu faul war, sein Hörgerät anzuschalten, versteht, dass du ihm 500.000 Euro geben willst, und willigt ein.

Hast du die Edelsteinsammlung nun für 5.000 Euro oder für schlappe 500.000 Euro gekauft? DU sagst, natürlich für 5.000 Euro. Aber was sagt der Jurist?

Sind sich die Experten einig? Nö, denn auch unter Juristen gibt es ständig Meinungsverschiedenheiten!

(Richtig, die streiten gerne oder weichen ungerne von ihrer Meinung ab.)

Eine **Mindermeinung** sagt, ›*die mündliche (= nicht verkörperte) Erklärung ist beim Opa angekommen, wenn er sie richtig* *verstanden hat. Das Risiko, dass er dich falsch versteht, liegt bei dir‹*. Du hast sie also NICHT für 5.000 Euro gekauft.

Die **herrschende Meinung** (und auch die ›Rechtsprechung‹, also zig Richter/innen in Deutschland) sagt aber, *›dein Angebot ist deinem Opa zugegangen, weil DU davon ausgehen durftest, dass er dich richtig verstanden hat‹*. Woher sollst du auch wissen, dass er sein Hörgerät nicht eingeschaltet hatte?! In diesem Fall hättest du sie für 5.000 Euro gekauft.

Annahme

Kommen wir zum nächsten **Bestandteil des Vertrags**: Auch die *Annahme* ist eine **Willenserklärung**, mit allem, was da dranhängt.

Nehmen wir an, du stehst im Laden deiner Eltern als Verkäufer/in und darfst dort aushelfen, um dir Taschengeld dazuzuverdienen. Nun kommt ein Kunde herein und möchte das blaue Fahrrad aus dem Schaufenster kaufen. Es kostet im Sonderangebot nur 397 Euro.

Er sagt dir: »Hallo, ich möchte gerne das blaue Fahrrad aus dem Schaufenster kaufen.«

Du denkst dir: »Super! Papa wird stolz auf mich sein, wenn ich so einen coolen Geschäftsabschluss mache«, und willigst ein. Im Lager steht noch ein Fahrrad, das bringst du dem Kunden. Der bezahlt und verlässt glücklich mit dem Rad den Laden. Alles bene! Was ist aber nun, wenn im Lager kein Fahrrad mehr steht und dein Vater gleichzeitig (oder eine Sekunde vor dir) das letzte blaue Fahrrad aus dem Schaufenster verkauft hat? Im letzten Moment kriegt dein Dad im Vorbeilaufen mit, dass der Kunde das blaue Rad kaufen will. Er bleibt stehen und sagt: »Sorry, aber das letzte

Fahrrad habe ich soeben verkauft. Vielleicht kann ich Ihnen etwas Ähnliches als Ersatz anbieten?«

Hier hast du Schwein gehabt! Denn gerade wolltest du zustimmen, also die Willenserklärung des Kunden annehmen und dir ein paar Taler als Belohnung extra verdienen. Doch das letzte Rad ist ja bereits verkauft. Was wäre denn gewesen, wenn du und dein Papa beide das letzte Rad verkauft hättet?

Du hättest mit deiner Annahme (»Gerne verkaufe ich Ihnen das Rad aus dem Schaufenster!«) die Willenserklärung (»Ich will das blaue Rad kaufen!«) vom Käufer angenommen! Du hättest den Pakt besiegelt – den Kaufvertrag geschlossen!

Mündlich, aber dennoch korrekt abgeschlossen. Also, mit der *Annahme* schließt du einen Vertrag ab!

Wenn kein Fahrrad mehr da gewesen wäre, wärest du bei einem Vertragsabschluss *schadensersatzpflichtig* geworden. Meistens regeln das die Verkäufer mit einem Angebot einer anderen Ware als Ersatz.

Lass niemals eine Bestellung auf einem Blatt Papier auf deinem Tisch liegen!

Wenn du einen netten Menschen hast, der dir einen Gang abnehmen will und deine Bestellung zur Post bringt, obwohl du sie eigentlich liegen lassen hast, um noch einmal eine Nacht darüber zu schlafen, gibt es wieder ein Hin und Her. Denn natürlich ist deine Bestellung ohne deinen Willen auf den Weg gebracht worden, ABER das weiß der Verkäufer, der die Bestellung per Post bekommt, ja nicht.

Egal, welche Meinung der Richter dann vertritt, du machst dich in jedem Fall *schadensersatzpflichtig*, musst also dem Verkäufer den Schaden bezahlen, den er durch den geplatzten Verkauf dann hat. (Kommt heutzutage nur noch selten vor, da die meisten Leute keine Bestellzettel mehr ausfüllen und rumliegen lassen, sondern gleich online bestellen. Aber vielleicht gibt es die ›Oldschool-Granny‹ und dann ist das gut zu wissen.)

Du bist auf der Suche nach einem Zimmer in einer WG (Wohngemeinschaft). An der Uni triffst du eine alte Freundin, erzählst ihr, dass du ein Zimmer suchst, und sie bietet dir begeistert das letzte freie Zimmer in ihrer WG an. Mega, denkst du, kündigst bei der schrulligen Frau Meyer, packst deine Sachen und stehst 4 Wochen später vor der Tür deiner Freundin. Der Freund deiner Freundin öffnet und ihr seid euch auf Anhieb UNsympathisch. Er wimmelt dich gleich an der Tür ab und sagt, das Zimmer ist nicht mehr frei. Du stehst quasi obdachlos auf der Straße.

Was nun? Du und deine Freundin habt doch mündlich einen Vertrag geschlossen! Oder nicht?

Doch, du hast recht, das habt ihr! Mündliche Verträge zählen ebenso wie schriftliche, nur hast du in diesem Fall *keinen Beweis*, dass du tatsächlich einen Vertrag abgeschlossen hast, denn es gibt keine weiteren Zeugen.

Wenn sie dir also sagt, du hast sie missverstanden, hast du Pech gehabt.

Beispiel: Nehmen wir an, du ziehst in der WG deiner Freundin ein. Mündlich habt ihr vereinbart, dass du 2 Jahre bei ihr wohnst. Nach einem Jahr kommt der Oberguru der WG und schmeißt dich raus, weil seine Freundin mit einziehen soll.

Du bist empört, schließlich hast du einen Vertrag geschlossen!

Soll der **Mietvertrag länger als ein Jahr** laufen, musst du ihn **schriftlich** mit den Unterschriften von dir als (Unter-)Mieter/in und der/dem (Unter-)Vermieter/in fixieren, sonst ist er ungültig!

Verträge, die wichtig sind (zum Beispiel Mietverträge, Arbeitsverträge), solltest du **immer schriftlich festhalten**. Dann bist du auf der sicheren Seite und hinterher kann niemand mehr behaupten, dass du keinen Vertrag abgeschlossen hast.

Andererseits musst du die Vertragsbedingungen auch immer gut durchlesen und lieber einmal zu viel fragen, wenn du etwas nicht verstehst. Denn wenn du erst einmal unterschrieben hast, haftest du mit deiner Unterschrift und musst deinen Teil erfüllen.

Vorsicht Falle – Verträge mit Architekten

Auch ich bin schon böse reingefallen, denn ich hatte einst bei einem Architekten einen Vertrag unterschrieben und konnte dann das Haus nicht bauen. Trotzdem trudelte die Rechnung für die Bauzeichnung ein: 30.000 Euro. Der Architekt hatte die Bauzeichnungen alle vorgefertigt in der Schublade, aber nach der *Honorarordnung für Architekten und Ingenieure (HOAI)* hatte er damit einen Teil der vereinbarten Leistungen aus dem Vertrag erfüllt.

Das Landgericht hatte uns verdonnert, die 30.000 Euro auch zu bezahlen, denn wer Verträge schließt, bindet sich. Vor dem Oberlandesgericht haben wir Berufung eingelegt und gingen mit einer Vergleichssumme von 17.000 Euro raus.

Apropos Architekt ...

Freunde von mir hatten einen großen Garten. Da kam eines Tages ein Architekt (= Kaufmann i.S.d. Handelsgesetzbuches, wenn er/sie ins Handelsregister eingetragen ist) daher und dachte sich, denen schicke ich doch mal eine Zeichnung für eine geile Gartenhütte.

Gesagt, getan. Kurz darauf hatten die stolzen Gartenbesitzer eine tolle, voll ausgetüftelte Bauzeichnung im Briefkasten. Sie wunderten sich zwar, dass der Architekt ihnen ohne Auftrag (= Vertrag), ja sogar ohne Kontaktaufnahme so eine Zeichnung zugeschickt hatte – und noch 10.000 Euro dafür haben wollte, reagierten aber nicht darauf und stopften die Unterlagen in die nächste Schublade. Sie dachten sich, was will der Typ? Mit dem hatten wir noch nie etwas zu tun gehabt. Der Architekt rief dann an und hakte nach, aber das Pärchen wiegelte ihn am Telefon ab.

Kurz darauf kam die Mahnung vom pfiffigen Architekten. Natürlich wollten die Gartenbesitzer nicht bezahlen und so verklagte der Architekt die Familie.

Urteil: Sie mussten tatsächlich 10.000 Euro an den Architekten plus Gerichts- und Anwaltskosten zahlen. Sie hätten **sofort** widersprechen müssen, und zwar **schriftlich**. Ein Architekt darf nach *Leistungsphasen* abrechnen, also bereits für angefertigte Bauzeichnungen, auch wenn du diese nie benutzen wirst.

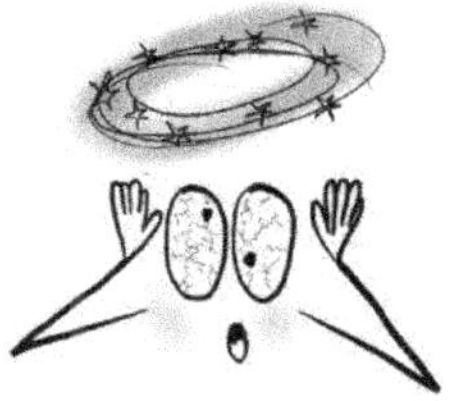

Unaufgeforderte Warenzusendung

Schickt dir ein geschäftstüchtiger Händler *unaufgefordert* Ware zu, musst du die weder bezahlen noch zurückschicken. Vor 2002 gab es von diesen *netten* Händlern so viele, dass der deutsche Gesetzgeber den § 241a BGB eingeführt hat, um den ahnungslosen Verbraucher zu schützen.

Das gilt **nur für Waren, nicht für Dienstleistungen** (wie beim Architekten) und auch nur bei Verbrauchern, nicht bei Kaufleuten.

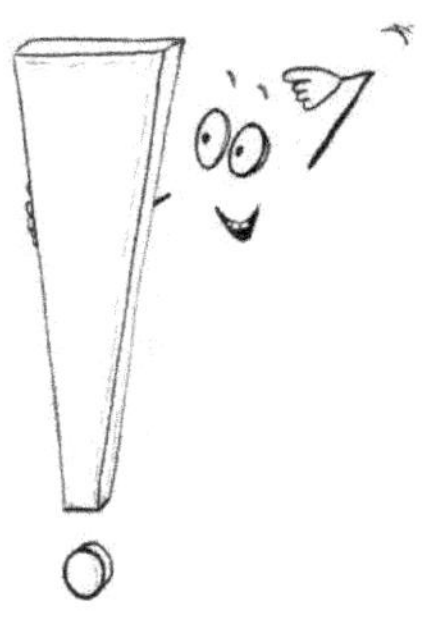

Du bist **selbstständig**. Weil es in deinem Ort keine Kneipe für junge Leute gibt, hast du dir beim Gewerbeamt für 20 Euro einen Gewerbeschein geholt, einen Laden angemietet und schmeißt jedes Wochenende Partys für die Dorfjugend. Einer deiner Lieferanten liefert dir wöchentlich Getränke und sagt dir, er könnte dir auch mal Knabbersachen bringen. Du gehst nicht näher darauf ein und plötzlich kommt eine Lieferung mit 20 Kilogramm Kartoffelchips, die du gar nicht bestellt hast.

Was nun? Genau, du **musst widersprechen**, und zwar **schriftlich** und **sofort**! Warum ist das so?

Im *Handelsgesetzbuch (HGB)* steht in § 362, dass dein Schweigen als Annahme gilt, du also ausnahmsweise durch Schweigen signalisierst, dass du mit dem Geschäft einverstanden bist.

Grundsätzlich gilt das Schweigen als *rechtliches Nullum* und entfaltet daher niemals eine Wirkung!

Du vereinbarst als Privatperson beim Autokauf, dass du eine Woche darüber nachdenken willst und wenn du dich *nicht* meldest, kaufst du das Auto, gilt dein Schweigen als Vertragsannahme. Vereinbarst du gar nichts und meldest dich nicht, hast du das Auto auch nicht gekauft.

Hauptleistungspflichten

Was, zum Henker, sind *Hauptleistungspflichten*?

Das ist ganz einfach. Bei einem Vertrag verspricht man sich gegenseitig eine Leistung.

Herausgabe vom Gegenstand

= Hauptleistungspflicht

Herausgabe der Kaufsumme

= Hauptleistungspflicht

Kaufvertrag

Der Verkäufer einer Sache verspricht, dir die Sache herauszugeben, und du versprichst ihm im Gegenzug, die Sache auch zu bezahlen.

Mietvertrag

Der Vermieter verspricht dir, die Wohnung zum vereinbarten Zeitraum zu überlassen, und du versprichst im Gegenzug, die Miete dafür zu bezahlen.

Du kannst auch ein Boot auf dem Dorfteich *mieten*. Da steht manchmal ganz neckisch **Bootsverleih**. Eine Leihe aber ist kostenlos. Miete nicht. Wenn du also zum Bootsverleih gehst und ein Boot haben willst, musst du in der Regel dafür auch Geld bezahlen. Das ist eine *Miete*!

Du könntest den netten Bootsbesitzer auch doof anquatschen und sagen, ein *Verleih* ist aber unentgeltlich. Damit hättest du zwar recht, würdest aber nicht weit kommen. Und ganz nebenbei gesagt, kennen sogar viele Erwachsene den Unterschied zwischen **Leihe** und **Miete** nicht.

Arbeitsvertrag

Der Arbeitgeber verspricht, dich für deine Arbeit zu bezahlen, und du versprichst im Gegenzug, die Arbeit auch zu leisten.

Handyvertrag

Jeder, der ein Handy besitzt, benötigt eine SIM-Karte für die Telefonnummer und entweder einen Handyvertrag oder eine Prepaid-Karte.

Aber wo ist der Unterschied?

Die **Prepaid-Karte** kannst du in Lebensmitteldiscountern, Drogeriemärkten oder online etc. kaufen, um dein Handy durch Eingabe eines Codes mit einem Geldbetrag aufzuladen. Dieses Guthaben wird mit der Nutzung des Handys durch Telefonate, Internetnutzung und SMS weniger, bis es aufgebraucht ist. Die Prepaid-Karte hat den **Vorteil**, dass man keine Mindestvertragslaufzeit hat (bei Handyverträgen sind das meistens 24 Monate) und nicht mehr telefonieren kann, als man Guthaben auf der Karte hat.

Obwohl *Verträge* teurer sein können, hat man damit auch die leistungsstärkere Variante, weil man ein hohes Datenvolumen oder auch Highspeed-Internet bekommt. Außerdem kann man bei **Mobilfunkverträgen** ein Handy manchmal günstig finanzieren, weil viele Firmen in ihren Angeboten damit locken. Ob das im Endeffekt wirklich günstiger ist, solltest du unbedingt vorher gut durchrechnen, weil mit diesen Lockangeboten die Handys auch schnell mal teurer sein können, als wenn du das Handy gleich kaufst – viele wählen diese Variante trotzdem, weil sie nicht mehrere Hundert Euro für so ein Smartphone auf einen Schlag haben.

Bei Verträgen gibt es mittlerweile viele Anbieter, die extra für junge Leute mit wenig Einkommen interessante Vertragsangebote haben.

Prepaid

Vorteil: Kostenkontrolle

Nachteil: Keine Handyanschaffung dabei, weniger Datenvolumen

Handyvertrag

Vorteil: Flatrate, neues Handy kann günstig finanziert werden

Nachteil: keine Kostenkontrolle

Achte auf eine **Drittanbietersperre**, denn dies sind oft fiese Fallen, durch die du am Ende des Monats plötzlich eine Rechnung über 1.000 Euro und mehr bekommen kannst, weil sie nicht von deinem Vertrag gedeckt sind.

Hierbei handelt es sich oftmals um **(versteckte) Abos** durch einen Klick im Internet (!), die jeden Monat Geld kosten und schwer oder gar nicht kündbar sind. Das heißt, du kommst zum Beispiel erst nach einem Jahr aus dem Vertrag. Sollte dir so etwas passieren oder passiert sein, kannst du zur öffentlichen Rechtsberatung gehen und dir dort helfen lassen. Eine Beratungsstelle in deiner Nähe findest du im Internet.

Gewährleistung

Die Gewährleistung ist ein Anspruch, den der deutsche Gesetzgeber für den Verbraucher gegenüber dem Verkäufer/Händler gesetzlich geregelt hat, wenn eine fehlerhafte Ware geliefert/verkauft wird.

Verpatzter Einkauf

Du stehst im Laden und siehst DAS Outfit deiner Träume. Du musst es einfach kaufen. Und das tust du auch, denn du hast gerade erst Taschengeld für den Monat bekommen.

Mit stolzgeschwellter Brust schwebst du nach Hause und hast für den heutigen Abend das richtige Partyoutfit. Zu Hause angekommen, murrt deine Mutter herum, dass du Küchendienst hast, und danach bittet dich dein Vater, ihm beim Unkrautjäten zu helfen. Bevor du dich versiehst, ist es bereits 17 Uhr, du lässt alles stehen und liegen, denn du musst dich für die Party fertig machen.

Ab unter die Dusche, Haare gestylt und nun ziehst du voller Vorfreude deine neue Errungenschaft aus der Einkaufstüte, lässt die Preisschilder dran und schlüpfst hinein. Deine Mom kommt und bleibt bewundernd stehen: »Wow, du siehst fantastisch aus! Das willst du auf der Party anziehen?«

Dein Vater stößt dazu. »Du wirst der Star des Abends sein.« Deine Mutter umrundet dich und stutzt. »Oder auch nicht!« Dein Vater nähert sich neugierig. Du tänzelst um dich selbst herum, um das zu sehen, was deine Mutter entdeckt hat.

»Was? Was ist, Mom?« Deine Mutter deutet auf deinen Po. »Die Hose hat ein Loch.« Mit schreckgeweiteten Augen flitzt du zum großen Spiegel im Flur. »Wo? Ich sehe es nicht!«

»Zieh die Hose aus, dann siehst du den Mangel an der Ware!«, ruft dein Vater dir hinterher.

Mangel an der Ware?

What the f*** is that?

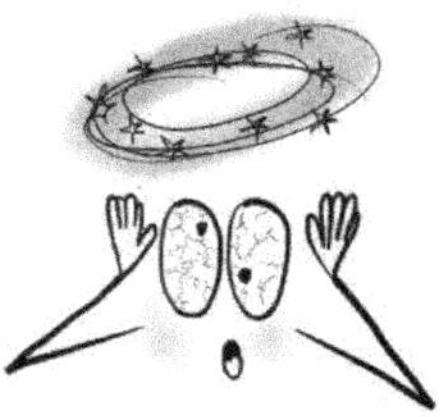

Ein Blick auf die Uhr sagt dir, der Klamottenladen hat soeben den Bordstein hochgeklappt. Eilig schlüpfst du aus der Hose und siehst das Malheur.

An der Naht ist ein Riss, und zwar so einer, der nicht nur deine Shorts darunter entblößt, sondern ein ganz fieser, der sich nicht mal eben so mit Großmutters alter Nähmaschine – oder Moms künstlerischen Nähfähigkeiten – ausbügeln lässt. Die Hose ist kaputt, da führt kein Weg dran vorbei.

Und nun?

Du hast nur 2 Hosen und die sind ausgerechnet jetzt dreckig, weil deine Eltern beide so viel arbeiten, dass keiner Zeit gehabt hat, dein Zeug zu waschen.

(Ist mir auch schon passiert, aber seitdem ich meinen Kindern per Video erklärt habe, wie die Waschmaschine funktioniert, haben wir das Problem nicht mehr.)

»Was mache ich denn jetzt?« Ratlos stehst du im Flur.

»Gleich am Montag tauschst du die Hose um«, sagt deine Mom.

Dein Vater rümpft die Nase. »Schatz, das ist kein Umtausch, sondern eine Reklamation.«

»Du mit deinen Spitzfindigkeiten. Das ist doch total egal, wie du das nennst«, beschwert sich deine Mom. Doch ist es wirklich so piepegal?

Umgangssprachlich ist der **Umtausch** das Zurückgeben mangelfreier Ware gegen andere Waren oder eine Gutschrift auf Kulanz gegen Vorlage des Kassenbons, also quasi ein Tausch(-geschäft).

Eine **Reklamation** jedoch ist die Mängelanzeige bzw. Rückabwicklung eines Kaufvertrags bei einer Ware, die einen Mangel aufweist, §§ 434, 435 BGB, also kaputt ist.

Reklamation

Gleich am Montag gehst du zum Klamottenladen und legst die kaputte Hose auf den Tisch. Verwundert schaut dich die Verkäuferin an. »Du hattest wohl kein schönes Wochenende?«

Du schnaufst innerlich. »Hätte ich bestimmt gehabt, wenn die Hose für meine Party am Samstagabend auch heil gewesen wäre.«

»Vielleicht hast du die ja erst auf der Party kaputt gemacht und willst mir den Schaden jetzt unterjubeln?«, wirft die Verkäuferin in den Raum.

Offenbar hatte sie auch ein bescheidenes Wochenende!

»Wie bitte?« Du deutest auf die Schilder an der Hose. »Es sind noch alle Preisschilder dran. Die Hose ist ungetragen. Ich will die zurückgeben.« »Umtausch geht nur gegen Gutschein oder Ware«, bemerkt die Verkäuferin, während sie nebenbei irgendwelche Dokumente checkt.

Dein Vater, der sich bisher im Hintergrund gehalten hat, tritt an den Verkaufstresen. »Sie wissen aber schon, dass das kein **Umtausch**, sondern eine **Reklamation** ist, oder? Die Ware hat gemäß § 434 BGB einen Mangel. Sie ist kaputt. Niemand trägt eine Jeans, die am Hintern aufgerissen ist.«

Die Verkäuferin blickt überrascht auf. »Sie kennen sich anscheinend gut aus!« »Sie anscheinend auch, oder ist es üblich, junge Leute über den Tisch zu ziehen?«, knurrt dein Vater.

»Weil ich dem jungen Mann vorwerfe, dass er die Hose selbst kaputt gemacht hat?«

»Nein, obwohl das allein schon eine Frechheit ist. Sie haben ihm gesagt, dass er die Hose nur gegen Ware oder Gutschein zurückgeben kann. Aber das ist falsch. Er hat sie am Wochenende gekauft. Sie ist kaputt. Damit fällt diese kaputte Hose in die **Gewährleistungspflicht**, die Sie als Verkäuferin haben.«

Stimmt das?

Jeder Kunde hat das Recht auf mangelfreie Ware, egal, ob es sich um einen Computer, eine Hose oder einen Schrank handelt (§§ 434 ff. BGB). Der Verkäufer haftet für sogenannte **Sachmängel** an der Ware, die er verkauft, auch wenn er nichts dafürkann.

Das nennt man *Gewährleistungspflicht.*

2 Jahre lang haftet der Verkäufer hiernach.

Tritt der Mangel an dem Kaufgegenstand innerhalb der *ersten 6 Monate nach dem Kauf* auf, geht der Jurist davon aus, dass der Fehler von Anfang an bestand, der Wurm also schon beim Kauf im Apfel steckte. Hast du also einen kaputten Gegenstand, solltest du diesen auch innerhalb der 6 Monate reklamieren, damit sich die Beweislast nicht umkehrt. Denn nach Ablauf der 6 Monate musst DU beweisen, dass der Fehler von Anfang an bestand, und das ist fast unmöglich.

Viele Verkäufer versuchen dich auf den **Zeitwert** runterzudrücken. Das ist eine Minderung, die nach 6 Monaten auf Kulanz (auf freiwilliger Basis) tatsächlich möglich ist, denn ab diesem Zeitpunkt muss der Verkäufer den Mangel nicht wieder ausgleichen, wenn der Käufer keine Zusatzversicherung/Garantie dazugekauft hat.

IKEA-Klausel

Früher waren die Gerichte schon am Verzweifeln (und ich bin mir sicher, die Käufer von Möbeln auch), weil die Montageanleitungen so grottenschlecht waren, dass kaum jemand in der Lage war, sein Schnäppchen aus dem Möbeldiscounter zusammenzubauen.

Also wurde die sogenannte *IKEA-Klausel* eingeführt.

Du ahnst es vielleicht schon, warum ... Der Name ist ja recht vielsagend.

Der Gesetzgeber hat im Jahre 2002 mit dem **§ 434 Absatz 2 Satz 2 BGB** die *IKEA-Klausel* eingeführt, um Verbraucher vor Montageanleitungen zu schützen, die kaum jemand lesen oder deuten kann.

Eine Montageanleitung, die dich als Laien also nicht in die Lage versetzt, deinen coolen Schrank aufzubauen, stellt seitdem einen Mangel dar! Du dürftest also mit deiner Ware zum Verkäufer gehen, ihm Anleitung und Einzelteile auf den Tresen legen und dein Geld zurückverlangen.

Werbeaussagen

Der Verkäufer erzählt dir, mit der neuen Küchenmaschine kannst du nicht nur Eis herstellen, du kannst auch kochen, braten, backen und frittieren. Zu Hause stellt sich heraus, dass dir der Verkäufer das ›Blaue vom Himmel‹ versprochen, dich also schlichtweg angelogen hat. Die Küchenmaschine kann weder frittieren noch Eis herstellen. Sie kann lediglich dünsten.

Ist es ein **Mangel** an der Ware, wenn die **Werbung** nicht das hält, was sie verspricht?

JA! **Nicht zutreffende Werbeaussagen** (aus TV, Zeitungsannoncen oder von Verkäufern) stellen tatsächlich einen **Sachmangel** dar.

Schlussverkauf

Du ergatterst DIE Hose von Gucci beim Schlussverkauf und trägst sie stolz nach Hause. Dort angekommen, stellst du fest, dass der Reißverschluss kaputt ist. Voller Enttäuschung legst du die Hose in die Ecke, denn auf einem riesigen Schild stand:

›Schlussverkaufsware ist vom Umtausch ausgeschlossen‹.

Ist das korrekt?

Ja, denn so eine **Ausschlussklausel** darf jeder Verkäufer machen! Dann bleibst du auf der Hose sitzen?

Nein, keine Sorge!

Deine Hose ist *kaputt*, darum darfst du sie auch *reklamieren*, also zurückbringen und dein Geld wieder verlangen oder Ersatz der Ware!

Was genau der Umtausch bedeutet, klären wir gleich weiter unten!

Achtung: Neues Kaufrecht[7] ab 2022

Bisher wurde in § 434 BGB festgehalten, dass ein Mangel vorliegt, wenn die Sache, die du gekauft hast, nicht die ›vereinbarte Beschaffenheit‹ hat. Wurde nichts ausdrücklich vereinbart, war das Produkt nicht mangelhaft, wenn man es trotzdem benutzen konnte, selbst wenn es zum Beispiel ein Loch hatte.

§ 434 BGB (2022):

»Die Sache ist frei von Sachmängeln, wenn sie bei Gefahrübergang den subjektiven Anforderungen, den objektiven Anforderungen und den Montageanforderungen dieser Vorschrift entspricht.«

[7] basierend auf der EU-Richtlinie 2019/770 (https://eur-lex.europa.eu/legal-content/DE/TXT/?uri=CELEX:32019L0770), https://dserver.bundestag.de/brd/2021/0146-21.pdf.

Mit der **neuen Fassung** von **§ 434 Absatz 1 BGB** gilt Folgendes: Zu den *subjektiven Anforderungen* gehören nunmehr Art, Menge, Qualität, Funktionalität und Kompatibilität sowie sonstige Merkmale, die vertraglich als Anforderung vereinbart wurden. Die nötigen Zubehörteile müssen vorhanden sein, ebenso eine Montage- und/oder Installationsanleitung. In der neuen Regelung geht es vor allem darum, dass die Meinung beider Vertragsparteien wichtig ist, nicht nur die des Verkäufers. Die *objektiven Anforderungen* beziehen sich auf die alte Fassung, wobei hier neu ist, dass Proben und Muster, die im Vorfeld ausgehändigt wurden, auch dem Endprodukt entsprechen müssen.

§§ 475b Absatz 2 bis 4, 475c BGB (2022):

Neu ist der Sachmangel bei digitalen Produkten / Produkten mit digitalem Inhalt, zu denen vor allem Smartphones und Computer zählen. Sie müssen benutzbar sein, was bedeutet, dass der Händler/Hersteller dann auch entsprechende Updates bereitstellen muss. Diese **Aktualisierungspflicht** gilt *mindestens für 2 Jahre*.

Welche Rechte hast du bei einer Reklamation?

Gewährleistungsrechte:

- ✓ Nacherfüllung
- ✓ Rücktritt
- ✓ Minderung
- ✓ Schadensersatz

Nacherfüllung

Du darfst *Nacherfüllung* verlangen!

Was heißt das genau?

Du als Kunde kannst dir aussuchen, ob du deinen gekauften Gegenstand reparieren lassen oder gegen ein neues, heiles Gerät austauschen möchtest, § 439 BGB. Hierfür musst du dem Verkäufer aber eine Frist setzen. Allerdings darf der Händler die Reparatur auch ablehnen, wenn die Kosten hierfür zu hoch wären.

Ersatzlieferung

Der Verkäufer hat deine Hose noch exakt einmal im Lager. Er holt sie dir und gibt sie dir im Tausch gegen die kaputte Hose. Du hast eine *Ersatzlieferung* bekommen. Bekommst du die neue Ware und ist diese wieder kaputt, darfst du dein Geld zurückverlangen, weil hier dem Verbraucher nur ein einziger Versuch zumutbar ist.

Reparatur

Du kannst dich auch für eine Reparatur entscheiden.

Das Gesetz sieht vor, dass du die Reparatur nur 2-mal dulden musst. Allerdings gab es auch schon Fälle, wo die Gerichte ein 3. Mal akzeptiert haben, weil zum Beispiel der Computer ein technisch kompliziertes Gerät ist. dich hier nicht abspeisen! Der Händler haftet – Punkt.

Ein 4. Mal ist auf keinen Fall zumutbar und auch eine Abwälzung der Haftung des Händlers auf die Werkstatt, weil die es quasi ›verbockt‹ hat, ist nicht rechtmäßig. Lass

Es gibt auch Ausnahmen in die andere Richtung, dann ist nur ein einziger Versuch für dich zumutbar.

Wann ist das der Fall?

- → Du bist dringend auf den Gegenstand angewiesen.
- → Die Ware muss an den Hersteller geschickt werden.
- → Der Gegenstand ist technisch unkompliziert (zum Beispiel ein Toaster).
- → Der Verkäufer war schon beim ersten Versuch unzuverlässig.

Es war die letzte Hose ihrer Art, die du ergattert hast, und dein Leben hängt davon ab, dass du sie auch tragen kannst. Du verlangst also vom Verkäufer, dass er die Hose repariert (hier: näht), denn mit Loch am Po willst du nicht herumlaufen.

a. Der Verkäufer erklärt sich einverstanden und ein paar Tage später bekommst du deine Hose heil zurück.
b. Der Verkäufer kann nicht nähen, hat auch keinen Schneider an der Hand und lehnt die Reparatur ab, Ersatz kann er dir auch nicht leisten.

Wer trägt die Kosten?

Die **Kosten der Nacherfüllung** trägt **immer der Verkäufer**! Er darf dir weder Kosten für den Versand an den Hersteller noch Ersatzteil- oder Lohnkosten aufs Auge drücken.

Rücktritt

Was kannst du tun?

Ist der Sachmangel *erheblich*, kannst du vom Kaufvertrag zurücktreten.

Wann ist der Mangel *erheblich*?

Das hat der Bundesgerichtshof entschieden, und zwar wenn die Reparaturkosten 5 Prozent des Kaufpreises übersteigen[8].

Beim Rücktritt wird dann der Kaufvertrag quasi rückabgewickelt. Das heißt, der Käufer gibt die (kaputte) Ware an den Verkäufer und der Verkäufer gibt das Geld an den Käufer zurück.

Nutzungsentschädigung

Der Verkäufer darf eine Nutzungsentschädigung verlangen. Das ist manchmal schwierig auszurechnen.

Hast du zum Beispiel einen Computer für 1.000 Euro gekauft und gibst ihn nach 6 Monaten zurück, rechnet die Rechtsprechung das so: Der PC kann etwa 5 Jahre benutzt werden, das wären 200 Euro pro Jahr. 6 Monate hast du ihn benutzt, also sind das 100 Euro, die du dir vom zu erstattenden Kaufpreis abziehen lassen musst. Du kriegst also 900 Euro wieder.

---

[8] BGH, Urteil vom 28.05.2014, Az. VIII ZR 94/13.

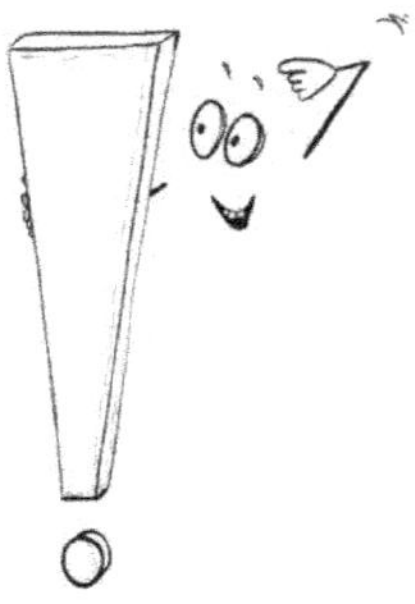

Wenn du statt Geld ein neues Gerät bekommst, darf dir der Verkäufer **keine Nutzungsentschädigung** berechnen, § 475 Absatz 3 Satz 1 BGB[9].

Aber zurück zur Hose ...

Minderung

Die Verkäuferin ist ganz geknickt, dass die Hose kaputt ist, und bietet dir an, dir 10 Prozent Nachlass auf die Hose zu geben, weil sie im Laden keine Schneiderei haben und auch mit keiner Schneiderei zusammenarbeiten. Du kannst dir ausrechnen, ob das Geld, welches sie dir dann auszahlt, reicht, um die Hose selbst zu nähen oder bei einer Änderungsschneiderei reparieren zu lassen oder ob du vom Kaufvertrag zurücktreten möchtest.

Schadensersatz

Die Verkäuferin hat keine andere Hose in deiner Größe und kann auch keinen Ersatz mehr bestellen. Du hast die Hose bei einem anderen Store entdeckt, aber da kostet sie 10 Euro mehr. Diese 10 Euro kannst du zusätzlich zum gezahlten Kaufpreis als **Schadensersatz statt der Leistung** verlangen, wenn das Unternehmen, das die Hose verkauft hat, für den Schaden an der

[9] EuGH Az. C-404/06.

Hose verantwortlich ist. Vielleicht hattest du durch das Hin- und Herfahren auch hohe Benzinkosten. Die muss das Unternehmen dir ersetzen.

Ich selbst musste einmal extra zu IKEA fahren, weil die Firma vergessen hatte, die Schrauben für den Schrank ins Paket zu packen. Das waren für mich 80 Kilometer Fahrtweg. Die Benzinkosten hierfür habe ich herausverlangt. Zunächst hatte mich die Verkäuferin verdutzt angesehen, dann aber nach Rücksprache per Google Maps meinen Weg ausgerechnet und mir 30 Cent pro gefahrenen Kilometer erstattet! (Rechtsgrundlage: § 439 Absatz 2 BGB)

Wenn das die Reklamation war, was ist dann der Umtausch?

Umtausch

Niklas kauft sich einen Ring und geht mit diesem glücklich nach Hause. Als er sich kurz darauf mit seiner Clique trifft, bemerkt einer seiner Freunde: »Hast du einen neuen Ring?«

Stolz nickt Niklas.

Ein anderer beugt sich neugierig darüber. »Du weißt aber schon, dass die Vollhorsts der Oberdorfer-Clique genau diesen Ring als Statussymbol haben, oder?«

Erschrocken reißt Niklas sich den Ring vom Finger. »Waaaaas? Im Ernst?« Alle nicken. Niklas verdreht die Augen und denkt sich: ›Mist, wie kriege ich nun mein Geld wieder?‹

»Den wirst du wohl zurückgeben müssen!« Seufzend nimmt Niklas sich vor, den Ring so schnell wie möglich zum Store zurückzubringen.

Gedacht, getan!

Am nächsten Tag steht er im Laden und sagt der netten Verkäuferin, dass er den Ring leider zurückgeben muss.

Freundlich lächelnd fordert sie seinen Kassenzettel, obwohl sie sich doch eigentlich an ihn erinnern müsste.

Ohne Nachweis – Der verschlampter Kassenbon

»Sie wollen den Kassenbon?«, fragt Niklas erschrocken.

»Ja, den benötige ich für den Umtausch.« Noch immer lächelnd deutet die Verkäuferin auf einen laminierten DIN-A4-Zettel mit der neckischen Überschrift *AGB*.

Allgemeine Geschäftsbedingungen (AGB) sind vorformulierte Vertragsbedingungen einer Geschäftspartei. Man findet sie sowohl in Offline-Stores als auch in Online-Stores. Sie regeln die rechtlichen Fragen zwischen den Vertragsparteien.

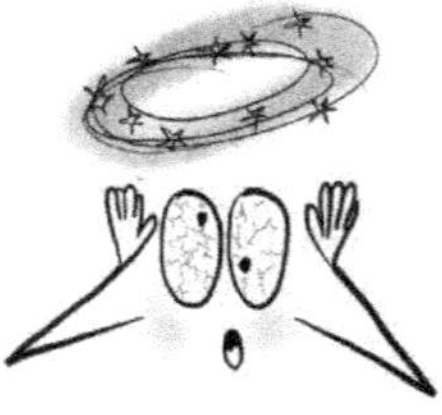

Was bedeutet das jetzt genau?

In einem Laden müssen die *AGB* nicht nur sichtbar platziert werden, damit sie gültig sind, sondern der/die Verkäufer/in müssen beim Verkauf ihrer Waren auch darauf hinweisen. (Machen die wenigsten, weil die Einzelhändler/innen eh oft schon Fransen am Mund haben oder sich damit kaum auskennen.)

AGB müssen für jedermann verständlich sein. Sind sie es nicht, muss der Verkäufer diese erklären können. Sie sollen das Geschäftsleben vereinfachen, denn niemand hat Bock, wirklich 100-mal am Tag dieselben Vertragsklauseln[10] durchzukauen, zumal sich diese ja nicht ändern, nur weil der Ladeninhaber Tante Trude lieber mag als Klein Fritzchen. Die Nase, Klamotten und auch der Charakter eines Menschen bestimmen in diesem Fall NICHT die Vertragsbedingungen.

Sie gelten für alle gleichermaßen. (Was ja irgendwie auch beruhigend ist! Stelle dir nur vor, du holst dir fix kurz vor dem Theaterbesuch in schicker Abendgarderobe eine Cola im Supermarkt und darfst plötzlich nur mit American Express Card zahlen statt mit deiner Sparkassenkarte. Oder du bist ungeschminkt in Jogginghose in der Parfümerie und wirst nicht bedient, weil du aussiehst wie Nachbars Lumpi.)

AGB regeln also sowohl bei (örtlichen) Einkaufsläden als auch in Online-Stores Vertragsbedingungen wie zum Beispiel:

- ✓ Zahlungsmodalitäten
- ✓ Lieferbedingungen
- ✓ Vertragsschluss – wann und wie
- ✓ Transport – wie, mit wem und bis wohin? Bordsteinkante oder bis zur Haustür?
- ✓ Versandkosten
- ✓ Rücktritt
- ✓ Widerruf

[10] Vertragsklauseln = Vertragsbedingungen wie zum Beispiel Zahlungswege.

Zurück zu unserem Beispiel mit dem Jugendlichen, der den Ring zurückgeben will ...

»Den Kassenbon habe ich nicht aufbewahrt. Die Dinger halten doch eh nicht lange oder sie verschmieren alles in der Tasche«, versucht sich Niklas herauszureden.

Die Verkäuferin lächelt. »Ach, weißt du, erst gestern hatte ich einen Jugendlichen hier, der behauptet hat, eine Halskette zurückgeben zu wollen. Er hatte auch keinen Kassenbon dabei und am Ende hat sich herausgestellt, dass er sie noch gar nicht gekauft hatte.«

»Boah, das ist Diebstahl!«, platzt Niklas heraus.

Die Verkäuferin (sie hat wirklich gut aufgepasst in der Berufsschule) schüttelt den Kopf. »Irrtum, das ist ein Betrug!«

Niklas zuckt mit den Schultern.

Den Unterschied kennt er nicht wirklich (aber du, wenn du das Buch zu Ende gelesen hast), aber das ist ihm auch egal.

»So etwas würde ich nie tun!«, sagt Niklas im Brustton der Überzeugung. »Das glaube ich dir sogar. Aber ich darf den Ring trotzdem nicht ohne Kassenbon zurücknehmen.«

Warum also müssen Läden Ware nicht zurücknehmen, für die der *Kunde* keinen Kassenzettel mehr hat?

Natürlich gibt es die liebe Oma, die bereits beim Hinausgehen aus dem Store lästige Einkaufszettel in den Mülleimer schmeißt, weil die Dinger immer so hässliche Flecken in ihrer Handtasche machen. Es gibt auch die vertöffelten Eltern, die den Bon im Stress verlieren oder verlegen. (Kann ich mich auch nicht immer von freisprechen.)

ABER ... es gibt leider auch immer wieder schwarze Schäfchen, die Waren **klauen** statt sie zu kaufen, dann kackenfrech durch den Store rennen und behaupten, die Ware gefällt ihnen nicht mehr, die möchten sie zurückgeben. Um derartige Vorgehensweisen zu vermeiden, sind Verkäufer/innen in der Regel auch angehalten, Ware nur gegen Vorlage eines Kassenbons, der ja den Kauf nachweist, vorzunehmen.

Bewahre deine **Kassenbons** in einer Klarsichtfolie für *mindestens 6 Monate und maximal 2 Jahre* auf. Lässt du sie zum Beispiel in einer Lederhandtasche, verschwindet die Schrift.

Am besten ist es, du fotografierst sie. Das lohnt sich vor allem bei Einkäufen von elektronischen Geräten und Klamotten.

Wenn du mit deiner **Girocard** bezahlt hast, ist es dem Laden möglich, deinen Einkauf nachzuverfolgen und notfalls eine Ersatzrechnung auszudrucken.

Daher empfiehlt es sich, teure Waren wie Elektrogeräte mit Girocard zu bezahlen. Hier kannst du beim Verkäufer/Filialleiter Kaufdatum und ungefähre Kaufzeit angeben. Viele haben ihren Bankzugriff schon auf dem Handy (zum Beispiel Sparkassen-App) und können anhand der Abbuchung den Kauf nachweisen.

Zurück zu unserer Geschichte …

»Haben Sie nicht eine Überwachungskamera im Laden? Sie könnten doch nachsehen! Dann sehen Sie, dass ich den Ring gestern erst gekauft habe,«, schlägt Niklas vor.

Die Verkäuferin stutzt. »Ja, wir haben eine Kamera. Aber auf so eine Idee bin ich noch nie gekommen.« Nachdenklich kaut sie auf ihrer Unterlippe. »Wie hast du denn bezahlt? Mit deiner Girocard? Hast du so etwas schon?« »Hallooooo?! Ich bin 17! Natürlich habe ich eine Girocard «, antwortet Niklas, als sei es das Natürlichste auf der Welt, als **beschränkt Geschäftsfähiger** ein eigenes Bankkonto zu haben. »Und ich habe auch mit Karte bezahlt.«

Die Verkäuferin unterdrückt ein Schmunzeln. »Super! Dann gehe ich fix ins Büro und schaue nach. Die Bezahlung mit deiner Girocard darf ich nämlich auch als Nachweis nehmen.« Hier hat Niklas Glück gehabt.

Er hat zwar den Kassenbon verschlampt, aber durch die **Zahlung mit der Girocard** muss der Ladeninhaber das Geld für die Ware von seinem Konto abbuchen lassen, und bei dem Vorgang wird die Bon-Nummer dem Kaufvertrag und der Zahlung zugeordnet. Damit lässt sich der Kauf eindeutig dem Kunden zuordnen. Gleiches wäre zum Beispiel auch bei Nutzung einer **Kundenkarte** möglich.

Wenn die Ware noch verpackt ist und mit Preisetikett versehen, sind viele Verkäufer/innen auch kulant und nehmen die Ware zurück, obwohl der Kassenzettel fehlt! Hierzu sind sie jedoch *nicht verpflichtet*.

Zeit vorbei – 3 Wochen später

Eigentlich hatte sich Niklas fest vorgenommen, seinen Ring gleich am nächsten Tag zurückzubringen. Aber dann kam was dazwischen, und weil er den Ring in seine Jackentasche gelegt hatte, war er aus den Augen und damit aus dem Sinn. 3 Wochen später fällt ihm ein, dass er den Ring noch zurückgeben wollte. Abgehetzt kommt er im Laden an und setzt das schönste Lächeln auf, das er aufbringen kann, um die Verkäuferin zu bezirzen.

Ebenfalls lächelnd nimmt die Verkäuferin den Kassenbon entgegen und checkt das Datum. »Den Ring hast du aber schon vor 3 Wochen gekauft! Sorry, aber du kannst den Ring jetzt nicht mehr zurückgeben.«

»Diese eine Woche macht doch nichts, oder?« Niklas lächelt noch einen Zacken breiter, aber es hilft alles nichts.

»Tut mir echt leid, aber dann kriege ich Ärger mit meiner Chefin!«

Wer hat sich bitte DAS ausgedacht, dass man Sachen, die einem nicht (mehr) gefallen, nur innerhalb von 2 Wochen umtauschen kann, denkt er innerlich knurrend und zieht davon.

Tja, wer hat sich das ausgedacht? Und warum gibt es eigentlich keine gesetzliche Regelung für so einen dummen Umtausch im Ladengeschäft, wenn die Deutschen Gesetze doch so lieben?

So ärgerlich es ist, aber solange die Ware *mangelfrei* ist (also heil und einwandfrei funktioniert), kann der Käufer *keinen Umtausch* verlangen. Denn der Käufer hat mit dem Verkäufer einen Vertrag geschlossen und der Gesetzgeber hat KEIN gesetzlich verankertes Rückgaberecht vorgesehen.

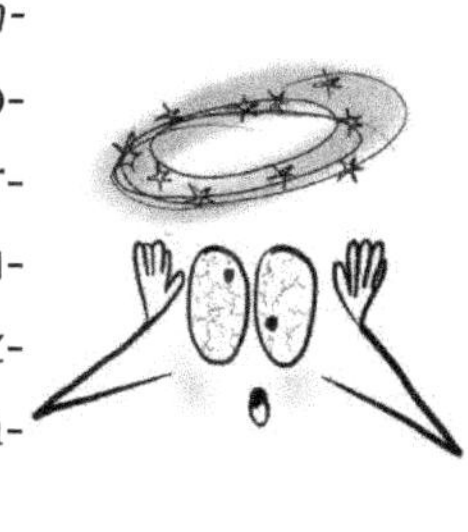

Einzig und allein, weil Verkäufer ihre Kunden binden und zufriedenstellen möchten, gewähren sie ihnen für eine bestimmte Zeit ein Umtauschrecht. Auch die Bedingungen, die Verkäufer stellen, sind freiwillig:

- ✓ Umtausch innerhalb eines bestimmten Zeitraumes
- ✓ Umtausch nur gegen Gutschein oder Ware (keine Geldrückgabe)
- ✓ Umtausch nicht bei reduzierter Ware
- ✓ Umtausch nur gegen Vorlage des Kassenbons

Manche Discounter bieten sogar unbegrenztes Umtauschrecht an. Es gibt aber auch Artikel, die Einzelhändler generell vom Umtausch ausschließen wie …

- ☹ personalisierte Waren (zum Beispiel bedruckte Becher ...)
- ☹ Kosmetikprodukte
- ☹ Entsiegelte CDs/DVDs
- ☹ Unterwäsche/Bademode

Gattungsware – Vom Umtausch ausgeschlossen

Niklas geht noch am gleichen Tag in den Schmuckladen und legt den ollen Ring auf den Tresen, der seine Ehre besudelt. Verwirrt guckt die Verkäuferin ihn an. »Was soll ich damit? Den hast du doch heute erst gekauft?«

»Ja, und ich will ihn zurückgeben.«

»Warum?«

»Weil ...« Es ist ihm ein wenig peinlich zuzugeben, dass er nicht gewusst hat, dass der Ring ein Statussymbol der anderen Clique ist. Doch er findet auch, dass er sich nicht rechtfertigen muss und antwortet selbstsicher. »Weil er mir nicht mehr gefällt.«

»Aber alle Jugendlichen im Ort tragen diesen Ring.«

Es brodelt in Niklas!

ER gehört doch nicht zu den dämlichen Oberdorfern, die sich bei jeder Gelegenheit besaufen oder Chemiekeulen einwerfen!

»Nee, tun sie nicht! Das ist ein Ring, den nur die Oberdorfer Spacken tragen«, knurrt Niklas empört.

Die Verkäuferin lächelt. »Wir haben exakt 20 Ringe davon angefertigt. Das ist eine Maßanfertigung. Leider kamen aber nur 19 Jugendliche, um den Ring auch zu kaufen. Du hast den 20. erwischt.«

»Dann wird sich der 20. bestimmt noch bei Ihnen melden und ich kann den Ring zurückgeben.«

Ungeduldig tippt er mit dem Fuß auf.

Die Verkäuferin holt tief Luft und deutet auf das laminierte Schild mit den **AGB**. »Sorry, das geht leider nicht, denn das ist *keine Gattungsware*!« Keine WAS?

Niklas entgleiten alle Gesichtszüge und er ist etwas verärgert, weil er keinen Plan hat, was die Verkäuferin von ihm will! (Hätte er mal das Buch gelesen.)

»Gattungsware?«

Die Verkäuferin nickt. Sie hat gut aufgepasst während ihrer Ausbildung als Einzelhandelskauffrau.

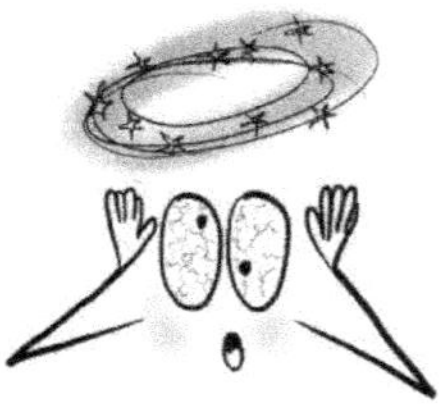

Als **Gattungsware** bezeichnet man Sachen, die nach allgemeinen Merkmalen bestimmt sind und quasi aus Serienproduktionen stammen, § 243 BGB. Davon gibt es also zig Stück, weil sie massenhaft hergestellt wurden. Das Gegenteil ist übrigens das **Stückgut**.

Du siehst, alles was massenhaft hergestellt wird, kann auch bei Nichtgefallen wieder umgetauscht werden (*Gattungsware*). Dinge, die künstlerisch in Eigenproduktion und/oder als Sonderanfertigung hergestellt werden (*Stückgut*), sind vom Umtausch ausgeschlossen. Sie sind meistens so individuell, dass man davon ausgeht, dass man hierfür keinen neuen Käufer findet.

Online-Bestellung

Herzlich willkommen im Zeitalter des Internet-Handels!

Im Gegensatz zum örtlichen Einzelhandel, wo der Kunde die Waren begutachten kann, hat er diese Möglichkeit in *Online-Shops* nur durch Fotos und Beschreibungen der Produkte.

Aus diesem Grunde hat der Gesetzgeber den **Umtausch** tatsächlich gesetzlich geregelt. Im Jahre 2000 hieß es noch **Fernabsatzgesetz**, aber die Regelungen wurden 2002 in das Bürgerliche Gesetzbuch integriert (§§ 312 ff. BGB).

Weiter oben hast du gelesen, dass ein Vertrag durch 2 übereinstimmende Willenserklärungen zustande kommt.

Die Präsentation im Online-Shop ist dabei jedoch kein Angebot, sondern eine **Einladung zur Abgabe eines Angebotes**[11].

Du kannst also eine Hose in den *Warenkorb* legen und virtuell *zur Kasse gehen*. Dort gibst du deine Daten ein, wenn du kein Kundenkonto hast, und drückst auf den **Kaufen-Button**. Durch den Klick bestellst du nun deine Ware im Internet und gibst damit ein **Angebot** ab.

Diese *Button-Regelung* hat der Gesetzgeber bereits 2012 geschaffen, damit man im Online-Handel mehr Transparenz hat und weiß: *›Jetzt kaufe ich etwas oder schließe ein Abo ab.‹*

---

[11] Invitatio ad offerendum = Einladung zur Abgabe eines Angebotes, Bedeutung erkläre ich gleich.

Weil das jedoch eine **Willenserklärung unter Abwesenden** ist (du sprichst ja nicht mit dem Händler), muss deine Bestellung als Willenserklärung natürlich auch beim Online-Händler ankommen.

Damit der Händler nicht in Schwierigkeiten kommt, wenn das plötzlich eine Million Menschen gleichzeitig tun, ist das Shop-Angebot nur ein unverbindliches Angebot, eine Einladung sozusagen.

Erst mit der Bestätigung des Online-Händlers ist der Vertrag zustande gekommen.

Die Frist des Händlers, dein Angebot anzunehmen, ist durch die schnelle Datenübertragung relativ kurz und so erhältst du oftmals innerhalb von wenigen Minuten eine Bestätigungsmail oder dir wird gleich mitgeteilt, dass die Ware lieferbar ist und du einen Vertrag geschlossen hast.

Nun kommt die Hose bei dir zu Hause an und voller Vorfreude schlüpfst du hinein – ups ... nee, nicht ganz! Sie klemmt an den Oberschenkeln, weil sie schlichtweg zu klein ist. Enttäuscht pulst du sie wieder herunter und überlegst, was du nun tun kannst ...

Die Regelungen für den **Fernabsatz** gelten nicht nur für Internetgeschäfte, sondern auch bei Verträgen per Telefon/Brief/Fax oder an deiner Haustür! Ein Händler muss regelmäßig liefern, um unter diese speziellen Regelungen des **Fernabsatzes** zu fallen.

Es reicht nicht, dass dir der kleine Supermarkt um die Ecke mal einen Gefallen tut, weil du dir das Bein gebrochen hast und dir aufgrund deines Telefonanrufs Waren vom Sohn vorbeibringen/liefern lässt. Das ist dann **kein Fernabsatzgeschäft**.

Gewährleistung im Online-Business

Auch Online-Händler haften gemäß § 365 BGB (Bürgerliches Gesetzbuch) für Waren, die kaputt sind (= einen Mangel aufweisen). Wenn du also einen megateuren Fernseher kaufst, der bereits nach 10 Minuten die Hufe hoch macht, kannst du den Fernseher **reklamieren**, denn du hast *2 Jahre* Zeit, bis die **Gewährleistungsfrist** abläuft. Wichtig hierbei ist, dass in den *ersten 6 Monaten* **nach deinem Kauf** der Verkäufer beweisen muss, dass die Sache heil war.

Nach Ablauf von 6 Monaten muss der Kunde nachweisen, dass die Ware von Anfang an kaputt war – und das ist leider sehr schwer.

Garantie im Online-/Offline-Business

Die *Garantie* ist gesetzlich nicht verankert. Es gibt **Herstellergarantien** und **Händlergarantien**. Die Garantie ist eine freiwillige Zusicherung, die innerhalb des vom Hersteller oder Händler festgelegten Zeitraumes häufig *zusätzlich* zur gesetzlichen Gewährleistung angeboten wird.

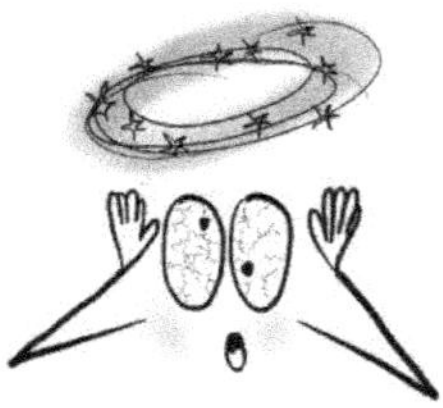

Manche hochpreisigen Firmen aus dem Hightech-Bereich geben gerne eine Garantie von einem Jahr. Was eine merkwürdig kurze Garantie ist, wenn man bedenkt, dass einige der Unternehmen für langlebige Produkte stehen.

Nehmen wir an, dein iPhone lässt sich nicht mehr starten. Du schaust auf den Bon und stellst fest, du hast es vor 13 Monaten gekauft.

Was nun?

Repariert dein Hersteller das iPhone auf seine Kosten oder bekommst du ein neues Telefon?

Sofern du keine Versicherung oder Garantieverlängerung abgeschlossen hast, gehst du leer aus und musst das Handy auf deine Kosten reparieren lassen.
Mittlerweile kaufen viele Verbraucher eine **Händlergarantie**.

Diese empfehle ich meinen Kindern zumindest bei teuren Geräten ab 1.000 Euro Kaufpreis, weil man dann das Gerät problemlos repariert oder ersetzt bekommt, auch nach Ablauf der ersten 6 Monate. Für meinen Laptop hatte ich zum Beispiel eine 4-jährige Zusatzgarantie. Nach dreieinhalb Jahren ist mir beim Umzug ein Stein in die Tasche gekommen, sodass das Display zerbrach. Das war mein Glück, so konnte ich das Display ohne Probleme austauschen lassen.

Rückgabe/Widerruf

Kann ich wirklich alles zurückgeben?

Nein, auch hier gibt es Ausnahmen.

Folgende Dinge darfst du **nicht zurückschicken**:

- ☹ Personalisierte Waren (zum Beispiel ein Gesellschaftsspiel mit deinen Fotos und/oder Namen)
- ☹ Schnell verderbliche Waren (frische Lebensmittel)
- ☹ Zeitungen, Zeitschriften
- ☹ Bahntickets, Tickets für Konzerte und Seminare (bei den mittlerweile so beliebten Coaches/Speakern/Fortbildungen)
- ☹ Entsiegelte CDs/DVDs
- ☹ Digitale Inhalte (wenn du sie heruntergeladen hast)

Wie funktioniert denn überhaupt die Rückgabe?

Die **Rückgabe** bei Online-Geschäften ist nicht kompliziert. Allerdings musst du dich für den **Umtausch** an die *14 Tage* des Widerrufsrechts halten und es ist günstig, *vor dem Vertragsschluss* zu gucken, ob du den Rücktransport bezahlen musst bzw. ab welchem Kaufpreis.

Es gibt viele Händler, bei denen kannst du immer bei Nichtgefallen zurücksenden (zum Beispiel Amazon, wenn kein *Marketplace-Verkäufer*); es gibt aber auch Händler, bei denen musst du Ware im Wert von mindestens 40 Euro bestellt haben, um sie auf dessen Kosten zurückschicken zu können.

Wenn du auf Kosten des Händlers zurücksenden kannst, hast du in der Regel ein **Rücksende-Etikett** im Paket oder du kannst es beim Händler per Mail anfordern.

Bei einigen Händlern hast du noch die Wahl des Transportunternehmens. Mittlerweile kannst du sogar den Rücktransport mit einem QR-Code im Handy organisieren, indem du in der Filiale (DHL, Hermes ...) den QR-Code vorzeigst. Die drucken dann die Etiketten aus und nehmen das Paket entgegen.

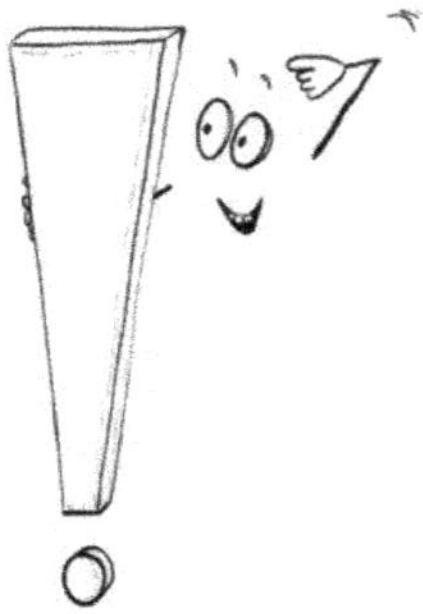

Den Nachweis des Rücktransports solltest du unbedingt aufbewahren, falls das Paket auf dem Transportweg verloren gehen sollte.

Wenige Schritte zur Rückgabe

1. Du hast **14 Tage Zeit** nach Abschluss des Vertrags oder dem Erhalt deiner Ware.
2. Wenn du die Ware zurückgeben willst (*Widerruf*), musst du dem Online-Händler **schriftlich** mitteilen, dass du **widerrufen** willst.
3. Oft liegt im Paket ein Zettel für den Rückversand (**Rücksendeschein**), den du nicht ausfüllen musst (hat der BGH am 16.03.2016 bestätigt, Az. VIII ZR 146/15), daran hängt dann noch ein Zettel für das Paket mit der Adresse des Händlers (Versandetikett), den du **auf das Paket kleben** musst.
4. Du musst **nicht die Originalverpackung** nehmen! Das ist ein weitverbreiteter Irrglaube. Hast du diese also zerstört oder weggeworfen, verpackst du die Ware normal im Karton.
5. Wenn kein Versandetikett im Paket liegt, gehst du auf die Website und schreibst dort den Händler an. Er muss dir dann einen Rücksendeschein und ein Versandetikett per Mail schicken.
6. Online-Händler dürfen eine sogenannte *40-Euro-Klausel* einbauen. Danach musst du als Käufer/in die Kosten vom Rückversand (bei DHL und Co.) nur bezahlen, wenn die Ware, die du bestellt hast, 40 Euro Warenwert nicht überschreitet.
7. Der Online-Händler muss dir *innerhalb von 14 Tagen* nach Erhalt der Ware dein Geld zurückerstatten.

Bevor du bestellst, schaue dir genau an, **wo** die Firma sitzt. Es gibt zum Beispiel viele chinesische Firmen, die ein schwammiges *Impressum* haben ohne Angabe des Firmensitzes. Hier hast du **hohe Rückversandkosten**, die du oft alleine tragen musst.

Auch Bestellungen innerhalb Europas, die zum Beispiel mit einer Spedition getätigt werden, können dich teuer zu stehen kommen, wenn du den Rücktransport selbst bezahlen musst. Da kommen schnell mal 300 Euro für die Rücksendung zustande!

Noch ein paar Geheimnisse …

Invitatio ad offerendum

Hä? Invitatio?

'Ne Einladung? Für was? Zum Essen?

Nee, nicht ganz. Aber mit einer Einladung hat Obiges wirklich zu tun.

Die *Invitatio ad offerendum* ist die **Einladung zur Abgabe eines Angebotes**.

Seit jeher lieben Juristen die lateinische Sprache, weil sie dadurch zeigen konnten, dass sie gebildeter waren als das normale Völkchen, das meistens nicht einmal lesen und schreiben konnte.

Aber was ist diese *Einladung* nun genau?

Und wo gibt es das?

Ganz einfach:

- ✓ ... im Schaufenster,
- ✓ ... im Katalog,
- ✓ ... im Online-Shop und
- ✓ ... in der Zeitungsannonce.

Du verstehst nur Bahnhof? Kein Problem!

Also ...

Wenn ein Verkäufer seine Waren im **Schaufenster** ausstellt und das Preisschild gleich neben der Ware platziert, ist das **kein Vertragsangebot**, sondern nur eine Aufforderung an den Kunden, ihm ein Angebot abzugeben.

Quasi eine Einladung – die *Invitatio ad offerendum*!

Stelle dir vor, du stehst im Laden deiner Eltern und verkaufst einen superobermegacoolen Hexenbesen. Diese Sonderaktion liegt im Schaufenster für nur 20 Euro. Ein junges Mädel flitzt in den Laden und sieht, dass dein Vater den Besen gerade an einen anderen verkauft.

Wenn nun das Ausstellen der Ware im Schaufenster bereits ein Angebot wäre, müsste nur einer von den beiden Kunden laut schreien: »ICH will den Besen kaufen!« Und schon wäre der Kaufvertrag mit dem einen zustande gekommen. Wenn dann beide den Besen wollen, hätte der andere quasi Pech gehabt. Denn – das hast du vielleicht bereits gelesen – ein Kaufvertrag kommt durch Angebot und Annahme zustande.

Stell dir vor, 20 Leute rufen gleichzeitig, dass sie den Besen kaufen wollen.

Dann müsstest du für jeden einen Besen haben.

Darum hat der Gesetzgeber für den Verkäufer eine Hintertür offen gelassen, indem er die *Invitatio ad offerendum* eingeführt hat.

Da dein Schaufenster also nur eine **Einladung zur Abgabe eines Angebotes** an den Kunden ist, brauchst du dem anderen Kunden als Verkäufer auch keinen Schadensersatz leisten, weil du den Besen nicht mehrfach verkauft hast – du hättest den *Vertrag* nicht erfüllen können!

Wenn jetzt einer der Kunden sagt: »Ich will den Besen unbedingt haben, koste es, was es wolle. Ich biete 30 Euro.«

Dann hast du als Verkäufer/in die Qual der Wahl und kannst entweder annehmen oder ablehnen. Du kannst den einen Besen allerdings nur einmal verkaufen.

Um die Kunden nicht zu verwirren, steht da oft:

Nur solange der Vorrat reicht.

Culpa in contrahendo

Culpa – was für ein Ding?

Culpa in contrahendo (c.i.c.) bedeutet **schuldhafte Verletzung von Pflichten aus einem vorvertraglichen (gesetzlichen) Schuldverhältnis.**

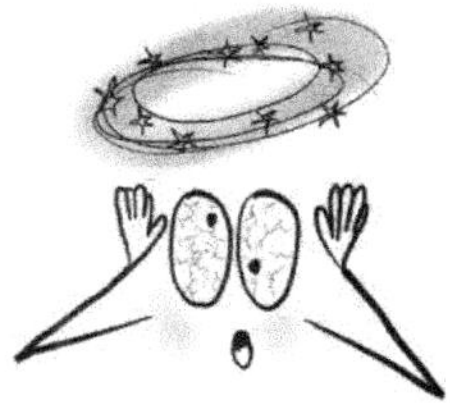

Wow!

Alles verstanden?

Nee?

Macht nix.

Ich erkläre es dir!

Das Prinzip **c.i.c.** wurde bereits 1861 von dem deutschen Juristen Rudolf von Jhering entwickelt. Vielleicht wollte er mit dieser **Garantiehaftung** Meinungsverschiedenheiten unter Juristen beenden, vielleicht ist er auch einfach nur selbst in einen Laden gegangen, um fix ein Stück Kuchen für die Teestunde zu besorgen, und ist auf dem Kirschkern der tollpatschigen Konditorin ausgerutscht, *bevor* er den Kuchen kaufen konnte (also, bevor es zum Vertragsschluss kam!).

Erst 141 Jahre später, im Jahr 2002, ist die Haftung für fahrlässiges Verhalten VOR dem Zustandekommen eines Vertrages im Bürgerlichen Gesetzbuch (§§ 280 Absatz 1, 311 Absatz 2, 241 Absatz 2 BGB) gesetzlich geregelt worden.

Also, was ist *c.i.c.*?

Genau, ein Anspruch für dich als Kunden, wenn du in einen Laden gehst und dich verletzt, BEVOR du etwas kaufen konntest. Das ist wichtig, denn früher waren nur Geschäftspartner gegenseitig zur Sorgfalt verpflichtet, nicht jedoch Menschen, die noch gar keine Geschäfte miteinander getätigt hatten.

Was wird denn hier eigentlich genau geregelt?

Du gehst zum Imbiss und willst dir mit deiner Freundin erst einen Burger und dann einen Eisbecher mit Himbeersoße gönnen.

Voller Vorfreude betretet ihr den Laden und marschiert schnurstracks zum Bestell-Terminal. Doch bevor ihr zur aussichtsreichen Bestellung kommt, rutschst du auf dem frisch gewischten Boden aus, auf dem ein anderer Kunde kurz vor dir sein Eis verloren hatte.

Da der Mitarbeiter nicht schnell genug und noch beim Wischen war, stand auch kein Warnschild dort mit der Aufschrift *Rutschgefahr*.

Du fliegst hin und brichst dir den Arm.

Herrje, denkst du, wieso ausgerechnet heute, wo du dein Taschengeld auf den Kopf hauen wolltest?

Und wieso ausgerechnet in Deutschland, wo du in den USA doch locker eine Million Dollar Schmerzensgeld hättest verlangen können?

Es hilft nix.

Burger und Eis sind vergessen, stattdessen sitzt du kurz darauf im Krankenwagen und düst in die nächstgelegene Klinik.

Wäre dir dieser Unfall vor 1861 passiert, wärest du vielleicht leer ausgegangen!

Wir sind aber nun im 21. Jahrhundert, und damit hast du zumindest einen Anspruch auf Schadensersatz. Und nein, du kriegst jetzt keine 100 Eisbecher. Viiiiiel besser!

Du bekommst einen sogenannten **Vertrauensschaden** zugesprochen und, wenn du bereits im Berufsleben stehst und du kurz nach dem Besuch einen Geschäftstermin mit DEM Abschluss deines Lebens gehabt hättest, sogar die Möglichkeit, deinen entgangenen Gewinn vom Betreiber des Imbisses zu fordern.

Denn ... weil dein Geschäftspartner vergeblich auf dich gewartet hat, hat er seinen Mega-Deal mit einem anderen Geschäftspartner abgeschlossen und du gehst leer aus.

(Ich bin mir allerdings sicher, dass du ebenso einen fetten Gutschein deines Imbisses als Entschuldigung bekommen würdest! Schließlich wollen sie, dass du wiederkommst und nicht die schlechte Nachricht die Runde macht, dass die Mitarbeiter zu langsam sind, ein Warnschild beim Aufwischen aufzustellen.)

Der Bundesgerichtshof hat diesen sogenannten ›*Gemüseblattfall*‹ mal auf dem Tisch gehabt[12].

Hier war eine Kundin im Supermarkt ausgerutscht. Der Supermarktleiter ist hier seiner **Verkehrssicherungspflicht** (ja, es gibt für alles einen Namen und nicht jeder ist hübsch!) nicht nachgekommen, das heißt, er konnte die Reinigung und Sicherung der Gänge NICHT nachweisen, und musste für den Unfall seiner potenziellen Kundin haften, obwohl sie noch gar nichts gekauft hatte.

[12] BGH Urteil v. 28.01.1976, Az. VIII ZR 24674.

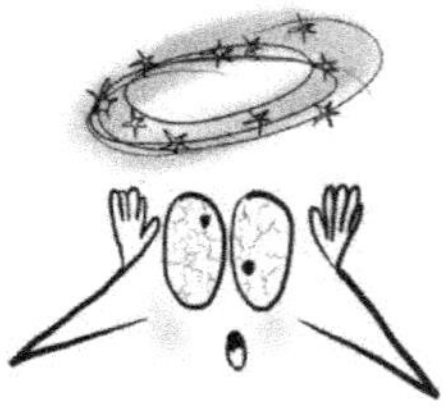

Leider gibt es in Deutschland auch traurige Gegenbeispiele. Ich selbst bin im Juni 2012 in Zwickau in einen riesigen Supermarkt marschiert, habe eingekauft und auf dem Weg nach draußen (richtig, ich war bereits Kundin – also greift hier nicht c.i.c.!) fiel die Lichtschranke der riesigen Glasschiebetür aus.

Die schwere Tür donnerte gegen meinen Körper und schoss mir die Bandscheibe aus der Wirbelsäule. Der Markt, in dem die Welt noch in Ordnung ist, zahlte keinen Cent Schadensersatz oder Schmerzensgeld.

Warum nicht?

Die Antwort meines seeeeehr teuren Anwalts: Der Supermarktleiter konnte nachweisen, dass die Lichtschranken regelmäßig gewartet wurden. Damit hatte die Staatsanwaltschaft die *fahrlässige Körperverletzung* ausgeschlossen und die Rechtslage ließ mich auf dem (körperlichen und finanziellen) Schaden sitzen.

Nachdem dieser Unfall dort passiert war, fiel die Schranke ein weiteres Mal aus und verletzte einen älteren Herrn. Daraufhin wurde eine zweite Lichtschranke oberhalb der Tür angebracht. Gezahlt wurde trotzdem kein Cent.

Hier hätte mir auch ›c.i.c.‹ nix genützt.

Kündigung eines Vertrags

Wie schreibst du im Vertragsrecht eine Kündigung?

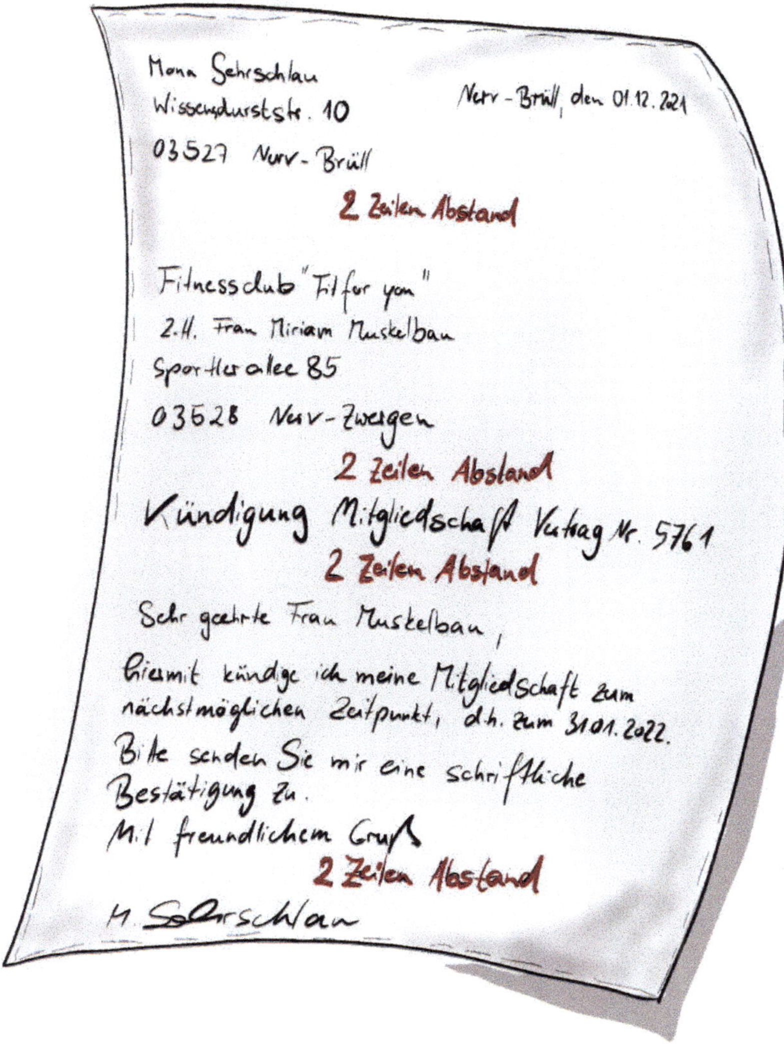
Mona Sehrschlau
Wissensdurststr. 10
03527 Nerv-Brüll

Nerv-Brüll, den 01.12.2021

2 Zeilen Abstand

Fitnessclub "Fit for you"
z.H. Frau Miriam Muskelbau
Sportlerallee 85
03528 Nerv-Zwergen

2 Zeilen Abstand

Kündigung Mitgliedschaft Vertrag Nr. 5761

2 Zeilen Abstand

Sehr geehrte Frau Muskelbau,

hiermit kündige ich meine Mitgliedschaft zum nächstmöglichen Zeitpunkt, d.h. zum 31.01.2022.
Bitte senden Sie mir eine schriftliche Bestätigung zu.
Mit freundlichem Gruß

2 Zeilen Abstand

M. Sehrschlau

Fangen wir mit dem **Briefkopf** an!

Als Schrift kannst du zum Beispiel Times New Roman, Größe 12, wählen.

Links schreibst du zuerst **deine Daten**, also ...

- ✓ Vor- und Nachname
- ✓ Adresse
- ✓ Telefonnummer (kein Muss!) und eventuell deine E-Mail-Adresse.

Rechts daneben schreibst du **Ort** und **Datum**, an dem der Brief verfasst wurde.

Danach folgen die **Angaben zum Empfänger**.

Wenn du innerhalb einer Firma oder Behörde an eine bestimmte Person schreiben willst, schreibst du nach dem Firmennamen in der zweiten Zeile ›*z. H.*‹, das heißt, ›*zu Händen von*‹ und ist seit vielen Jahren eine gängige Bezeichnung, wenn du einen direkten Ansprechpartner hast.

Wie geht es dann weiter?

In der sogenannten **Betreffzeile** gibst du den Grund deines Briefes an sowie die Mitgliedsnummer bei Vereinen, Vertragsnummern bei Firmen, mit denen du einen Vertrag abgeschlossen hast, und bei Behörden das **Aktenzeichen (Az)**.

Az. – findest du rechts auf dem Briefkopf des Behördenbriefes, wenn du von der Behörde (zum Beispiel Landratsamt, Polizei, Staatsanwaltschaft) Post bekommen hast.

2 Zeilen unter dem Betreff schreibst du die höfliche **Anrede**.

Kennst du den Empfänger nicht, schreibst du lediglich ›*Sehr geehrte Damen und Herren*‹.

Kennst du den Empfänger und schreibst diesen auch an (z. H.), solltest du darauf achten, dass du ihn in der Anrede auch erwähnst. Es gibt viele, die schreiben hier dann nur ›Sehr geehrte Frau Muster‹, das kann man machen, aber wenn du nicht weißt, ob den Brief noch andere lesen werden, ist es besser, du schreibst ›*Sehr geehrte Damen und Herren, sehr geehrte Frau Muster*‹.

Erst danach kommst du zum eigentlichen Text in deinem Brief, den du mit einer höflichen Grußformel **Mit freundlichem Gruß** und **Unterschrift** beendest.

Außerdem solltest du wissen, WIE du eine **Kündigung** schreibst.

Nehmen wir an, du willst deinen Handyvertrag oder den Vertrag mit deinem Fitnessstudio kündigen.

Das **musst** du zwingend **schriftlich** machen, weil das gesetzlich so vorgeschrieben ist, damit sie gültig werden kann. Manchmal geht das ganz einfach auf der Webseite oder sie haben dort bereits vorgefertigte Schreiben.

So, jetzt weißt du, wie du einen Brief aufsetzen kannst.

ABER ... das wissen leider auch viele Erwachsene nicht:

So wichtige Dinge wie ein **Kündigungsschreiben müssen beim Empfänger auch ankommen**, um gültig zu sein.

Du denkst dir jetzt vielleicht, ›kein Problem, ich gehe zur Post, lasse dort 'ne Briefmarke draufkleben und verschicke den Brief‹.

Jetzt hast du aber einen pfiffigen (und zugegeben sehr unehrlichen) Geschäftsmann erwischt, der sich sagt: ›Hey, der will kündigen? Ich bin der Beste! Mich lässt man nicht hängen. Den Brief habe ich nie gekriegt.‹ Und soll ich dir was sagen: Er käme damit durch und du wärest noch ein weiteres Jahr (oder 2) an deinen Vertrag gebunden.

WAS kannst du also tun, damit du dem unehrlichen Typen den Wind aus den Segeln nimmst?

Richtig, du brauchst einen **Nachweis**!

Warum ist das wichtig? Weil Kündigungen **Fristen** haben und bis zu einem bestimmten Tag beim Empfänger eintreffen sollten.

Und hier gibt es nur eine einzige Möglichkeit, die die Rechtsprechung beim postalischen Versand gelten lässt:

Abschicken per Einschreiben mit Rückschein

Um einen sicheren Nachweis zu haben, dass der Empfänger deine Kündigung erhalten hat, kannst du deinen Brief per *Einschreiben mit Rückschein* (Rückschein = rosa Postkarte) verschicken.

Hier muss der Empfänger den *Empfang mit seiner Unterschrift* bestätigen, und das *innerhalb der Kündigungsfrist*! Kommt die rosa Postkarte zurück, MUSST du sie zwingend (als Beweisstück) aufbewahren! Mach dir notfalls zusätzlich ein Foto davon!

Was heißt der Zustellungsnachweis für deine Kündigung?

Exakt – vor Gericht käme der Typ mit einer Ausrede NICHT davon, dass er die Kündigung nicht erhalten hat, und du hast somit ordnungsgemäß gekündigt.

Verweigert der Empfänger die Annahme, wird das Einschreiben nach 3 bis 4 Wochen an den Absender, also an dich, zurückgeschickt. Dann musst du leider die Kündigung noch einmal schicken. Das kann sehr gemein sein, wenn dann eine Vertragsverlängerung von 2 Jahren im Raum steht.

Abschicken per Einwurf-Einschreiben

Bekommst du die Kündigung zurück, schicke sie noch einmal mit einem *Einwurf-Einschreiben*. Dann quittiert die Post, dass sie die Kündigung zu einem bestimmten Zeitpunkt in den Briefkasten geworfen hat, und damit gilt sie rechtlich als zugestellt.

Abschicken per PRIO-Brief

Du wirst es kaum glauben, aber auch ich lerne noch dazu. Ich war heute in einer neuen Postfiliale und stand einer sehr netten Mitarbeiterin gegenüber, die mich fragte, ob ich meinen Brief per *Prio* verschicken will. Ich verstand nur Bahnhof, also erklärte sie mir die neue Versandform. »Sie zahlen nur einen Euro mehr und bekommen dafür eine Sendungsnummer, mit der Sie genau verfolgen können, wo sich Ihr Brief jetzt befindet. Der Brief ist zwar dadurch nicht versichert, aber Sie können ihn nachverfolgen und wissen, wann er beim Empfänger ankommt.« Coole Sache, oder?

Laut Post kostet der PRIO-Brief seit 01.01.2022 tatsächlich nur 1,10 Euro mehr. Dafür wird er von der Deutschen Post allerdings als **prioritäre Behandlung** transportiert, also bevorzugt behandelt und mit höherer Wahrscheinlichkeit schon am nächsten Werktag zugestellt. *Prio* kannst du übrigens auch beim Einschreiben anwenden.

Abschicken per Fax

Willst du bei einem Unternehmen kündigen, kannst du auch zur Post gehen und die Kündigung per Fax schicken. Hier bekommst du eine Empfangsbestätigung, die als Nachweis anerkannt ist.

Selbst einwerfen mit Video-Beweis

Wenn du weißt, dass der Empfänger die Kündigung nicht annehmen wird, dann kannst du in die Video-Trickkiste greifen. Filme, wie du die Kündigung vor dem Haus des Empfängers in den Briefumschlag legst, diesen verschließt und in den Briefkasten des Empfängers wirfst, und zwar ohne Schnitt und Szenen-/Ortswechsel, damit niemand behaupten kann, du hättest nur so getan, als wenn du etwas in den Briefkasten wirfst.

Was hast du bei deiner Kündigung nun beachtet?

- ✓ Du hast *schriftlich* gekündigt.
- ✓ Du hast einen *Nachweis*, dass du schriftlich gekündigt und der Empfänger/Geschäftspartner die Kündigung auch erhalten hat.
- ✓ Du hast einen *Nachweis*, dass du die *Kündigungsfrist* eingehalten hast.

Wie verschicke ich eine Postkarte?

Du bist im Urlaub und willst eine Postkarte an Freunde oder Familie verschicken. Man sollte es kaum glauben, aber in heutigen Zeiten von Internet, E-Mails und WhatsApp haben einige junge Menschen keine Ahnung vom klassischen Versand einer Postkarte.

Vielleicht als Hinweis, weshalb eine Postkarte einen Unterschied macht: Stell dir vor, du bekommst immer nur Werbung, Rechnungen oder Post vom Amtsschimmel. Aber mit einer Postkarte hat sich jemand Zeit für dich genommen, eine Postkarte ausgesucht, handschriftlich ein paar Zeilen geschrieben und hat einen Briefkasten gesucht. Wie wertschätzend und individuell ist das denn?! Und DU hast natürlich auch die Chance, mit einer Postkarte einem lieben Menschen Wertschätzung zu zeigen!

Du kaufst also eine Postkarte, schreibst ein paar nette Zeilen und rechts Name und Adresse von der Person, die die Karte bekommen soll. Bist du im Ausland, solltest du auf jeden Fall noch *Deutschland*[13] dazuschreiben, vielleicht sogar noch ein **Air-Mail-Sticker** dazu drauflegen.

Dann kaufst du eine Briefmarke – innerhalb Deutschlands sind es seit 01.01.2022 **70 Cent** für eine normalgroße Postkarte –, klebst diese oben rechts oberhalb des Adressblocks auf und hast damit den Versand (Transport durch die Post) bezahlt. Dann steckst du die Postkarte in den (gelben, roten oder auch blauen) Postkasten[14] oder gibst die gleich im Hotel an der Rezeption ab. Diesen Service bieten eigentlich alle Hotels an! Auch im Ausland.

Natürlich kann man so eine Postkarte heutzutage auch online schreiben und dann macht der Anbieter den Rest.

Wie verschicke ich einen normalen Brief?

Mit Briefen verhält es sich ähnlich.

Du beschreibst einen Zettel – oder auch eine (Post-)Karte – und steckst diesen in einen Briefumschlag. Hier gibt es eine große Auswahl.

---

[13] Gerne auch in der Landessprache, also zum Beispiel ›Germany‹ in Großbritannien.

[14] Länder haben ganz unterschiedliche Farben für ihre Briefkästen, aber fast immer ein Posthorn drauf.

Ich persönlich nehme lieber längliche Briefumschläge ohne Fenster. Das Fenster ist dafür gedacht, dass man zum Beispiel bei einem maschinell oder am PC erstellten Brief die Adresse genau an der Position des Fensters hat und so keine Adresse mehr auf den Umschlag per Hand schreiben muss.

Vorne auf dem Briefumschlag kommt rechts unten die Adresse der Person hin, die den Brief bekommen soll (Adressat).

Dann hast du die Qual der Wahl: Entweder du schreibst deine eigene Adresse oben links auf den Briefumschlag oder du drehst den Umschlag um und schreibst dort oben deine Adresse drauf (Absender).

Blick in die Arbeitswelt

Bevor wir zum Kapitel mit den ›lästigen‹ Behördengängen kommen, machen wir einen Ausflug in die Arbeitswelt.

Egal, wie du dir dein Leben vorstellst, innerhalb der nächsten 50 Jahre wird sicherlich eine Situation kommen, die dich direkt auf den Arbeitsmarkt schleudert.

Egal, was du beruflich machen wirst, merke dir:

Lass dich niemals verarschen,

und schon gar nicht ausnutzen!

Diese Geschichte wurde mir vor Kurzem erzählt und sie hat mich derart berührt, dass ich sie dir hier wiedergeben möchte:

> *Eine Oma sagte ihrer Enkeltochter: »Du hast das Gymnasium abgeschlossen, hier ist ein Ring, den ich vor Jahren gekauft habe. Er ist jetzt schon etwas älter, aber bevor ich ihn dir gebe, fahr zum Juwelier und sag, dass du ihn verkaufen willst, und frag, wie viel sie dir dafür bieten.«*
>
> *Die Enkeltochter ging zum Juwelier, kehrte zu ihrer Oma zurück und sagte: »Sie boten mir 1.000 Euro, weil er ziemlich abgenutzt aussieht.« Die Oma sagte: »Bring ihn zum Pfandhaus.« Die Enkeltochter ging ins Pfandhaus, kehrte zu ihrer Oma zurück und sagte: »Das Pfandhaus bot nur 100 Euro an, weil es ein alter, wertloser Ring ist.«*

Die Oma bat ihre Enkeltochter, jetzt zu einem Antiquitätenhändler zu gehen und ihm den Ring zu zeigen. Die Enkeltochter brachte den Ring zum Antiquitätenhändler, kam zurück und sagte ihrer Oma: »Er bot mir 100.000 Euro dafür, weil es sich um eine Rarität handelt, die bei Sammlern sehr gefragt ist!«

*Nun sagte die Oma zu ihrer Enkeltochter: »**Der richtige Ort schätzt dich auf die richtige Art und Weise. Wenn du nicht geschätzt wirst, sei nicht böse, es bedeutet nur, dass du am falschen Ort bist. Diejenigen, die deinen Wert kennen, sind diejenigen, die dich schätzen ... Bleibe niemals an einem Ort, an dem niemand deinen Wert sieht**.«*

Ist das nicht eine megageile Geschichte? Solche Vorfahren hätte ich mir gewünscht, die mir eine so wichtige Lektion fürs Leben mit auf den Weg geben.

Du hast nur dieses eine Leben, und genau darum solltest du informiert sein. Lass dich von einer Sache niemals abbringen: deinem Traum(-Job)! Zu mir sagte eine ganz tolle Frau, sie redet nie von einem JOB, weil das bei ihr just over broke heißt, also knapp vor der Pleite. Sie nennt es Beruf(ung). Eine Tätigkeit, bei der man seine einzigartige Superpower ausleben kann. Und ich finde, sie hat recht.

Wenn du einen ganz bestimmten Job haben willst, dann schnappe ihn dir, sei kreativ und setze alles daran, ihn auch zu kriegen. Es kommt auch nicht darauf an, ob du als Angestellte/r, Freiberufler/in oder Selbstständige/r die Arbeitswelt bereichern willst, jede/r hat seinen Platz und jede/r ist wichtig.

Wer ist denn jetzt eigentlich was?

A wie Angestellte/r = eine Person, die *geistige Tätigkeiten* für ein Unternehmen, das ihr/ihm nicht gehört, erledigt. Das ist zum Beispiel eine Sekretärin.

A wie Arbeiter/in = eine Person, die *körperliche Tätigkeiten* für ein Unternehmen, das ihr/ihm nicht gehört, erledigt. Das ist zum Beispiel ein Lackierer.

F wie Freiberufler/in = eine Person, die als Selbstständige/r einen freien Beruf ausübt, kein Gewerbe angemeldet hat und damit auch keine Gewerbesteuer bezahlt. Das sind zum Beispiel eine Journalistin, Anwälte, Ärzte.

S wie Selbstständige/r = eine Person, die ein Gewerbe betreibt, also einen Gewerbeschein hat und demnach auch Gewerbesteuer zahlt. Das kann zum Beispiel ein Kneipier oder Boutiqueinhaber sein.

U wie Unternehmer/in = Gemäß § 14 BGB (Bürgerliches Gesetzbuch) ist es – einfach erklärt – jede Person oder jedes *Unternehmen*, das gewerblich arbeitet. In der Regel sind hier auch mehrere Angestellte im Unternehmen.

Muss es denn eine Ausbildung sein?

Früher war das keine Option. Nach der Schule wurde eine solide Ausbildung gemacht, damit du *sicher* durchs Leben gehen konntest. Heutzutage hast du die Wahl und kannst notfalls noch mit 50 eine Ausbildung starten.

Du MUSST also keine Ausbildung machen, aber es erleichtert dein (Arbeits-)Leben in vielen Fällen schon. Du kannst auch ohne Ausbildung Unternehmer werden und dein eigener Chef sein. Das ist vor allem heutzutage kein Problem mehr dank des Internets und dem immer mehr in Mode kommenden **Network Marketing**, bei dem du Produkte für eine Firma auf deine Rechnung verkaufst und Provision bekommst. Netterweise bekommst du auch Provision, wenn andere, die du für das Unternehmen angeworben hast, etwas verkaufen.

Für dieses Geschäftsmodell brauchst du einen Gewerbeschein und bist selbstständig.

Schwebt dir ein Beruf als Angestellter vor, kannst du ohne Berufsausbildung in einer Firma als ungelernter Aushilfling auf unbeliebten Posten landen und die letzten Bummi-Arbeiten machen, inklusive schlechter Bezahlung. Bestimmte Berufe kannst du auch gar nicht ohne Ausbildung ausüben, so wie zum Beispiel den des Physiotherapeuten.

Ausbildung

Wenn du dich also für eine Ausbildung in einem Betrieb entscheidest, ist es günstig, du kennst deine Rechte als Azubi[15].

Worauf solltest du also achten?

Ausbildungsverträge werden **IMMER schriftlich** geschlossen. Ich kenne niemanden, der das noch mittelalterlich per Handschlag regelt. Auch Zusatzvereinbarungen solltest du darin schriftlich festhalten lassen.

Du kannst als Azubi in einem Unternehmen ankommen, wo du entweder auf Augenhöhe und mit Respekt behandelt wirst (dann gratuliere ich dir bereits jetzt sehr herzlich zu diesem Glücksgriff) oder du landest in einer Firma, in der du die Aushilfsarbeiten als billige Arbeitskraft erledigen darfst, obwohl du eigentlich lernen sollst.

Arbeitszeiten

Ein minderjähriger Arbeitnehmer (15 bis 18 Jahre) ist nach dem **Jugendarbeitsschutzgesetz** (JArbSchG) geschützt.

Hier müssen Arbeitgeber besonders gut aufpassen, weil er einen Minderjährigen nach dem Jugendschutzgesetz UND dem Jugendarbeitsschutzgesetz nur unter bestimmten Bedingungen einsetzen

15 www.arbeitsrechte.de ist sehr verständlich aufgebaut.

darf. Sobald du Geld für eine Arbeit bekommst (Nebenjob oder Praktikum), gilt dieses Gesetz für dich und deinen Arbeitgeber.

Bei einem Arbeitstag *über 4,5 Stunden* hast du *30 Minuten Pause*. Bei einem Arbeitstag *über 6 Stunden* hast du insgesamt *60 Minuten Pause*, das erste Mal nach 4,5 Stunden Arbeitszeit.

Die **Arbeitszeiten von Azubis** sind streng geregelt. Du darfst *nicht mehr als 8 Stunden pro Tag* und nicht mehr als 40 Stunden die Woche arbeiten.

Der **Weg zur Arbeit** und nach Hause gilt NICHT als Arbeitszeit.

Musst du zu einer Baustelle fahren, die weiter weg ist als dein normaler Arbeitsweg, MUSS die Anfahrt als Arbeitszeit angerechnet werden.

Das Umziehen, also der Klamottenwechsel für die Arbeitskleidung, gilt NICHT als Arbeitszeit, sehr wohl aber Vorbereitungen und Abschlussarbeiten wie Aufbauen oder Putzen.

Musst du zum Beispiel in einer Fleischerei vor der Öffnung des Ladens die Theke einräumen, gilt das bereits als Arbeitszeit. Musst du nach Schließung noch mit aufräumen und putzen, gilt auch das als Arbeitszeit.

Überstunden sind ein **absolutes TABU** für minderjährige Beschäftigte!

Als Azubi über 18 Jahre darfst du freiwillig Überstunden machen, sofern du diese durch Freizeit oder Geld ausgeglichen bekommst.

Minderjährige dürfen NICHT am Samstag, Sonntag und Feiertag arbeiten.

Ausnahmen gibt es immer, zum Beispiel in der Gastronomie.

Ebenso darfst du als Minderjähriger nur zwischen 6 Uhr und 20 Uhr arbeiten. Ausnahmen sieht § 14 JArbSchG trotzdem vor, denn beim Bäcker oder in Schichtbetrieben läuft der Hase etwas anders.

Arbeitszeit – was für alle gilt

Zwischen *2 Schichten/Arbeitstagen* MÜSSEN mindestens *11 Stunden Ruhezeit* liegen, § 5 Absatz 1 ArbZG[16]/EU-Arbeitszeitrichtlinie (2003/88/EG)[17].

Wenn das nicht der Fall ist, hole dir Hilfe!

Als mein ältester Sohn in einer bekannten Kette eines Gastronomen seine Ausbildung anfing, war er 17 Jahre alt, also minderjährig.

Er arbeitete trotz der so beliebten Gesetze unseres Rechtsstaates abwechselnd in der Spät- und Frühschicht. Fällt ja auf den ersten Blick auch niemandem auf und Azubis sind so herrlich billige Arbeitskräfte.

Als Gastronomiebetrieb war der Schuppen also bis 1 Uhr morgens geöffnet. Bis mein Sohn mit nächtlichen Verkehrsmitteln zu Hause war, war es 3 Uhr morgens. Bis er abschalten konnte und schlief, war es 4 Uhr.

Um 8 Uhr morgens musste er aber bereits wieder auf der Matte im Restaurant stehen. Du kannst dir selbst ausrechnen, dass kein Mensch diesen Schlafmangel lange durchhält.

---

[16] ArbZG = Arbeitszeitgesetz.

[17] https://ec.europa.eu/social/main.jsp?catId=706&intPageId=205&langId=de.

Monatelang hat er sich nicht getraut, sich dagegen aufzulehnen, und mir quasi untersagt, seinen Arbeitgeber aufzusuchen. Nach einem Dreivierteljahr ist er zusammengebrochen, als ihm auch noch der Urlaub gestrichen werden sollte. Das war der Moment, wo man mich nicht mehr aufhalten konnte, und so wurden Handelskammer und Firmenzentrale informiert. Natürlich hat man sofort Schritte gegen den Restaurantleiter unternommen, denn so darf niemand behandelt werden.

Leichte Arbeiten wie zum Beispiel Zeitungen austragen für Kinder über 13 Jahre sind erlaubt, sofern die Eltern zustimmen und die tägliche Arbeitszeit von 2 Stunden nicht überschritten wird. Ausnahmen gibt es bei Konzerten, Theateraufführungen und ähnlichen Veranstaltungen.

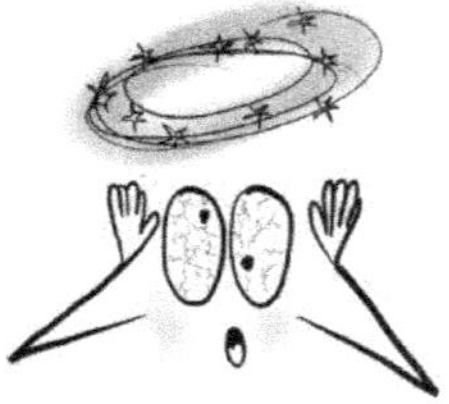

Jugendliche können sich zu Hause *nicht* auf das Jugendarbeitsschutzgesetz berufen, wenn sie im Haushalt der Familie leichtere Arbeiten/Hilfstätigkeiten übernehmen oder beim Einkaufen helfen sollen. Sie müssen einfach auch mal mit ran. Schließlich lieben Kinder und Eltern gleichermaßen Freizeit und beide haben mehr davon, wenn alle mit anpacken.

Minijob (450-Euro-Basis)

Kommen wir zum Job der geringfügig Beschäftigten, dem *Minijob* oder auch *450-Euro-Job*.

Seit 1977 gibt es in Deutschland die geringfügige Beschäftigung, bei der man in Bezug auf die gesetzliche Kranken-, Pflege- und Arbeitslosenversicherung NICHT versicherungspflichtig ist.

Seit Januar 2013 darfst du 450 Euro monatlich verdienen, ohne dass du das Geld versteuern musst.

Der Arbeitgeber führt eine Pauschale ab für Kranken- und Rentenversicherung, allerdings reicht das für dich NICHT aus als Krankenversicherungsschutz. Du brauchst also auf jeden Fall eine eigene Krankenversicherung. Das ist in Deutschland Pflicht.

Bei einem Minijob bei der Behörde hast du sogar noch die Möglichkeit, durch einen geringen Betrag mit der Zusatzversorgung zur Betriebsrente ein paar Taler mit abzugrasen.

Ein Minijob ist also eine coole Sache, denn so kannst du hervorragend dein Taschengeld aufbessern, egal ob du Schüler, Studierende/r, in Ausbildung, selbstständig, angestellt oder in Elternzeit oder arbeitslos bist.

Als ich während meiner 2 Jahre als Personalchefin in einer Firma arbeitete, die für die 2. Fußballbundesliga das Catering übernommen hatte, hatte ich 300 Minijobber zu betreuen. Jeder, der sich bei uns beworben hatte und angenommen wurde, musste folgende Unterlagen vorlegen:

- ✓ Rentenversicherungsnummer
- ✓ Steuer-ID-Nummer
- ✓ Hygieneausweis/Gesundheitspass

Zu den Unterlagen kommen wir im nächsten Kapitel, wo ich dir erkläre, was was ist und wo du diese bekommen kannst.

Ich wurde oft von den Mitarbeitern gefragt, ob sie von ihrem Lohn **Rentenversicherung** abführen sollen oder nicht. Denn als Minijobber kannst du dich von der Versicherungspflicht *befreien* lassen.

Meine ehrliche Antwort war nur meine Meinung, die ich auch gegenüber meinen Kindern vertrete, wenn die einen Minijob annehmen: ›Vergiss es! Rentenversicherung zahlst du früh genug und wenn du noch 40 Arbeitsjahre vor dir hast, kräht in 40 Jahren (falls es dann noch eine Rente gibt) kein Hahn mehr danach, ob du deine Taschengeldaufbesserung rentenmäßig versichern lassen hast. Es lohnt sich nicht. Mach lieber Party von dem Geld oder spare auf etwas Tolles. Oder spare zumindest einen Teil deines Geldes und investiere klug, durch den Zinseszinseffekt hast du dann eine Megarente.‹

Willst du also deinen vollen Lohn erhalten, musst du einen Zettel unterschreiben, auf dem du dich **von der Rentenversicherungspflicht befreien** lässt! Die Befreiung gilt erst ab dem Zeitpunkt, wo dein Arbeitgeber deine Erklärung erhält.

Solange der Minijob besteht, kannst du das nicht mehr rückgängig machen.

Anmerkung: Lediglich meine Mitarbeiter, die weniger als 10 Jahre bis zur Rente hatten, haben die Rentenversicherung NICHT ausgeschlossen, um für die paar Fänge noch einen Hauch mehr Rente zu kriegen[18].

Ebenfalls *problematisch* kann der Minijob sein, wenn du arbeitslos gemeldet bist, denn du hast hier nur eine geringe Freibetragsgrenze, die du nicht überschreiten solltest, wenn du dein volles **Arbeitslosengeld** bekommen möchtest. Momentan liegt der **Freibetrag** bei 165 Euro.

Wenn du **mehrere Minijobs** hast und die Grenze von 450 Euro überschreitest, wird alles, was über diese Grenze geht, sozialversicherungs- und lohnsteuerpflichtig.

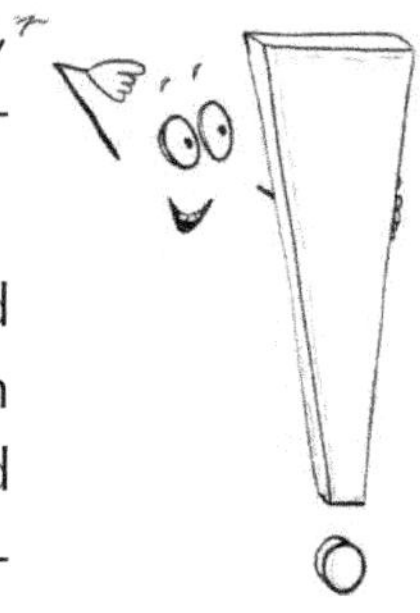

Du zahlst dann Kranken-, Pflege-, Renten- und Arbeitslosenversicherung sowie Lohnsteuer in der Steuerklasse 6. Du solltest dir also dringend ausrechnen, ob sich ein 2. oder 3. Minijob finanziell lohnt.

Ausnahme: **Bei Studierenden gibt es Sonderregelungen.** Während der Vorlesungszeit eines Semesters (also tagsüber) dürfen sie nicht mehr als 20 Stunden pro Woche jobben, weil sie sonst als Arbeitnehmer gelten und ihren Studentenstatus verlieren.

[18] Der *Hauch* mehr Rente beläuft sich auf 4,55 Euro pro Monat.

Aber auch hier gibt es wieder Ausnahmen, nämlich wenn sie außerhalb der Vorlesungszeit arbeiten, also nachts oder am Wochenende. Wenn du Studierende/r bist, kannst du dich bei der **Minijob-Zentrale** informieren unter www.minijob-zentrale.de.

7 goldene Regeln

1. Mache den Arbeitsvertrag *schriftlich*[19].
2. *Ein Arbeitsvertrag ist nicht gesetzlich geregelt.* Es ist eine Sonderform des *Dienstvertrags* (§ 611 BGB). Er muss NICHT schriftlich vereinbart werden, aber durch einen Handschlag hast du leider keine Beweise und damit keine Rechtssicherheit. Hefte den Vertrag in eine Mappe/Ordner.
3. Du hast seit Einführung des Mindestlohngesetzes auch als Minijobber Anspruch auf *bezahlten URLAUB*.
4. Du hast als Minijobber Anspruch auf *Entgeltfortzahlung bei Krankheit*.
5. Gibt es in der Firma Tarifverträge, gilt der *Tariflohn* auch für dich als Minijobber.
6. Wird in der Firma *Weihnachtsgeld* gezahlt, steht das auch dir als Minijobber zu.
7. Hefte ALLE Gehaltsabrechnungen und Briefe deines Arbeitgebers zusammen ab! Das sind wichtige Nachweise für das Finanzamt, für die Rentenversicherung und im Streitfall vor dem Arbeitsgericht

[19] Ein Muster kannst du zum Beispiel auf https://www.minijob-zentrale.de/ finden.

Das **Urlaubsentgelt** ist die Gehaltsfortzahlung, während du Urlaub machst. Die Höhe, Berechnung sowie die Auszahlungsmodalitäten des Urlaubsentgelts sind in § 11 Bundesurlaubsgesetz (BUrlG) geregelt. **Urlaubsgeld** dagegen ist eine freiwillige Sonderzahlung, die auch im Bereich des Minijobs möglich ist. Hierauf gibt es KEINEN gesetzlichen Anspruch. Bekommen allerdings alle Mitarbeiter (Vollzeit-/Teilzeitangestellte) *Urlaubsgeld* oder ist das im Tarifvertrag geregelt, MUSS dein Arbeitgeber dir ebenfalls *Urlaubsgeld* bezahlen. Das ist begründet auf dem arbeitsrechtlichen **Gleichbehandlungsgrundsatz**.

Teilzeit-/Vollzeitbeschäftigung

Die Arbeitswelt ist so vielschichtig. Außer den Nebenjobs gibt es auch noch Teilzeit- und Vollzeitbeschäftigungen.

Ein Job in **Teilzeit** bedeutet, dass du zwar, genauso wie ein Mitarbeiter in Vollzeit, an allen Tagen der Woche eingesetzt werden kannst, aber dennoch nur zwischen 15 und 30 Stunden pro Woche arbeitest.

Arbeitest du *30 Stunden*, spricht man allerdings von **vollzeitnaher Teilzeit**.

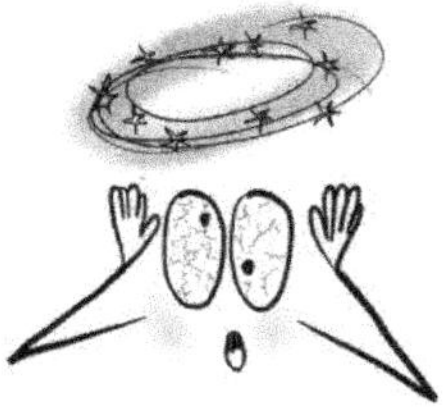

Der Trend geht mittlerweile eindeutig zum Teilzeitjob. Vor allem Frauen wählen diese Variante neben der Kinderbetreuung.

2019 gab es 66,2 Prozent Frauen, die neben der Kinderbetreuung in Teilzeit gearbeitet haben. Männer legten hier nur eine Quote von 6,4 Prozent hin[20]!

Das größte Problem ist hierzulande leider, dass es immer noch viel zu unflexible Arbeitszeitmodelle gibt und/oder zu schlechte Kinderbetreuungszeiten.

Arbeitsmodelle mit Homeoffice oder flexiblen Arbeitszeitkonten sind erst durch den Lockdown (aus der Not heraus) vermehrt eingeführt worden. Was sehr spannend und gleichzeitig erschreckend ist, denn New Work und Agile Leadership gibt es seit den 1970er-Jahren … zumindest in der Theorie.

2014 hatten nur 22 Prozent der befragten Unternehmen Mitarbeiter im Homeoffice[21]. Etwa 56 Prozent könnten ein Homeoffice einrichten, aber selbst der Lockdown hat wohl nur die Hälfte des Potenzials genutzt. Dabei ist natürlich auch zu beachten, dass nicht jeder Beruf zu Hause ausgeübt werden kann.

Was wenig erstaunlich ist, ist die Tatsache, dass Großstädter größere Chancen haben, im Homeoffice zu arbeiten, als Menschen auf dem Land. Das ist allein schon dem schlecht ausgebauten Internet in Deutschland zu verdanken. Ebenfalls hat mich nicht überrascht, dass Hochschulabsolventen fast doppelt so häufig im Homeoffice arbeiten wie Beschäftigte ohne akademischen Abschluss. Dies ist sicherlich nicht nur dem Bildungsstand geschuldet, sondern auch dem Umstand, dass viele Akademiker ein Arbeitsfeld haben, welches von zu Hause aus bedient werden kann, weil das eine Schreibtischtätigkeit ist.

Seit 2001 gibt es in Deutschland mit dem **Teilzeit- und Befristungsgesetz** (TfG) erst das Recht auf eine Teilzeitstelle. Als

---

[20] https://de.statista.com/statistik/daten/studie/38796/umfrage/teilzeitquote-von-maennern-und-frauen-mit-kindern/.

[21] Studie ›Germany's Capacities to Work from Home‹ der CESifo Working Paper Reihe, Nr. 8227.

Voraussetzung gilt, dass der Betrieb mehr als 15 Mitarbeiter hat, § 8 Absatz 7 TzBfG, und der Teilzeitbeschäftigte mehr als 6 Monate dort arbeitet, § 8 Absatz 1 TzBfG. Leider gibt es auch hier immer wieder schwarze Unternehmer-Schafe, die bereits bei 10 Mitarbeitern eine 2. Firma gründen, um bestimmte Rechtsansprüche von Mitarbeitern zu umgehen.

Der Nachteil einer Teilzeitstelle liegt klar auf der Hand: Du verdienst weniger und bekommst dadurch auch weniger Rente.

Das muss in einem Arbeitsvertrag geregelt sein:

- ✓ Name und Anschrift der beiden Vertragspartner
- ✓ Beginn und Dauer der Beschäftigung
- ✓ Arbeitsort
- ✓ Beschreibung der Tätigkeit
- ✓ Höhe des Lohns (Entgelts)
- ✓ Zuschläge, Provisionen
- ✓ Arbeitszeit
- ✓ Anzahl der Urlaubstage
- ✓ Kündigungsfristen
- ✓ Hinweis auf Tarifverträge (und/oder Betriebs-/Dienstvereinbarungen)

Stundennachweis

Es gibt mittlerweile viele Unternehmen, die haben Systeme für die **Zeiterfassung**. Das kann eine sogenannte *Stechuhr* sein, wo du deine Zeitkarte VOR und NACH der Schicht reinstecken musst, aber es gibt auch Zeiterfassungssysteme im Computer oder in einer

App auf dem Smartphone. Kommt dir dein Arbeitgeber mit Sprüchen wie ›*Wir arbeiten hier nach Vertrauen*‹ – vergiss es!

Die **Vertrauensarbeitszeit** ist längst nicht mehr erlaubt. Nach der höchstrichterlichen Rechtsprechung des Europäischen Gerichtshofes (EuGH) mit der Entscheidung über die **Pflicht zur Erfassung der Arbeitszeit** vom 14.05.2019[22] MÜSSEN Arbeitgeber die Arbeitszeiten systematisch erfassen.

Über das Urteil haben sich vor allem die Arbeitnehmer-Gewerkschaften gefreut, denn die sind dafür da, ihre Mitglieder (Arbeitnehmer) zu schützen.

Warum ist es wichtig, dass der EuGH mit dem Urteil der *Flatrate-Arbeit* einen Riegel vorgeschoben hat?

Ganz klar: Es schränkt den *Sklavenmarkt* erheblich ein, der sich in den letzten Jahrzehnten eingeschlichen hat. Die Anzahl unbezahlter Überstunden hatte sich (nicht nur) in Deutschland auf extrem hohem Niveau befunden.

Ich selbst habe als Personalchefin in einem Cateringunternehmen für die 2. Fußballbundesliga tatsächlich innerhalb von 2 Jahren 440 Überstunden geschrubbt, die NICHT bezahlt wurden. Auch vor dem Arbeitsgericht, vor dem ich mich 2014 allein vertreten hatte, gab es lediglich einen Vergleich, weil es 2012 noch keine Pflicht zur Zeiterfassung gab. Natürlich hätte ich meine Arbeitszeit anhand von Computerdaten und Telefonaten nachweisen können,

[22] Az. C-55/18.

aber das war dem Richter zu aufwendig gewesen.

Wenn du wüsstest, wie viele Jobs ich unterbezahlt und als Sklavin gemacht habe, weil ich dachte, ich kriege nichts Besseres und kann dankbar sein, dass ich wenigstens das habe, würdest du vermutlich vom Stuhl kippen.

NOCH gibt es kein Gesetz in Deutschland, das den Arbeitgeber zwingt, ein Zeiterfassungssystem während der normalen Arbeitszeit einzuführen, obwohl es seit 1994 das **Arbeitszeitgesetz** gibt. ABER durch das EuGH-Urteil MUSS ein Gesetz geschaffen werden.

Seit Januar 2020 arbeitet das Bundesarbeitsministerium an einem Gesetzentwurf. Dein Arbeitgeber ist zurzeit gemäß § 16 ArbZG nur verpflichtet, die Arbeitszeit aufzuzeichnen, die *über deine vertraglich geregelte Arbeitszeit hinausgeht.*

Du kannst dich also bei deinem Arbeitgeber notfalls auf das EuGH-Urteil berufen, wenn er von **Vertrauensarbeitszeit** spricht. Hast du Schiss, ihn darauf hinzuweisen? Hast du ihn darauf hingewiesen und er verwirft das als lächerlich?

Wenn er ein anständiger Arbeitgeber ist, dem das Wohl seiner Mitarbeiter am Herzen liegt, verlangt er von dir keine Arbeitseinsätze auf Vertrauensbasis. Dann ist er selbst darauf bedacht, deine Arbeitszeit zu erfassen. Ignoriert er dein Anliegen, sieh zu, dass du dir einen anderen Job suchst, wo du wertgeschätzt und respektiert wirst.

Du warst **(Langzeit-)arbeitslos** und bist froh, endlich einen Job gefunden zu haben und schluckst das? Das kannst du tun, aber dann schreibe dir selbst täglich auf, wann du wie lange gearbeitet hast, und lass dir das abzeichnen, notfalls vom Abteilungsleiter, falls es diese Position in der Firma gibt.

Sammele ALLES, was beweist, wann du wie lange gearbeitet hast, notfalls mit Google-Tracking und Co.

Es gibt auch noch viele Arbeitgeber, die mit sogenannten **Stundenzetteln** arbeiten.

Das ist (noch) erlaubt.

Hier trägst du deine Zeiten selbst ein und sprichst am besten in deiner Firma ab, ob deine Arbeitszeit täglich, wöchentlich oder monatlich vom Chef ABGEZEICHNET/UNTERZEICHNET und damit bestätigt werden soll[23].

Krankmelden, aber richtig

Als Arbeitnehmer/in bist du verpflichtet, deinem Arbeitgeber **unverzüglich** mitzuteilen, dass du arbeitsunfähig bist. Du bist NICHT verpflichtet, ihm den Grund mitzuteilen.

Was genau bedeutet denn eigentlich ›unverzüglich‹?

Und wann ist man krank oder arbeitsunfähig?

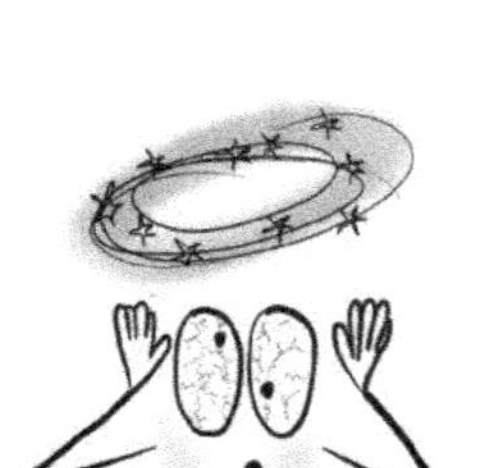

Zunächst einmal entscheidest du selbst, ob du zur Arbeit gehen kannst oder tatsächlich arbeitsunfähig bist, es sei denn, du hast eine ansteckende Krankheit. Welche das sind, ist sogar im Infektionsschutzgesetz geregelt.

[23] Ich habe eine interessante Seite gefunden, die für jedermann leicht verständlich aufgebaut ist: www.arbeitsrechte.de.

Hast du also Migräne, ist es schwer bis unmöglich, so zur Arbeit zu gehen, du darfst es aber dennoch selbst entscheiden. Hast du die Masern, darfst du gar nicht zur Arbeit gehen, da diese Viruserkrankung hoch ansteckend ist.

Egal, ob du zu Hause im Bett liegen bleibst oder zum Arzt zockelst, du musst deinen Arbeitgeber entweder **anrufen** oder per **Mail, SMS** oder **WhatsApp** informieren, und zwar **bevor** deine Arbeitszeit/Schicht beginnt. Ansonsten riskierst du eine Abmahnung, die beim 2. Mal bereits eine Kündigung nach sich ziehen kann.

Du teilst deinem Arbeitgeber also mit, dass du erkrankt bist und voraussichtlich bis zum Tag X zu Hause bleiben musst. Wenn du erst noch einen Arzt aufsuchen willst, gibst du an, dass du die **Dauer deiner Krankmeldung** nachreichst.

Normalerweise musst du keinen Grund angeben, weshalb du arbeitsunfähig bist. Leidest du allerdings an einer (hoch) ansteckenden Krankheit (die nach dem Infektionsschutzgesetz meldepflichtig ist), musst du es melden, damit dein Arbeitgeber andere Arbeitnehmer schützen und gegebenenfalls das Gesundheitsamt informieren kann.

Bist du absehbar **länger als 3 Tage krank**, musst du übrigens einen Arzt aufsuchen und dir eine **Arbeitsunfähigkeitsbescheinigung** (AU) geben lassen.

Diese *schriftliche Meldung* bei deinem Arbeitgeber ist übrigens gemäß § 5 Absatz 1 Entgeltfortzahlungsgesetz (EFZG) *Voraussetzung*, damit du auch im Krankheitsfall deinen *Lohn* erhältst.

Durch die Covid-19-Lage hat sich jedoch auch hier einiges geändert und so bieten viele Ärzte mittlerweile eine **Krankschreibung** bzw. **Arbeitsunfähigkeitsbescheinigung** per Telefon oder Videokonferenz an. Du kannst somit deinen Arzt anrufen und fragen, wie du dich am geschicktesten krankschreiben lassen kannst.

Die (telefonische oder schriftliche) Meldung VOR deinem Arbeitsbeginn ersetzt NICHT die Pflicht, deine Arbeitsunfähigkeitsbescheinigung beim Arbeitgeber einzureichen.

Die letzten Jahre hast du von deinem Arzt **3 gelbe Zettel** bekommen.

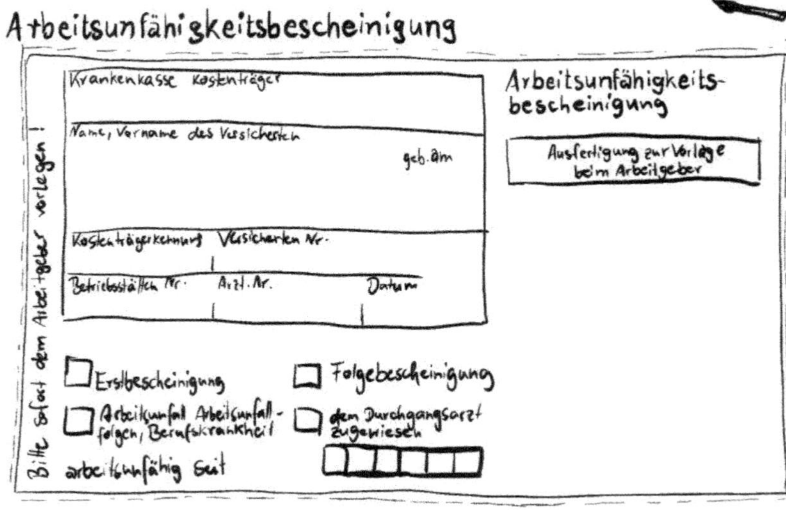

Für wen sind diese Zettel?

1. Seite: Original für deine Krankenkasse

Dieser Durchschlag muss *innerhalb von einer Woche* bei deiner Krankenkasse sein.

Viele Krankenkassen bieten mittlerweile den elektronischen Übertragungsweg per Mail oder Krankenkassen-App an.

2. Seite: Bescheinigung für deinen Arbeitgeber

Der Durchschlag ist für deinen Arbeitgeber. Er enthält KEINE Krankheitsbezeichnung.

Dieser Zettel muss *spätestens am 4. Tag* deiner *Krankschreibung* beim Arbeitgeber sein. Das machst du per Post oder bittest jemanden, der den Brief bei deinem Arbeitgeber abgibt. Solltest du Probleme mit deinem Arbeitgeber und damit das Gefühl haben, er will dich loswerden (oder du hast schon eine Abmahnung), schicke deine Krankmeldung bitte per Einschreiben mit Rückschein, damit du einen Nachweis hast!

3. Seite: Bescheinigungskopie für deine Unterlagen

Bitte hefte deine Kopie im Ordner mit deinem Arbeitsvertrag und deinen Gehaltsabrechnungen ab und bewahre das mindestens 5 Jahre auf. Nach diesem Zeitraum wird auch dein Arbeitgeber die Zettelchen vernichten.

Telematik

Im März 2019 wurde das **Terminservice- und Versorgungsgesetz (TSVG)** verabschiedet und im Oktober 2019 hat der Bundestag als Teil des ›Dritten Bürokratieentlastungsgesetzes‹ die Einführung der digitalen Krankmeldung beschlossen.

Ab dem 01.10.2021 müssen Vertragsärzte (die mit der Krankenkasse abrechnen dürfen, weil sie mit der Krankenkasse einen Vertrag geschlossen haben), die Daten der Arbeitsunfähigkeitsbescheinigung per *Telematik* an die gesetzlichen Krankenkassen übermitteln.

Ab Juli 2022 sollen die Krankenkassen eine elektronische Meldung (eAU) erstellen, die der Arbeitgeber abrufen kann. Damit wird dann die Papierform abgeschafft sein[24].

Der Vorteil für den Patienten, der kaum aus den Augen gucken kann, liegt klar auf der Hand: Er darf sich auskurieren und muss sich nicht darum kümmern, dass die AU rechtzeitig beim Chef landet.

Der Arzt meldet die Arbeitsunfähigkeit an die Krankenkasse und die wiederum informiert den Arbeitgeber – ohne Meldung des Grundes, sondern nur über die Dauer.

ABER ... **die erste Info, dass man krank ist, entfällt dadurch NICHT!**

---

[24] Quelle: https://www.kbv.de/html/e-au.php/Wikipedia.

Kündigung eines Arbeitsvertrags

Erstaunlicherweise gibt es selbst bei ›alten Hasen‹ immer wieder Unsicherheiten, was das Kündigen von Arbeitsverträgen anbelangt. Zunächst einmal ist eine Kündigung ein **einseitiges Rechtsgeschäft**. Wenn du also keinen Bock mehr auf die Tätigkeit, die Menschen oder den Schuppen generell hast, in dem du jeden Tag schuftest, ohne dass man es dir dankt, dann darfst du natürlich JEDERZEIT kündigen.

Unter welchen Bedingungen du kündigen darfst, steht in deinem Arbeitsvertrag. Darum ist es auch so wichtig, dass du deinen Arbeitsvertrag nicht per Handschlag regelst, sondern mit einem Schriftstück.

Da die Deutschen Gesetze mögen, ist in § 622 BGB geregelt, dass ein Arbeitsverhältnis mit einer Frist von 4 Wochen zum 15. (des Folgemonats) oder zum Ende des Kalendermonats gekündigt werden kann. Viele Arbeitgeber haben daher diese Regelung automatisch in ihren Verträgen übernommen. WIE du kündigst, findest du am Ende des Kapitels über Verträge.

Freistellung während der Kündigungsfrist

Leider gibt es auch immer wieder Chefs, die wütend werden, wenn es jemand wagt, seine heiligen Hallen zu verschmähen, und den *Abtrünnigen* SOFORT aus ihrer Firma schmeißen. Aber auch wenn der Arbeitgeber kündigt, kann es sein, dass er dich sofort *freistellt*.

Was bedeutet das für dich?

Das heißt in erster Linie, dass du dir das schriftlich zukommen lässt, dass du ab sofort *freigestellt* bist, dein Arbeitgeber also darauf VERZICHTET, deine Arbeitsleistung zu bekommen.

Es gibt Arbeitgeber, die stellen frei, weil sie gekränkt sind oder weil sie befürchten, dass du noch Kunden, Daten oder Sonstiges mitnimmst (*Verrat von Betriebsgeheimnissen*). Das ist vor allem der Fall, wenn du in derselben Branche beim Konkurrenzunternehmen anfängst zu arbeiten.

Dein Arbeitgeber muss dich im Falle der Freistellung **bezahlen**, und zwar bis zum Vertragsende! Bei dieser Art der *Freistellung* geht es NICHT um ein **ruhendes Arbeitsverhältnis**, also wenn du zum Beispiel in Elternzeit bist oder deine kranke Oma pflegst und hier nicht entlohnt wirst.

Ein *ruhendes Arbeitsverhältnis* kann vor allem dann existenziell bedrohlich sein, wenn man ein Familienmitglied wie zum Beispiel das eigene Kind wegen einer Krebserkrankung zu Hause betreut.

Dein Arbeitgeber darf dir offene **Urlaubstage** und **Freizeitausgleich** anrechnen! Er darf dich, sofern er dich nicht *unwiderruflich* freigestellt hat, auch auffordern, zurückzukommen und bis zum Ende der Vertragslaufzeit noch für ihn zu arbeiten.

Oft stehen solche **Klauseln**, also Regeln, über die *Freistellung* auch in deinem Arbeitsvertrag.

ABER ...

... **du bist NICHT verpflichtet, deinen neuen Arbeitgeber zu nennen**. Egal wie sehr sich dein alter Arbeitgeber ärgert, dich beschimpft oder sogar droht, du darfst deinen neuen Arbeitsplatz für dich behalten. Das ist vor allem dann ratsam, wenn du nur eine mündliche Zusage von deinem neuen Arbeitgeber hast.

Leider ist es auch schon vorgekommen, dass der *alte* Arbeitgeber beim *neuen* Arbeitgeber angerufen hat, um den Mitarbeiter madig zu machen.

Ordentliche und außerordentliche Kündigung

Eine normale Kündigung mit Einhaltung der Frist ist eine *ordentliche* Kündigung. Wird die Frist nicht eingehalten, handelt es sich um eine *außerordentliche* Kündigung, im Volksmund auch *fristlose Kündigung* genannt. Diese darf von einem Arbeitgeber oder Arbeitnehmer (also von beiden Seiten) nur ausgesprochen werden, wenn ein *wichtiger Grund* vorliegt. **Wichtige Gründe** können sein:

- ✓ Straftaten,
- ✓ Spionage,
- ✓ Vertragsbruch und
- ✓ andere Verstöße.

Hast du das Gefühl, man tut dir Unrecht, wende dich an einen Anwalt und/oder ans Arbeitsgericht. Für das Arbeitsgericht brauchst du KEINEN Anwalt.

Arbeitgeber zahlt keinen Lohn – und nun?

In einem Arbeitsvertrag gibt es 2 Leistungen:

- ☺ Die **Arbeitsleistung** des Arbeitnehmers
- ☺ Die (rechtzeitige) **Lohnzahlung** des Arbeitgebers

Das bedeutet, der Arbeitnehmer arbeitet für seinen Arbeitgeber und bekommt dafür spätestens am ersten Tag des Folgemonats das vereinbarte Gehalt. Manchmal kann auch vereinbart sein, dass das Geld am 10. oder 15. des Folgemonats kommt, aber das ist sehr selten, denn in der Regel muss ein Arbeitnehmer spätestens Anfang eines Monats seine (Wohnungs-)Miete zahlen.

Leider kommt es jedoch vor, dass der Arbeitgeber den Lohn nicht zahlt. Ursache sind meistens finanzielle Engpässe.

Das wiederum kann passieren, wenn Kunden nicht (rechtzeitig) zahlen oder das Unternehmen mehr Ausgaben als Einnahmen hat, zum Beispiel weil nicht wie erwartet verkauft wird oder keine Aufträge hereinkommen.

Manchmal lächelt dir der Arbeitgeber freundlich ins Gesicht und verspricht dir hoch und heilig, dass er zahlt, sobald wieder Geld reinkommt. Das machst du zunächst mit, denn du magst deine Arbeit und der Chef ist auch nett.

Das machst du einen Monat mit, einen 2. und vielleicht sogar einen 3., denn die Dackelaugen versprechen dir, dass du dein Geld bekommst. Und während du fleißig weiterarbeitest, steht in deinem Arbeitsvertrag eine sogenannte **Ausschlussfrist** von 3 Monaten.

Du hast keine Ahnung, was das heißt, und aus Scham hast du das im Vertrag überlesen. Im 4. Monat kündigt dir der Vermieter, weil du deine Miete noch immer nicht gezahlt hast, und du kannst dir nicht einmal mehr etwas zu essen kaufen. Dein Arbeitgeber fliegt derweil in die Karibik und lässt sich die Sonne auf den Bauch scheinen.

Und dein Gehalt?

Sorry, aber das ist weg. Und du hast keinen Anspruch mehr darauf.

Warum?

Ganz einfach: Du hast deinen Anspruch auf Lohnzahlung NICHT geltend gemacht.

Denn was hättest du tun müssen?

Checkliste

- ✓ Arbeitgeber schriftlich zur rechtzeitigen Zahlung auffordern und Frist setzen
- ✓ Arbeitgeber abmahnen
- ✓ Arbeitsleistung verweigern
- ✓ Klage auf Zahlung beim Arbeitsgericht erheben
- ✓ Fristlos kündigen und Schadensersatz fordern

Als Erstes solltest du deinem Arbeitgeber einen Brief schreiben – und dir den Empfang durch Stempel und Unterschrift bestätigen lassen. In diesem Schreiben forderst du ihn auf, dein Gehalt bis zum XX.XX.XXXX (Datum) zu bezahlen. Rein rechtlich darfst du das mündlich machen, aber dann hast du keinen Beweis. Wenn du ihm 2 Wochen Zeit gibst, ist das angemessen.

Hast du vor, woanders zu arbeiten, dann kannst du deinen Arbeitgeber auch abmahnen – wieder mit Frist für die Zahlung –, und wenn er zu dem Datum nicht zahlt, darfst du meistens auch fristlos kündigen.

Du darfst weitere Arbeitsleistungen verweigern und solltest **spätestens nach 2 Monaten Klage beim Arbeitsgericht** erheben.

Wenn du nicht weißt, wie man das macht, gehst du zur Geschäftsstelle (oder auch **Rechtsantragsstelle**) des Arbeitsgerichtes und bittest die Sekretärin, die Klage aufzunehmen, denn hier darfst du deine Klage mündlich einreichen.

Zur Verhandlung MUSST du zwingend **persönlich** erscheinen und alles mitnehmen: Vertrag, Gehaltsabrechnungen, Zahlungsaufforderung/Abmahnung.

Sprichst du nicht gut deutsch, kannst du für die Verhandlung sogar einen **Dolmetscher** beantragen.

Ausflug ins Strafrecht

Du fragst dich jetzt vielleicht, was denn Strafrecht im Buch über das *reale Leben* zu suchen hat, schließlich bist du kein/e Kriminelle/r und willst das auch nicht werden. (Gute Entscheidung, by the way!)

Natürlich kannst du auch ans Ende des Kapitels springen, wo es ums Führungszeugnis geht, denn das verlangen viele Arbeitgeber, und es ist immer gut zu wissen, was man für Unterlagen vorlegen muss.

Doch glaube mir, es gibt im Leben IMMER Situationen, in die du irgendwie reinrutschst, auch wenn du es nicht beabsichtigst. Situationen, in denen du dich provozieren lässt oder gar als **Unbeteiligter** plötzlich in der Strafrechtsfalle sitzt.

Und **NEIN, Eltern haften NICHT für ihre Kinder**, wie mein 16-jähriger Sohn im Brustton der Überzeugung einmal sagte. Wenn also das noch nicht strafmündige Kind (also unter 14) einen Mord begehen würde, wandern dafür NICHT die Eltern ins Gefängnis.

Das Strafrecht ist zum Glück (!) eine höchstpersönliche Sache und wird unter anderem im **Strafgesetzbuch (StGB)** geregelt. Wer also den Mist anstellt, darf den Schaden auch beseitigen oder die Strafe ausbaden.

Begeht eine Person unter 14 Jahren eine Straftat, gibt es Mecker vom Polizeimeister, mehr aber auch nicht. Durch das Jugendgerichtsgesetz (JGG) sind auch 14- bis 18-Jährige nur bedingt strafbar und müssen zwingend im Sinne des Erziehungsgedankens *bestraft* werden.

Um dir also einen klitzekleinen Überblick zu verschaffen (und joaa, es hat nur minimal etwas damit zu tun, dass ich mit Leidenschaft Strafrechtlerin bin), hier ein paar wichtige Paragrafen, die du kennen solltest, um dein Leben etwas zu erleichtern.

Beteiligung an einer Schlägerei – § 231 StGB

Herr im Himmel, who the f* wants to know that?

Du hast recht! Wer möchte schon wissen, was passiert, wenn sich irgendwelche Typen prügeln?!

Niemand. Oder doch alle?

Also, täusche dich nicht! Hier hängt man schneller in der Strafbarkeit, als es so manch einem bewusst ist.

Warum?

In **§ 231 StGB** (Strafgesetzbuch)ist Folgendes geregelt:

Wer sich gemäß § 231 StGB an einer Schlägerei oder an einem von mehreren verübten Angriff beteiligt, wird schon wegen dieser Beteiligung mit Freiheitsstrafe bis zu drei Jahren oder mit Geldstrafe bestraft, wenn durch die Schlägerei oder den Angriff der Tod eines Menschen oder eine schwere Körperverletzung (§ 226) verursacht worden ist.

»Wo rohe Kräfte sinnlos walten«, um es mit Schillers Worten zu sagen, kann doch so manches Mal Schlimmes passieren.

Stell dir vor, du gehst mit deinen Freunden zum Eishockey. Eigentlich interessiert dich der Sport nicht sonderlich, aber in der Heimmannschaft sind coole Typen dabei und auf einen hast du ein besonderes Auge geworfen.

Nun kommt es, dass sich die Fans anlässlich ihres Adrenalinpegels ordentlich einen hinter die Binde gekippt haben und schon so richtig enthemmt sind.
(Kommt übrigens auch oft bei Fußballspielen vor! Ich kann davon ein Liedchen trällern, denn ich habe 2 Jahre bei der Fußballbundesliga gearbeitet.)

Es ist ein hartes Duell und das Ende naht.

Die gegnerischen Fans sind so richtig auf Prass und plötzlich gehen sich die Fans der beiden Mannschaften an.

Es kommt zu einer Schlägerei, an der mehr als 2 Personen beteiligt sind, du hängst genau dazwischen.

Abhauen geht nicht, dann müsstest du an den Neandertalern vorbei und würdest vielleicht sogar noch einen Schlag abkriegen.

Was tust du?

Joaaa ... du könntest auf die dumme Idee kommen und die Gunst der Stunde nutzen, um deinen Instagram-Account aufzupeppen, indem du ein hübsches Video von der Schlägerei machst.

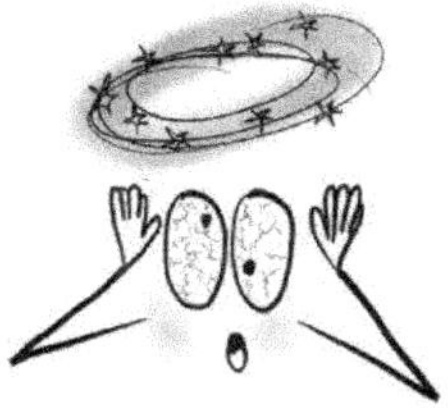

Ein paar der Schläger fühlen sich durch dein Video voll animiert und legen erst so richtig los.

Deine Freunde johlen eurem Fanblock zu und feuern sie an.

Mit einem Mal gehen bei einem Schläger die Lichter aus und er sinkt tödlich getroffen zu Boden.

Ein anderer verliert im Kampf sein Augenlicht, aber zum Glück hat er ja noch ein 2. Auge. Die Schlägerei hat sich also aus Sicht der Gegenseite gelohnt, schließlich wurde die Ehre des Vereins verteidigt.

Die Polizei kommt und sammelt ALLE ein, die in eurem Block saßen, standen oder auch einfach nur zwischen die Fronten geraten sind.

Du versuchst, deine Haut zu retten, doch die Polizisten wollen dein Gejammer gar nicht hören. Du landest in der Arrestzelle auf der örtlichen Polizeiwache und kannst darauf warten, dass man deine Personalien aufgenommen und dich verhört hat.

Zum Glück kommst du nach wenigen Stunden wieder frei und darfst nach Hause gehen. Schwein gehabt, oder?

Neeeeeeeeee! Das findet nur in deinen kühnsten Träumen statt, denn in der Realität bekommst du innerhalb von 3 Wochen eine Vorladung, und zwar als **Beteiligter** an einer Schlägerei. DU sollst verantwortlich sein für den Tod eines Menschen und den Verlust eines Auges bei einem anderen.

»Hä?«, denkst du dir. »Spinnen die? Ich habe doch niemanden geschlagen, sondern nur gefilmt.«

Nein, die spinnen (leider) nicht.

§ 231 StGB ist ein **abstraktes Gefährdungsdelikt**, wie der Jurist sagt.

What the hell means that?

Also hier kommt die Auflösung ...

Die **Beteiligung an einer Schlägerei** ist durch *die Dynamik*, die bei solch einer Schlägerei entsteht, *so gefährlich*, dass der Jurist für die Strafbarkeit kein verletztes Rechtsgut benötigt, sondern allein die Schaffung einer Gefahr ausreicht, um die *Beteiligten* zu bestrafen.

Uff! Das wusstest du wahrscheinlich noch nicht und damit bist du nicht allein.

So eine Schlägerei mit mehr als 2 Personen kann so unübersichtlich sein, dass du nach ›herrschender Meinung‹ durch deine bloße Anwesenheit (als Vlogger/Fotograf) **automatisch mit strafbar** bist und einen Tod und ein kaputtes Auge mit zu verantworten hast.

Mitprügeln ist nicht einmal erforderlich!

Deine physische und psychische Anwesenheit reicht.

Auch die **Mindermeinung** lässt dich nicht davonkommen, obwohl sie dich zumindest als Gehilfe (§ 27 StGB) abgeschwächt bestrafen wollen. Wenn es dich beruhigt, deine Freunde sind durch ihr Gejohle ebenfalls Beteiligte und müssen den Tod und das Matschauge mit verantworten.

Frei nach dem Motto: **Mitgegangen, mitgehangen.**

Was? Es gab auch Leute, die kamen nach dem Todeseintritt des verprügelten Fans dazu?

Nach h.M. spielt der Zeitpunkt der Teilnahme keine Rolle!

Anders verhält es sich mit demjenigen, der versucht, die Streithähne auseinanderzuzerren und den Kampf zu beenden, und/oder die Polizei ruft. Der kommt gemäß § 231 Absatz 2 StGB straflos davon, weil er sich NICHT an der Schlägerei beteiligt hat.

Was lernst du daraus?

Wenn irgendwo die Fäuste erhoben werden, mache es nicht wie Bud Spencer und Terence Hill! Für die, die die beiden Schauspieler nicht kennen: Die Filmtitel ›Vier Fäuste gegen Rio‹ und ›Vier Fäuste für ein Halleluja‹ sprechen Bände.

Versuche dich auch NICHT als Regisseur oder Feuerspucker (= anfeuern). Rufe lieber die Polizei und halte dich, bis zu deren Eintreffen für eine Aussage vor Ort, in sicherer Entfernung auf (nein, das ist nicht feige!).

Sag, du wolltest dich aufgrund der Gefährlichkeit nicht einmischen und überlässt das lieber den Profis.

Sich NICHT in eine Schlägerei zu begeben, ist KEINE Schande!

Beleidigung – § 185 StGB

Du meine Güte, denkst du vielleicht, was will sie denn bitte mit dem blöden Paragrafen?

Wo ist das Problem, jemanden mit *Arschloch, Wixer* oder *Vollidiot* zu betiteln oder ihm den *Stinkefinger* beziehungsweise den *Scheibenwischer* zu zeigen?

Ist doch wohl toooootal egal, wenn man sich mal danebenbenimmt.

Vielleicht hast du recht – vielleicht aber auch nicht.

Wann beleidigt man jemanden?

Eine *Beleidigung* soll nur dann möglich sein, wenn der Täter eine unwahre, ehrenrührige Tatsache behauptet, also gegenüber einer 3. Person.

Wenn du dich mit deiner Familie unterhältst, kannst du zwar jemanden beleidigen, der nicht anwesend ist, aber hier würde es dann an der *Kundgabe* fehlen. Deine Äußerungen im privaten Kreise müssen also von jemandem außerhalb deiner Familie zur Kenntnis genommen werden.

Negative Kundenbewertungen im Netz wie zum Beispiel *Kundenservice schlecht* sind **keine Beleidigung**, sofern du den Verkäufer/Hersteller nicht als *Idioten* darstellst. Wenn du mehr wissen willst, findest du bei Online-Anwälten ein paar anschauliche Beispiele und Erklärungen.

Wenn du 1.000 Euro übrig hast (weil du sie für eine Beleidigung mit einplanst), kannst du sie natürlich auch gleich an gemeinnützige Vereine und Einrichtungen spenden (die das Geld nach deiner Verurteilung sowieso bekommen). Ich empfehle dir jedoch, bis 10 zu zählen und auf eine Beleidigung zu verzichten.

Denn ganz nebenbei kann dein **Führungszeugnis** durch so eine Aktion ganz schnell mal befleckt sein, ist ja nur nebensächlich. Du kannst es dir auf dem Arbeitsmarkt natürlich auch selbst schwer machen. Nämlich weil dich ein potenzieller Arbeitgeber nicht einstellt, weil du vorbestraft bist.

Du könntest dich aber auch einfach zusammenreißen, dein Ego in die Tasche falten oder die Finger hinter deinem Rücken verstecken.

Beleidigungen können nämlich seeehr teuer werden!

Es gab schon so einige Fälle, wo der *Mittelfinger* oder auch das Wort *Arschloch* ganz schnell mal bis zu 5.000 Euro Strafe kosteten. Andererseits sind die Gerichte mittlerweile dazu übergegangen, diese **Schamverletzungen** nicht mehr als *Beleidigung* zu bestrafen. Darauf kannst du dich aber nicht verlassen, denn Rechtsprechung bedeutet auch, dass in Einzelfällen anders entschieden werden kann, und nur weil ein Richter gängige Wörter nicht mehr als Beleidigung einstuft, heißt das nicht, dass du bei einem anderen Richter ebenso viel Glück hast.

Betrug – § 263 StGB

So ein Betrug ist oft recht kompliziert und wird daher nicht zu Unrecht als *White collar crime*[25] bezeichnet.

Wenn man aber weiß, wie man so einen Betrug aufdeckt, ist es gar nicht mehr sooo schwierig. Was sagt denn das Gesetz?

---

[25] White collar crime = Wirtschaftskriminalität von Menschen in Schlips und Anzug.

Wer in der Absicht, sich oder einem Dritten einen rechtswidrigen Vermögensvorteil zu verschaffen, das Vermögen eines anderen dadurch schädigt, dass er durch Vorspiegelung falscher oder durch Entstellung oder Unterdrückung wahrer Tatsachen einen Irrtum erregt oder unterhält, wird mit Freiheitsstrafe bis zu 5 Jahren oder mit Geldstrafe bestraft.

Was brauchen wir also für den Betrug?

Genau, mehrere **Tatbestandsmerkmale**:

- ✓ Täuschung
- ✓ Irrtum
- ✓ Vermögensverfügung
- ✓ Vermögensschaden

Natürlich könnte ich hier jetzt den klassischen ›Supermarkt-Fall‹ aufführen, den jeder Studierende im Jura-Studium serviert bekommt, aber der ist sehr kompliziert, denn hier werden die Preisschilder vom billigen Wein auf den teuren Wein geklebt und hier kommt mehr als nur ein Betrug zustande.

Bedienen wir uns also des *Enkel-Tricks*: (Bitte nicht nachmachen!)

Oma Gertrud bekommt einen Anruf von ihrem *Enkel* Klaus, der dringend Geld benötigt. Er erzählt ihr, dass sein Leben davon abhängt. Sie geht also zur Bank, hebt Geld ab und weil ihr Enkel keine Zeit hat, wird das Geld von seinem Freund Horst abgeholt.

Woran erkenne ich also den Betrug, ohne mich nur auf mein Gefühl zu verlassen?

Schlüsseln wir den Fall mal kurz auf ...

1. Klaus hat NIE angerufen. Es war Horst, der sich als Enkel Klaus ausgegeben hat. Er **täuscht** also Oma Gertrud einmal darüber, dass er der Enkel ist, und dann noch über die Tatsache, dass sein Leben von dem Geld abhängt.
2. Oma Gertrud unterliegt dem **Irrtum**, dass ihr Enkel in Todesgefahr schwebt und nur ihr Geld ihn noch retten kann.
3. Oma Gertrud rennt zur Bank und hebt ihr ganzes Erspartes ab. Das Geld gibt sie im Anschluss an Klaus' angeblichen Freund Horst. Das Überreichen des Geldes ist eine **Vermögensverfügung**.
4. Oma Gertrud hat den **Vermögensschaden**, denn sie hat kein Geld mehr auf ihrem Konto.

Du hast also immer eine Täuschung (= Lüge) durch den Täter, den daraus resultierenden Irrtum beim Opfer und dann durch die Handlung des Opfers einen Schaden.

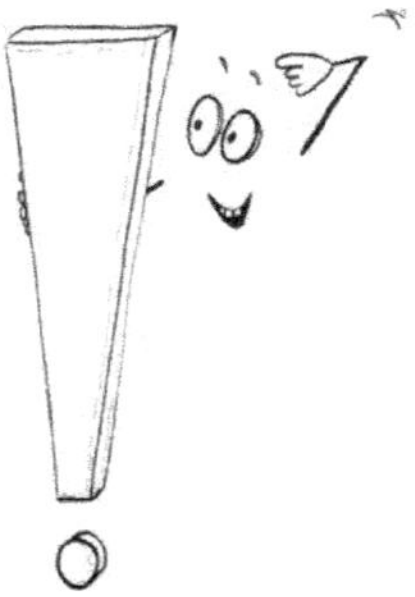

Anmerkung: Beim sogenannten **Dreiecksbetrug**, zum Beispiel vor Gericht, lügt jemand, sodass der Richter einen anderen zur Zahlung von Geld verurteilt. Hier hat also der Richter den Irrtum und das Opfer den Schaden.

Unerlaubtes Entfernen vom Unfallort – § 142 StGB

Es gibt Leute, die sind der irrtümlichen Auffassung, es gäbe beides und das *unerlaubte Entfernen vom Unfallort* sei nur eine Abschwächung der *Fahrerflucht*.

Das ist schlichtweg **falsch**.

Was man im **Volksmund** salopp *Fahrerflucht* nennt, heißt in **Amtsdeutsch**: *Unerlaubtes Entfernen vom Unfallort.*

Du bist stolzer Besitzer eines Fahrrades, passt eine Sekunde lang nicht auf und schwups ... crashst du gegen ein anderes Fahrzeug.

Oje, da ist eine megafette Kratzspur, und das auch noch auf dem ach so teuren Flipflop-Lack?

Problem: Es sitzt niemand drin!

Du schaust dich um, die Straße ist verlassen.

Verdammt.

Du hast es eilig und denkst dir: ›Hat niemand gesehen, fährste schnell weg.‹ Eilig düst du weiter zu deinem Termin.

Jetzt hat der Gesetzgeber so etwas Feines erfunden wie die *Fahrerflucht*, § 142 StGB.

Du wohnst in einem Dorf und hast nicht bemerkt, dass Oma Käthe wie immer ihren Nachmittag hinter der Gardine verbringt, um Verkehrssünder den Garaus zu machen.

Da es solche Omas gibt, nehmen wir an, du hast einen Zettel mit deiner Telefonnummer unter die Scheibenwischer gesteckt.

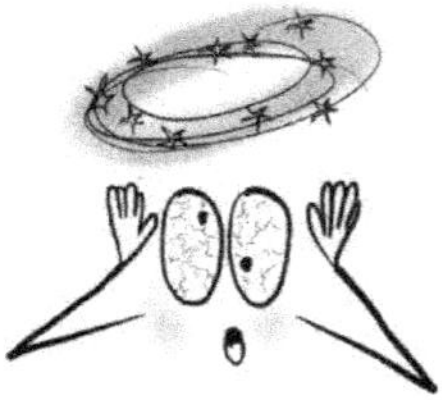

Exakt 2 Stunden später klingelt es an deiner Wohnungstür und 2 Polizeibeamte stehen dort mit ernster Miene.

Du erschrickst, weil du denkst, da kommt gleich eine Todesbotschaft. Aber nein, die 2 stehen vor deiner Tür, weil du ein schweineteures Fahrzeug zerkratzt hast und weggefahren bist.

»Sind Sie heute Nachmittag mit einem Fahrrad gegen ein parkendes Auto gefahren?«, fragt dich der Beamte.

Du schrumpfst innerlich und ein 2. ›Verdammt‹ will über deine Lippen. Du verkneifst es dir und stattdessen kommt ein: »Aber ich habe doch einen Zettel an die Windschutzscheibe geklemmt.«

»Haben Sie mit dem Halter des Fahrzeuges gesprochen?«, fragt der andere Polizist.

Du schüttelst den Kopf. »Die Straße war wie ausgestorben.«

»Sie hätten bei den Häusern klingeln und nachfragen können«, sagt der Polizist.

»Daran habe ich nicht gedacht«, gestehst du zähneknirschend. »Aber das ist doch nur eine **Ordnungswidrigkeit**, oder?«

Die Augenbrauen der beiden Polizisten wandern in die Höhe.

»Nein«, knurrt der Polizist, »DAS ist eine **Straftat, die mit bis zu 3 Jahren Freiheitsstrafe geahndet** werden kann.«

Du schluckst und denkst dir ein 3. ›Verdammt!‹

3 Jahre Knast? Oh Gott!

Nun schwitzt du nicht mehr nur. Vielleicht kommen dir die Tränen und die Angst sitzt dir im Nacken, aber so richtig.

Einer der Polizisten knickt ein. »Na, na, das ist doch kein Grund zum Weinen! Nun trocknen Sie sich mal Ihre Tränen!« Er zückt ein Heftchen. »Wir nehmen jetzt mal Ihre Personalien auf und dann sehen wir weiter. Haben Sie einen Führerschein?«

Du nickst und nun stürzen deine Tränen so richtig aus deinen Tränendrüsen heraus. »Seit 2 Monaten«, würgst du hervor.

Der Polizist sieht seinen Kollegen fragend an. »Vielleicht können wir das noch irgendwie abmildern?«, fragt er leise, doch sein Kollege ist unnachgiebig. »Das sind dann 3 Punkte in Flensburg, ein Fahrverbot von 3 Monaten und die Entziehung der Fahrerlaubnis«, rattert der meinungsstabile Beamte herunter.

Sein Kollege zieht ihn weg und redet auf ihn ein.

Dann kommt er zurück.

»Sie haben ja Ihre Telefonnummer hinterlassen. Der Halter des Fahrzeuges hat ausdrücklich gesagt, wenn Sie für den Schaden aufkommen, möchte er das so sanft wie möglich regeln. Ich gehe doch davon aus, dass Sie gerade auf dem Weg zur Polizei waren, um sich selbst anzuzeigen? Sie haben doch bestimmt vorhin in der Schrecksekunde kein Handy dabeigehabt, oder?« Du schluckst.

Ohne dein heiliges Smartphone verlässt du nie das Haus.

Hallooo! Du bist Generation Z! Wer geht bitte OHNE Handy aus dem Haus?

Niemand!

Du verstehst, dass er dir eine Möglichkeit bietet, aus der Sache einigermaßen schadlos rauszukommen, nutzt die Gelegenheit, nickst und versuchst zu lächeln.

»Gut.« Während der Polizist deine Angaben aufnimmt, schreibt der andere einen Beleg. »Das macht dann 35 Euro.«

Du schluckst schon wieder und siehst dein Essensgeld für eine Woche flöten. »Wohnen Sie allein?«, fragt der freundliche Polizist.

»Mit einer Freundin. Wir studieren beide.«

Der Polizist nickt, nimmt den ausgestellten Beleg und zerknüllt ihn. »Heute wollen wir es bei einer Verwarnung belassen, weil Sie gerade auf dem Weg zur Wache waren. Beim nächsten Mal wissen Sie, dass Sie nicht ohne Handy aus dem Haus gehen und uns gleich vor Ort anrufen, wenn Sie ein parkendes Auto beschädigen.«

»Ja.«
Die beiden Polizisten verabschieden sich.

Geschockt, aber dennoch halbwegs erleichtert, sinkst du erst einmal auf deinen Wohnungsflur und schickst ein Dankgebet ins Universum, dass zumindest der 2. Polizist ein Herz für junge Studierende hatte.

ABER ... so glimpflich muss es nicht ablaufen!

Auch bei der Polizei, Staatsanwaltschaft und unter den Richtern gibt es *Gnadenlose*, die dich mit einer Fahrerflucht nicht so billig davonkommen lassen! Ein Richter hat durch die Gesetze immer einen gewissen Spielraum. Er kann also sehr streng urteilen oder aber milde.

Darum merke dir die **Checkliste bei einem Unfall**:

1. Ruhig bleiben.
2. Verletzungen checken.
3. Schäden checken und per Handyfoto festhalten.
4. Personalien aufnehmen.
5. Unfallgegner ist abwesend: Warten!
6. Unfallgegner kommt nicht: Polizei anrufen!
7. Auf die Polizei warten und Angaben zum Unfallhergang machen.
8. Deine Haftpflichtversicherung informieren, Fotos auf Wunsch mit hinschicken (Mail reicht).
9. Durchatmen – Fehler passieren!

Diebstahl – räuberischer Diebstahl – Raub

(§§ 242, 252, 249 StGB)

Also ehrlich, muss ich das wirklich wissen?

Jedes Kind weiß doch, was ein **Diebstahl** ist.

Jemand nimmt einem anderen etwas weg, was ihm nicht gehört.

Schwups, ist das ein Diebstahl.

Wusstest du aber auch, dass es Diebstahl ist, wenn sich ein Pärchen gemeinsam einen **Goldklumpen** kauft, sich trennt und einer von beiden den im **Miteigentum** stehenden Goldklumpen einfach mitnimmt?

Kein Diebstahl ist es, wenn jemand ein Auto wegnimmt, es fährt und wieder irgendwo abstellt, den Besitz also wieder aufgibt. Dabei stellt er das Auto so ab, dass der Eigentümer es quasi wiederfinden kann. Irre, oder?

Oder jemand nimmt ein Buch von dir weg, legt es dir aber, nachdem er es gelesen hat, wieder klammheimlich in die Tasche zurück.

Was hat er dir dann gestohlen? Zeit? Buchstaben?

Warum sind das keine Diebstähle?

Sind die doof?

Nee, es ist für den Juristen ganz einfach:

Für den Diebstahl muss der Dieb *zusätzlich zu der Handlung* eine sogenannte **Zueignungsabsicht** haben. Das heißt, er muss die Sache vorübergehend haben und den Eigentümer **dauerhaft enteignen** wollen. Wenn er das Auto nach Benutzung wieder abstellt, entfällt die dauerhafte Enteignung (und Enteignungsabsicht). Damit entfällt auch der Diebstahl vom Auto. Er kann dir dann allemal etwas Benzin *geklaut* haben durch den Verbrauch beim Fahren.

Natürlich gibt es auch wieder viiiieeele, viele Einzelfälle, die hier den Rahmen sprengen würden. Darum sei das nur mal kurz angeschnitten.

Viele Laien haben keine Ahnung, wie man den Diebstahl vom räuberischen Diebstahl oder gar vom Raub unterscheidet. Auch Jurastudenten müssen das erst lernen.

Aber das ist fix erklärt.

Ein **Diebstahl** läuft in der Regel gewaltfrei ab und eher (möglichst) unentdeckt.

Bei einem **räuberischen Diebstahl** hat der Täter die Sache bereits geklaut und zieht seinem Verfolger eins über den Schädel, um die Sache behalten zu können.

Bei einem **Raub** droht der Täter mit Gewalt und/oder übt sie auch aus, um überhaupt erst an die Sache heranzukommen, die er haben will.

Letzteres ist übrigens ein **Verbrechen**! Da kommt niemand mit einer Geldstrafe davon!

Das bedeutet, wenn jemand mit Messer, Pistole oder Lippenstift (den er als *Pistole* in den Rücken der netten Verkäuferin drückt und vortäuscht, eine echte Waffe zu haben) im Laden steht und Geld verlangt, riskiert er seine *Freiheit* für mindestens *ein Jahr*.

Tagessätze, Strafbefehle – Führungszeugnis

Machen wir noch einen klitzekleinen Ausflug zum **Strafprozessverfahren**, damit du verstehst, was es mit Einträgen ins Führungszeugnis auf sich hat.

Fangen wir mit dem Dokument an, welches entscheidend für deine Zukunft sein kann. Es ist quasi deine *weiße* oder auch *schwarze* Weste, dein Aushängeschild, wie gut du dich in der Gesellschaft *führen* lässt.

Was ist also ein Führungszeugnis und wozu braucht man das?

Das von vielen gefürchtete und total überschätzte **Führungszeugnis** wird von einigen Arbeitgebern zusätzlich zu den Bewerbungsunterlagen oder spätestens zum Arbeitsantritt verlangt.

Warum?

Das ist einfach erklärt.

In vielen Berufen hast du mit Geld, Kindern oder auch Gesetzen zu tun und es kommt auf die Einhaltung von Gesetzen an, auf den Schutz von Kindern oder auch die Sicherheit einer Bank, dass ihr Angestellter nicht mit dem Geld durchbrennt.

Ein solches *Führungszeugnis* belegt, dass du zumindest bisher nicht mit dem Gesetz in Konflikt geraten bist und strafrechtlich verurteilt wurdest.

Es ist ein **Auszug aus dem Bundeszentralregister (BZR)**.

Du merkst schon, es gibt gefühlte Millionen von Behördeneinrichtungen, um unsere gut durchstrukturierte Gesellschaft auch weiterhin von A über Z bis hin zum Griechischen Alphabet zu organisieren.

Warum wird das gefordert? Was steht da überhaupt drin?

In diesem Bundeszentralregister notiert das Bundesamt für Justiz unter anderem alle Strafen, die Gerichte in den letzten Jahren gegen Betroffene verhängt haben.

Hat Täter X also Opfer O bestohlen, ist erwischt und vor Gericht abgeurteilt worden, wird das in diesem Register vermerkt. Selbst Schwarzfahren kann ein Delikt sein, welches im Register notiert wird. Hast du zum Beispiel einen Strafbefehl bekommen, wird auch dieser ins Register eingetragen.

Was davon wird aber nun in dein Führungszeugnis geschrieben, wenn schon kleinere Vergehen im Register festgehalten werden?

Wir hatten das Thema schon: Die Deutschen LIEBEN Gesetze.

Darum gibt es natürlich auch das sogenannte **Bundeszentralregistergesetz**. Wahnsinn, oder?

Nach diesem Gesetz werden Geldstrafen (also wenn jemand im Strafprozess rechtskräftig zu einer Geldstrafe verurteilt oder durch einen Strafbefehl zu einer Geldstrafe verdonnert wird) ab 90 Tagessätzen und Freiheitsstrafen in das Führungszeugnis geschrieben.

Was ist denn überhaupt ein Tagessatz?

Die Höhe eines **Tagessatzes** liegt zwischen einem Euro und 30.000 Euro. In § 43 StGB ist die Ersatzfreiheitsstrafe festgelegt, wobei ein Tagessatz einem Tag Freiheitsstrafe entspricht.

Die Tagessätze werden zumeist bei einem von 30 (1/30 oder 3,33 Prozent) des Nettomonatseinkommens angesetzt.

In dem Moment, wo du so viel verbockt hast, dass der Strafrichter dir 90 Tagessätze aufbrummt, erscheint deine Straftat im Führungszeugnis!

Hast du dir so viel oder so schwere Verbrechen wie zum Beispiel Raub geleistet und musst dafür eine Freiheitsstrafe verbüßen, wird auch diese Strafe ins Führungszeugnis gemeißelt.

Hast du als Jugendlicher **Sozialstunden** ableisten müssen, werden diese NICHT ins Führungszeugnis eingetragen, da im Jugendstrafrecht der *Erziehungsgedanke* zählt.

Mit Sozialstunden möchte man die jungen Leute **verwarnen**.

Alle **Zuchtmittel** (krasses mittelalterliches Wort, oder?), die nach den §§ 12 ff. JGG (Paragrafen 12 fortfolgende Jugendgerichtsgesetz) verhängt werden, tauchen weder im BZR noch im Führungszeugnis auf.

Damit möchte man den Jugendlichen den Weg ins Berufsleben nicht unnötig erschweren, weil man weiß, dass manche Straftaten zum leichtsinnigen Verhalten von einigen Jugendlichen gehören.

Aber hey, das soll KEINE Einladung zur Straftat sein! Ganz im Gegenteil!

Es ist lediglich die Feststellung, dass Jugendliche aufgrund ihres Umbaus im Gehirn (Pubertät) zur Unvorsichtigkeit neigen.

Hast du allerdings eine Jugendstrafe in der **Justizvollzugsanstalt** (JVA oder auch Gefängnis) abgesessen, wird dies sowohl im BZR als auch ins Führungszeugnis eingetragen. Lediglich Freiheitsstrafen auf Bewährung tauchen im Führungszeugnis nicht auf.

Anmerkung: Einträge im BZR werden nach 5 bis 20 Jahren gelöscht. Allgemeine Verurteilungen zu einer Geldstrafe oder zu Freiheitsstrafen von nicht mehr als 3 Monaten sowie die meisten Jugendstrafen werden nach 3 Jahren aus dem Führungszeugnis entfernt.

Lästige Behördengänge

Eins vorab: Behördengänge gehören nicht gerade zu meinen Lieblingsaktivitäten!

Warum das so ist, kann ich mir nur schwer erklären. Ich vermute, es hängt damit zusammen, dass ich oft das Gefühl habe, da sitzen keine Menschen mit Gefühlen, sondern eine spezielle Spezies, die unbarmherzig und gnadenlos handelt, immer darauf bedacht, den Bürger für den Staat zu beschneiden (in dessen Rechten) und den eigenen Frust an ihm auszulassen.

Solche Leute gibt es immer wieder und hier ist es besonders gut, zu wissen, welche Rechte man hat.

Natürlich ist das nicht immer so – dem Himmel sei Dank!

Als Journalistin habe ich viele Mitarbeiter in Behörden kennengelernt, die sehr, sehr herzlich und menschlich sind und zugeben, dass sie nur so hart rüberkommen (müssen), weil sie durch Gesetze gezwungen sind, Anträge von Bürgern abzulehnen.

Bei den meisten ist es also eine Art von *Selbstschutz*.

Solltest du selbst in einer Behörde arbeiten oder dort arbeiten wollen, nimm dir das zu Herzen und sei etwas emphatischer.

Bedenke dabei immer, die Menschen, die zu dir kommen, haben von deinem Fach keine Ahnung und darum oft sehr große Angst.

Welche **Art von Anträgen** kannst/musst du in der Behörde machen?

- ✓ Personalausweis/Reisepass
- ✓ Rentenversicherungsnummer
- ✓ ID-Nummer
- ✓ Kindergeldantrag
- ✓ Wohnberechtigungsschein (WBS)
- ✓ Ummeldung (Wohnung)
- ✓ Kfz-Zulassung
- ✓ Gesundheitspass (Gastronomie)
- ✓ Führungszeugnis
- ✓ Geburtsurkunde
- ✓ Familienstammbuch
- ✓ GEZ
- ✓ BAföG
- ✓ …

Um nur einige zu nennen.

Widmen wir uns also mal ganz kurz einigen obigen Dingen, die du bei deutschen Behörden beantragen kannst.

Personalausweis und Reisepass

Jeder, der in Deutschland wohnt, benötigt ein Ausweisdokument.

In der Regel ist das ein Personalausweis. Du kannst dich aber auch mit deinem Führerschein oder Reisepass ausweisen.

Ab wann benötigst du einen Ausweis und wo bekommst du den her?

Personalausweis

Als mein zweitgeborener Sohn 18 Jahre alt wurde, kam er zu mir und warf mir salopp vor die Füße: »Mama, mein Perso ist abgelaufen. Hol mir mal 'n neuen.«

Klingt erst mal megaeinfach, nicht wahr?

Ganz so easy ist es aber nicht!

Sobald du 18 Jahre alt bist, lässt sich nicht alles mit Hotel Mama, in dem dir alles gesäubert und gepudert vor die Nase gelegt wird, lösen. Du darfst lernen, Selbstverantwortung für dein Leben zu übernehmen. Je eher, desto besser!

Deine Eltern können DEINEN Personalausweis nämlich gar nicht beantragen, sie können ihn nicht einmal abholen.

Das musst du hübsch selbst machen.

Sitzt du im Ausland als **Work&Travel**-Spezi, ist es für dich natürlich mit viel zu hohen Kosten verbunden, nach Hause zu fliegen, um dein Ausweisdokument zu beantragen. Dir steht im Ausland auch der Gang zur Deutschen Botschaft frei. Doch auch der kostet Geld.

Natürlich hast du noch die Möglichkeit, deinen Eltern (Mutter oder

Vater) eine Vollmacht auszustellen und sie mit deinem alten, abgelaufenen Personalausweis zum Einwohnermeldeamt/Bürgeramt zu schicken.

Das musst du aber unter Umständen dort gut begründen.

(Ein Auslandsaufenthalt oder eine Schwerbehinderung sind gute Gründe. Eine Null-Bock-Stimmung ist kein guter Grund.)

Was musst du **zum Behördengang mitnehmen**?

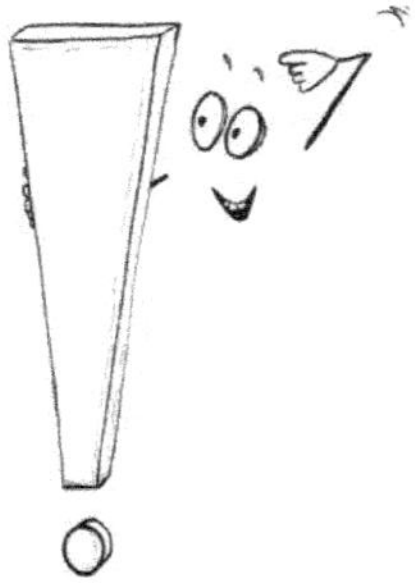

Wenn vorhanden, nimmst du deinen alten Perso mit. Ansonsten deinen **Kinderausweis** oder deinen alten **(Kinder-)Reisepass**. Außerdem kann es sein, dass der Mitarbeitende eine Kopie deiner **Geburtsurkunde** (oder auch Abstammungsurkunde) verlangt.

Wenn du schon länger in der Stadt wohnst, kann es sein, dass deine Geburtsurkunde bereits im System gespeichert ist. Das kannst du eventuell vorher telefonisch erfragen.

Zusätzlich brauchst du ein Passfoto, dieses kannst du mittlerweile aber in fast allen Einwohnermeldeämtern vor Ort für wenig Geld machen lassen. Natürlich gibt es auch Fotografen, die diese Bilder von dir knipsen. Die kosten mitunter jedoch mehr Geld. Ein normales Passfoto wird NICHT mehr akzeptiert. Seit den Anschlägen am 11.09.2001 hat man in der EU das **biometrische Passfoto** eingeführt, wo das Gesicht etwa 70 bis 80 Prozent des Bildes einnimmt, keine Schatten erlaubt sind und Farbkontraste aufweisen muss.

Ein weiterer Vorteil, wenn du dein Lichtbild in der Behörde machst, ist der, dass dein Bild gleich im System abgespeichert wird und für eine gewisse Zeit hinterlegt ist.

(Für die Behörde haben die Selbstbedienungsautomaten in ihrem Hause den Vorteil, dass keine gefälschten oder falschen Bilder Einzug in den Ausweis halten und so der Manipulierbarkeit von Bildern entgegengewirkt wird.)

Ich weiß auch, dass sich einige in ihren Freiheitsrechten beschnitten fühlen, weil natürlich auch Strafverfolgungsbehörden und Geheimdienste auf dein biometrisches Passfoto zugreifen könn(t)en.

Ich persönlich sehe das (für mich) weniger eng.

Ich bin bisher nicht davon ausgegangen, dass jemand ein Interesse daran hat, mein Bild im System abzufragen. Mitkriegen würde ich es vermutlich ohnehin nicht.

Diese Systemabfrage ist jedoch auch möglich, wenn du ein fertiges Passfoto dort abgibst und nicht nur beim Systemfoto der Behörde.

Seit 2017 fragten dich die Mitarbeiter der Behörde, ob du deinen Personalausweis mit **Fingerabdruck** tätigen möchtest – das ist allerdings seit dem 21.08.2021 **Pflicht**. Dieser belegt die Echtheit deines Ausweises.

Lass deinen Personalausweis unbedingt mit **freigeschalteter Online-Ausweisfunktion** herstellen, denn hier bekommst du eine 6-stellige PIN, die du zum Beispiel bei einem Online-Antrag eines Führungszeugnisses brauchst. Ohne diese PIN bekommst du beim Bundesamt für Justiz keinen Zugang zum Online-Verfahren.

Online-PIN

Die Freischaltung muss im Bürgeramt erfolgen, dann bekommst du per Brief eine **Transport-PIN** zugeschickt, eine **Entsperrnummer** und ein **Sperrkennwort**. Sobald du alles hast, kannst du online deine *Transport-PIN* gegen eine eigene 6-stellige PIN ersetzen.

Hat man die Online-Funktion nicht, kann man das gegen eine Gebühr von 12 Euro auch nachträglich freischalten lassen.

Mobil kann man die *AusweisApp2* nutzen, die kostenlos im Google Playstore und im Apple App Store heruntergeladen werden kann.

Reisepass

Geburtsurkunde und Passfoto benötigst du auch für (d)einen Reisepass.

Beim Reisepass ist der **Fingerabdruck** (von 2 Fingern!) seit dem 01.11.2007 **Pflicht**. Fehlt dir zum Beispiel eine Hand, kannst du natürlich nur von einer Hand einen Fingerabdruck liefern.

Hast du keine Fingerabdrücke durch zum Beispiel Verätzungen und Verbrennungen, musst du dies mit einem ärztlichen Attest nachweisen.

Die Fingerabdrücke sind vor allem wichtig, wenn man in die USA reisen will, weil dort eine Einreise ohne den elektronischen Speicherchip (mit Fingerabdruck) gar nicht möglich ist. Auf dem Chip sind personen- und dokumentenbezogene Daten (Familienname,

Vorname, Geburtsdatum, Geschlecht, Staatsangehörigkeit, Seriennummer des Ausweises, ausstellender Staat, Gültigkeitsdatum, Passfoto und Fingerabdrücke) gespeichert.

Hast du ein Kind unter 6 Jahren, werden hier keine Fingerabdrücke genommen und du benötigst zusätzlich ein Visum vom US-Konsulat oder der US-Botschaft für die Einreise in die USA.

Sobald sich dein Name ändert (zum Beispiel durch eine Heirat), musst du übrigens **neue Ausweisdokumente** beantragen.

Wenn du unter 16 bist und eine Ausbildung in einer anderen Stadt anfangen willst, benötigst du zusätzlich zum alten Ausweis und einem Foto eine Einverständniserklärung deines/deiner Erziehungsberechtigten.

Ist der **Chip defekt**, musst du dies **reklamieren**! Dann muss die Behörde dir kostenfrei einen neuen Reisepass ausstellen.

Rentenversicherungsnummer – RV-Nr.

Mein Sohn wollte sich Geld dazuverdienen, bevor er seine Ausbildung beginnt.

Um Steuern zu sparen, entschied er sich für einen **Minijob**.

Für einen solchen ist der Arbeitgeber aber verpflichtet, eine Anmeldung mithilfe der Rentenversicherungsnummer (RV-Nr.) bei der Minijob-Zentrale abzugeben.

Mein Sohn musste nun also einen Zettel (*Checkliste für geringfügig entlohnte oder kurzfristig Beschäftigte*) ausfüllen und wurde nach seiner Rentenversicherungsnummer gefragt.

»Mamaaaaa, was ist eine Rentenversicherungsnummer und wo kriege ich die her?«

Ich weiß, sein Weg war genau so lang wie meiner, ich bin trotzdem zu ihm hingestürmt. »Habe ich dir aufgeschrieben!«

»Hier steht ›Sozialversicherungsnummer‹ in deinem Heftchen. Ich brauche aber die ›Rentenversicherungsnummer‹.«

Ich lächele. »Das ist ein und dasselbe.«

Mein Sohn schaute mich an wie ein Auto. »Echt?«

»Ja. Echt.«

Früher hieß die heutige **RV-Nr.** nämlich **Sozialversicherungsnummer**, die jedem in Deutschland Geborenen bereits bei der Geburt zugeteilt wird.

Früher gab es dann einen **Sozialversicherungsausweis**.

Den gibt es heute nicht mehr.

Bei Kontrollen durch den Zoll an deiner Arbeitsstelle (wegen Schwarzarbeit) reicht ein Personalausweis. Andere Daten muss dein Arbeitgeber dem Zoll selbst vorlegen oder nachreichen.

Die RV-Nr. setzt sich aus folgenden Ziffern zusammen:

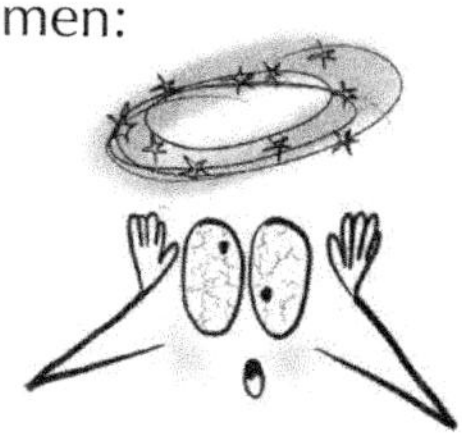

Beispiel: 14 200598 M 53

1. + 2. Stelle	Bereichsnummer des Rentenversicherungsträgers	
3. + 4. Stelle	Geburtstag des Versicherten	
5. + 6. Stelle	Geburtsmonat des Versicherten	
7. + 8. Stelle	Geburtsjahr des Versicherten	
9. Stelle	Anfangsbuchstabe des Geburtsnamen des Versicherten	
10. + 11. Stelle	Seriennummer:	bei Männern 00 – 49 bei Frauen 50 – 99

Woher bekommst du nun eine solche Nummer?

Du hast mehrere Möglichkeiten, um deine Rentenversicherungsnummer abzufragen:

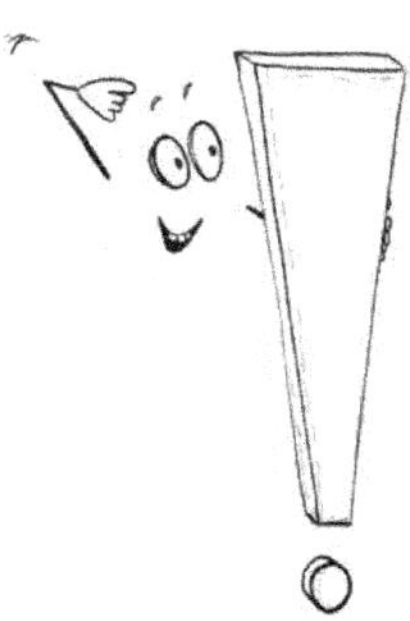

1. Servicetelefon der Rentenversicherung: 0800-1000 4800 (kostenlos)

2. Bei deiner Rentenversicherung vor Ort

3. Bei deiner Krankenkasse

4. Durch deinen Arbeitgeber (Supermöglichkeit, weil du ganz bequem darauf warten kannst, dass dir deine Nummer serviert wird!)

(Steuer-)ID-Nummer

Was ist denn eigentlich eine ›ID-Nummer‹ und wofür brauchst du sie?

Um vor vielen Jahren das Steuerverfahren zu vereinfachen, hat man für jeden Bürger eine **Steueridentifikationsnummer** (ID-Nr.) eingeführt.

Diese Nummer bleibt dir lebenslang zugeordnet, auch wenn du heiraten oder deinen Namen anderweitig ändern lassen solltest.

Sie wird bereits Kindern nach deren Geburt zugeordnet und mittlerweile automatisch zugeschickt.

Sobald du einen Minijob ausüben willst, brauchst du diese 11-stellige Nummer, damit dein Arbeitgeber dich korrekt anmelden kann, auch wenn du keine Steuern zahlst.

Wo kriegst du die ID-NR. her?

Ganz einfach, du findest die Nummer …

- ✓ im Einkommensteuerbescheid
- ✓ auf deiner Lohnsteuerbescheinigung
- ✓ bei deinem Finanzamt
- ✓ beim Bundeszentralamt für Steuern

Eine einfache Mail zum Anfordern reicht vollkommen aus.

Kindergeld(-antrag)

Wenn du mit der Schule fertig bist und eine Ausbildung anfängst, hast du auch noch Anspruch auf Kindergeld, und zwar bis zur Vollendung des 25. Lebensjahres[26].

Beantragt wird dieses bei der **Familienkasse der Bundesagentur für Arbeit**, allerdings von deinen Eltern!

Das Kindergeld bekommt dann der Elternteil (Antragsteller), bei dem das Kind – also DU – noch im Haushalt mitlebt, oder, wenn du bereits ausgezogen bist, der Elternteil, der mehr Unterhalt an dich bezahlt. Das ist vor allem dann wichtig, wenn deine Eltern getrennt sind.

Für das Kindergeld gibt es auch keine Einkommensgrenze mehr. Diese wurde 2011 abgeschafft.

Kindergeld wird bis zu 6 Monate rückwirkend ausgezahlt, deine Eltern sollten sich also nicht allzu viel Zeit mit dem Antrag lassen.

Verzicht auf Kindergeldberechtigung

Was viele nicht wissen:Der Elternteil, der mehr Unterhalt an dich zahlt, muss zwar den Antrag auf Kindergeld stellen, er darf allerdings auch auf die *Kindergeldberechtigung* verzichten.

Diesen *Verzicht auf Kindergeldberechtigung* muss er **schriftlich** an die Familienkasse mitteilen, weil er/sie seine Rechte als Kindergeldberechtigte/r anzeigt.

Zahlt also zum Beispiel deine Mutter mehr Unterhalt, dein Vater

[26] Tag vor deinem 25. Geburtstag.

hat aber den Antrag gestellt, kann deine Mutter die Auszahlung des Kindergeldes an deinen Vater **bewilligen**. Das Kindergeld soll trotzdem DIR zugutekommen. Es ist also ratsam, das vorher mit deinen Eltern zu besprechen und notfalls den Elternteil um den Kindergeldantrag zu bitten, bei dem du weißt, dass du das Kindergeld auch 1:1 ausgezahlt bekommst.

Abzweigungsantrag

Was viele auch nicht wissen:

Wenn du mit deinen Eltern zerstritten bist, deine Eltern tot sind oder ihrer Unterhaltspflicht NICHT nachkommen, kannst DU bei der Familienkasse einen *Abzweigungsantrag* stellen (Formular KG 11e), damit das Kindergeld **direkt an dich** gezahlt wird!

Das ist eine Ausnahmeregelung!

Wird keinerlei Unterhalt von deinen Eltern an dich geleistet, MUSS die Familienkasse deinem Antrag **zwingend** stattgeben und dir das volle Kindergeld auszahlen!

ABER aufgepasst: Diese *Abzweigung* ist im Gegensatz zum normal gezahlten Kindergeld **NICHT rückwirkend möglich**!

Und das Kindergeld darf zudem noch nicht ausgezahlt worden sein.

Besonderheiten:

Wenn du mit der Schule fertig bist und mehr als 4 Monate auf den Beginn deiner Ausbildung warten musst, hast du nach Ablauf dieser 4 Monate KEINEN Anspruch auf Kindergeld mehr, es sei denn, du bist als **ausbildungssuchend** bei der **Familienkasse** (nicht beim *Arbeitsamt* alias *Bundesagentur für Arbeit*) gemeldet und weist regelmäßig nach, dass du dich auf eine Ausbildungsstelle oder um einen Studienplatz bewirbst!

Bist du als **Au-pair** im Ausland, MUSST du nachweisen, dass du zusätzlich einen Sprachkurs von 10 Stunden wöchentlich absolvierst, um weiter Kindergeld zu bekommen[27]!

Wenn du im **EU-Ausland studierst** und in den Semesterferien zu Hause bist, bekommst du weiterhin Kindergeld. Studierst du zum Beispiel in den USA oder Australien, wird das Kindergeld gestrichen[28].

Genehmigt die Familienkasse den Antrag nicht, weil du zu lange brauchst, bis du nach dem Schulabschluss etwas Neues beginnst, wird dein Kindergeldantrag erst wieder genehmigt (und die Auszahlung), wenn du dann deine Ausbildung anfängst. Also verpasse dann nicht, den Antrag zu stellen!

Wohnberechtigungsschein - WBS

Im Kapitel **Deine erste Wohnung** gehe ich näher darauf ein, wer wann wo einen solchen *WBS* beantragen darf und wozu er dient. Trotzdem hier noch eine kleine Checkliste, was du hierfür alles brauchst. Wenn du zunächst wenig Geld verdienst, solltest

---

[27] Entscheidung des Bundesfinanzhofes, Az. BFH VIII R 79/99.

[28] Entscheidung des Bundesfinanzhofes, BFH III R 52/09.

du diesen Schein unbedingt beantragen. Damit bekommst du nämlich eine weitaus günstigere Wohnung.

Unterlagen für den WBS

- ✓ Einkommenserklärung
- ✓ Einkommensbescheinigung (vom Arbeitgeber)
- ✓ Meldebescheinigung vom Einwohnermeldeamt (Kopie)
- ✓ Ausweis (Kopie vom Perso reicht)
- ✓ evtl. Partnerschaftserklärung (wenn ihr zu zweit beantragt)
- ✓ evtl. Erklärung über das gemeinsame/alleinige Sorgerecht
- ✓ evtl. Geburtsurkunde deines Kindes / deiner Kinder
- ✓ evtl. Heiratsurkunde (Kopie)

Ummeldung Wohnsitz

Wenn du zu Hause ausziehst oder dich von deinem Partner trennst und die Wohnung wechselst, musst du dich **innerhalb von 2 Wochen** (Frist, § 54 Meldegesetz) beim **Einwohnermeldeamt** ummelden.

Was brauchst du alles für so eine Ummeldung?

- ✓ Anmeldeformular der Stadtverwaltung (amtliche Meldebestätigung)
- ✓ Vermieterbescheinigung
- ✓ Personalausweis (alternativ Reisepass)
- ✓ Falls du keine Zeit/Möglichkeit hast, eine

Vollmacht für einen Vertreter

Ziehst du *innerhalb deiner Stadt* um, ist das eine **Ummeldung des Wohnsitzes**.

Ziehst du in eine *andere Gemeinde/Stadt/Bundesland*, ist es eine **Anmeldung des Wohnsitzes**.

Für die 2-wöchige Frist wird das Datum deines Einzuges in die Wohnung angesetzt (Datum der Vermieterbescheinigung). Du kannst gegebenenfalls auch telefonisch oder auf der Webseite einen Termin bei der Behörde vereinbaren. Bekommst du den Termin erst 4 Wochen später, darf dir die Behörde kein Bußgeld erteilen. Verpasst du die 2 Wochen aus eigenem Verschulden, drohen dir hohe Bußgelder.

Beamte und Anwärter bekommen für diesen Behördengang übrigens ›Sonderurlaub‹. Es gibt aber auch viele Firmen in der freien Wirtschaft, die ihren Mitarbeitern für derartige Behördengänge einen Sonderurlaubstag einräumen.

Ziehst du in eine **Wohngemeinschaft (WG)**, muss dir der Hauptmieter der Wohnung als *dein Vermieter* die Vermieterbescheinigung ausstellen! Downloads findest du im Internet, der **Untermietvertrag reicht** als Vorlage beim Amt **nicht** aus.

Vermieterbescheinigung:

- ✓ Name und Anschrift des Vermieters (bei Untermiete der Hauptmieter)
- ✓ Anschrift und Lage der Wohnung
- ✓ Namen der meldepflichtigen Person (DU)
- ✓ Name des Eigentümers der Wohnung, wenn der ›Wohnungsgeber‹ nicht der Eigentümer ist

Kfz-Zulassung

Genauso, wie du deinen Wohnortwechsel anmelden musst, musst du auch dein Kfz (Auto, Motorrad ...) an deinem neuen Wohnsitz anmelden. Das machst du bei der **Kfz-Zulassungsstelle**.

Zur Anmeldung nimmst du mit:

- ✓ Personalausweis/Reisepass
- ✓ eVB-Nummer
- ✓ Zulassungsbescheinigung (Fahrzeugbrief)
- ✓ SEPA-Mandat (Einzugsermächtigung) zum Einzug der Kfz-Steuer

Willst du keine *Anmeldung* machen (weil du das Auto schon auf deinen Namen zugelassen hast), sondern eine **Ummeldung** (weil du den Wohnsitz wechselst), solltest du das **zeitnah** tun. In § 27 StVO ist keine Zeit angegeben, aber wenn du dir länger als 6 Monate Zeit lässt, zahlst du ein Bußgeld bis zu 100 Euro.

Die **eVB-Nummer** bekommst du bei deiner Autoversicherung. Ohne diese Nummer kannst du dein Fahrzeug nicht an- oder ummelden.

Gesundheitspass

Du willst in der **Gastronomie** bzw. im **Lebensmittelverkehr** jobben oder eine Ausbildung beginnen, dann brauchst du in beiden Fällen einen *Gesundheitspass*.

Dazu musst du beim **örtlichen Gesundheitsamt** gucken, wann es auf der Website Termine für die **Hygieneschulungen** in Form einer *Erstbelehrung* gibt und dich entsprechend anmelden. Meistens dauert diese Schulung ein bis 2 Stunden, wo dir auch mittels eines Films Hygienestandards bei der Arbeit und Vermeidung von Infektionskrankheiten erklärt werden.

So ein Pass kostet zwischen 14 und 60 Euro, kann aber auch von deinem Arbeitgeber bezahlt werden. Wenn du also einen sehr fairen Arbeitgeber hast, übernimmt er für dich die Kosten.

Führungszeugnis

Was das Führungszeugnis ist, habe ich bereits im vorherigen Kapitel zum ›Strafrecht‹ erklärt. Hier werden alle Verurteilungen, das heißt Geldstrafen ab 90 Tagessätzen und/oder Freiheitsstrafen, aufgeführt. Hast du keine Vorstrafen, ist dein Führungszeugnis ›sauber‹, also ohne Eintrag.

Einfach

Es gibt ein *einfaches Führungszeugnis*, welches von den meisten Arbeitgebern verlangt wird. Das kannst du als **persönliches Führungszeugnis** bei deinem **Einwohnermeldeamt** oder online beim **Bundesjustizministerium** unter www.fuehrungszeugnis.bund.de beantragen und dir sogar nach Hause schicken lassen. Es kostet 13 Euro.

Behördlich

Hast du dich bei einer Behörde beworben, musst du dort ein **Führungszeugnis für behördliche Zwecke** vorlegen. Das Führungszeugnis für behördliche Zwecke musst du zwar selbst beantragen, bekommst es aber selbst NICHT vorgelegt. Es wird direkt an die Behörde geschickt, für die du es angefragt hast.

Erweitert

Möchtest du zum Beispiel in einer **Kindereinrichtung** anfangen zu arbeiten, musst du zwingend ein *erweitertes Führungszeugnis* (nach § 30a Absatz 1 BZRG) beim Arbeitgeber vorlegen.

Letzteres wird vor allem verlangt, wenn du beruflich oder auch ehrenamtlich mit Minderjährigen zu tun hast (Kita, Schule, Jugendeinrichtungen). Hier will man ganz einfach vermeiden, dass ein einschlägig vorbestrafter Sexualstraftäter eingestellt und auf Kinder und Jugendliche losgelassen wird.

Gebühr/Kosten

Für die Ausstellung aller 3 Varianten des Führungszeugnisses fallen **pauschal Kosten in Höhe von 13 Euro** an. Wenn du das Führungszeugnis für eine **ehrenamtliche Tätigkeit** brauchst, kannst du einen Antrag auf **Gebührenbefreiung** stellen. Dasselbe gilt, wenn du quasi mittellos bist, also nachweislich kein Geld hast. Wichtig ist hierbei, dass du gleich bei Anforderung des Führungszeugnisses den Antrag auf Gebührenbefreiung mit einreichst!

Hinterher wird der Antrag nicht mehr akzeptiert.

Viele Arbeitgeber ersetzen die Kosten für das Führungszeugnis!

Also frag einfach mal nach. Wenn du dich nicht traust, deinen Chef zu fragen, fragst du in der Personalabteilung nach.

Überbeglaubigt

Behörden verschiedener ausländischer Staaten verlangen zur Anerkennung des Führungszeugnisses für die Einwanderung oder Aufnahme einer Arbeit unterschiedliche Echtheitsbescheinigungen. Die **Echtheit** wird also durch das **Bundesamt für Justiz** als *Überbeglaubigung* oder als sogenannte Apostille (Endbeglaubigung) nachgewiesen. Die Gebühr beträgt hier 25 Euro zusätzlich zu den normal zu zahlenden 13 Euro. Welches Land welchen Echtheitsnachweis verlangt, findest du unter:

www.bundesjustizamt.de/DE/Themen/Buergerdienste/BZR/Ausland/Verwendung/FAQ_node.html.

Online-Antrag

Willst du das Führungszeugnis online beantragen, ist der Weg etwas komplizierter. Du kannst zum Beispiel das amtliche **Online-Portal des Bundesamts für Justiz (BfJ)**, erreichbar unter www.fuehrungszeugnis.bund.de, nutzen:

Was brauchst du für deinen Antrag

- ✓ Personalausweis (oder Aufenthaltstitel)
- ✓ Online-PIN (vom Antrag deines Persos)
- ✓ Smartphone oder Kartenlesegerät
- ✓ AusweisApp2

Dein Personalausweis (oder Aufenthaltstitel) muss mithilfe deines Smartphones und der AusweisApp2 *eingelesen* werden, sodass du einen elektronischen Personalausweis hast, von dem deine persönlichen Daten eingelesen werden können.

Wie machst du das?

Schritte beim **Bundesamt für Justiz**:

- ✓ AusweisApp2 öffnen
- ✓ Rückseite Personalausweis scannen
- ✓ Online-Portal des BfJ öffnen
- ✓ Führungszeugnis online beantragen – Button klicken
- ✓ Auf blau-grünen Kreis klicken (Daten werden gelesen)
- ✓ Weiter-Button und Art des Führungszeugnisses wählen
- ✓ Bezahlung mit VISA-Card

Du kannst dein einfaches Führungszeugnis auch ganz einfach beim **Bundeszentralregister** beantragen:

- ✓ Auf folgenden Link klicken: https://bundeszentralregister.net/
- ✓ Roten Button ›jetzt bestellen‹ anklicken
- ✓ Daten eintragen
- ✓ Zahlungsart wählen
- ✓ ›Kostenpflichtig bestellen‹-Button klicken

Geburtsurkunde / Familienstammbuch

Jeder, wirklich JEDER bekommt **nach der Geburt** eine Geburtsurkunde ausgestellt.

Auch du!

Wenn du deine aber nun nicht mehr findest, du mit deinen Eltern verkracht bist und sie nicht fragen kannst oder – im schlimmsten Fall – dein Zuhause bis auf die Grundmauern niedergebrannt ist, kannst du dir eine neue **Geburtsurkunde im Standesamt am Ort deiner Geburt** holen.

Das kannst du mittlerweile auch online machen.

Es gestaltet sich natürlich etwas schwieriger, wenn du in Timbuktu geboren wurdest. Ich gehe aber mal davon aus, das betrifft nur einen Bruchteil meiner Leser und selbst die Ämter im Ausland sind mittlerweile größtenteils online erreichbar.

Die **Geburtsurkunde** brauchst du zum Beispiel ...

- ✓ Für eine Eheschließung (Hochzeit)
- ✓ Für die Ausstellung eines Personalausweises/Reisepasses
- ✓ Für eine Versicherung wie zum Beispiel die Krankenkasse
- ✓ Für die Eröffnung eines Bankkontos

Wie so alles im Leben, kostet die Ausstellung einer Geburtsurkunde Geld. Mit 5 bis 10 Euro halten sich die Gebühren allerdings in Grenzen.

Steuererklärung

Steuererklärung?

Als Studierende/r oder Azubi?

Viele Bürger müssen in diesem Land am Ende des Jahres beziehungsweise spätestens Anfang des nächsten Jahres für das vergangene Jahr eine *Steuererklärung* beim Finanzamt abgeben.

Aber gilt das auch für Azubis und Studierende?

Azubis

Jeder Auszubildende bekommt am Ende des Monats eine **Lohnabrechnung**. Auf der steht genau drauf, was du an Sozialabgaben und Steuern abgeführt hast (bzw. dein Arbeitgeber für dich). Steuern zahlst du erst, wenn du monatlich mehr als 1.120 Euro brutto verdienst.

Der Grundfreibetrag berechnet sich wie folgt:

Jährliches Bruttogehalt abzüglich Sozialabgaben und abzüglich 1.000 Euro Werbungskostenpauschale.

In dem Moment, wo du also Lohnsteuer zahlst, lohnt es sich, eine Steuererklärung zu machen, um Geld zurückzubekommen.

Was sind das für **Werbungskosten**:

- ✓ Bewerbungskosten (8,50 Euro pro Bewerbung / online 2,50 Euro)
- ✓ Kontoführungsgebühren (max. 16 Euro)
- ✓ Fachliteratur (Pauschale 80 Euro)
- ✓ Internet/Telefon (240 Euro)
- ✓ Arbeitsmittel (Pauschale von 110 Euro)
- ✓ Verpflegung (24 Euro bei Dienstreisen)
- ✓ Übernachtungskosten (wenn du für die Schule woanders schlafen musst)
- ✓ Umzugskosten (Pauschale 730 Euro)
- ✓ Fahrten zur Arbeit und zur Schule (30 Cent pro Kilometer)

Für viele Ausgaben verlangt das Finanzamt keine Belege (Nachweise), aber darauf solltest du dich nicht verlassen. Es gibt immer Unterschiede selbst bei verschiedenen Mitarbeitern eines Finanzamtes. Also sammele ALLES an Bons, Rechnungen, Fahrtenbuch etc.

Lohnsteuer zahlst du nur, wenn dein Jahresgehalt über 9.984 Euro liegt! Die Grenze des ›Grundfreibetrags‹ wird jährlich angepasst und erhöht sich von Jahr zu Jahr.

2020 lag er noch bei 9.408 Euro, 2021 bei 9.744 Euro[29].

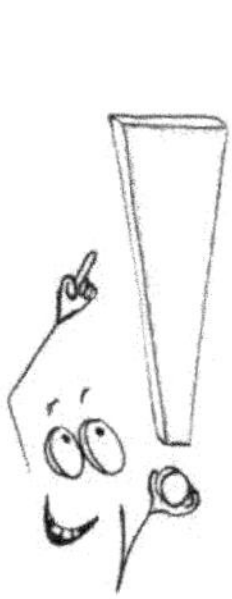

[29] https://www.lohn-info.de/freibetraege_lohnsteuerabzug.html.

Studierende

Grundsätzlich müssen Studierende keine Steuererklärung abgeben. Hast du Einkünfte durch einen Neben-/Ferienjob oder arbeitest du vielleicht sogar als Selbstständige/r, musst du die Einkünfte versteuern, wenn du über den Grundfreibetrag von 9.984 Euro kommst. Steuerfrei ist also ein monatlicher Verdienst von 832 Euro[30].

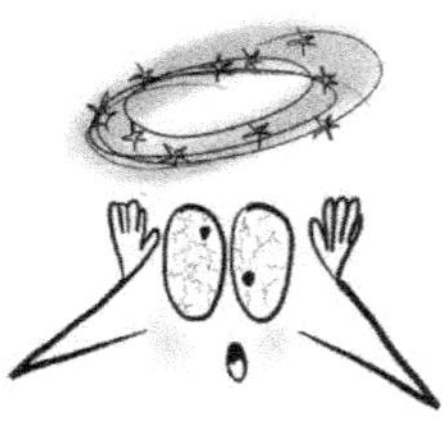

Anmerkung: Möglich ist es natürlich auch, als Arbeitnehmer über den **Lohnsteuerhilfeverein** zu gehen. Hier wird man Mitglied und hat je nach Einkommen einen Mitgliedsbeitrag zwischen 52 Euro und 339 Euro pro Jahr zu zahlen, bekommt dafür aber seine Steuererklärung kostenlos gemacht.

Und was ist jetzt dieses Elster?

Elster

Seit 2011 sind Steuerdaten und -erklärungen in der Regel über den elektronischen Weg an das Finanzamt zu übermitteln, vor allem bei Gewerbetreibenden, Landwirten, Freiberuflern und anderen Selbstständigen. Entweder machst du das über **ElsterOnline**, das registrierungspflichtige Portal des **Online-Finanzamtes**, oder über das **ElsterFormular**, welches du mithilfe einer kostenlosen Software offline nutzen kannst, um alle Formulare auszufüllen.

Es gibt hier immer Spitzenreiter, die man am besten jährlich googeln sollte, zum Beispiel bei www.finanztip.de/steuersoftware/.

---

[30] Stand 2022.

Ausnahmsweise kann man sich auch von der Abgabe der Steuererklärung in elektronischer Form befreien lassen, wenn man ein Härtefall ist.

Der **Härtefall** ist dann gegeben, wenn ›die elektronische Datenübermittlung wirtschaftlich oder persönlich nicht zumutbar ist‹.

Hier gibt es mittlerweile auch Rechtsprechungen, die die Abgabe in elektronischer Form für unzumutbar durchgewinkt haben, sodass der Betroffene seine Steuererklärung in Papierform abgeben durfte. Aber das ist sehr selten und schwierig geworden, denn mittlerweile gehen alle davon aus, dass man digital gut aufgestellt ist. Ich kenne zum Beispiel einen ehemaligen Finanzbeamten, der versucht hat, das elektronische Verfahren zu umgehen, und selbst er hat es nicht geschafft. Er musste ernsthaft 9 Jahre Steuererklärungen, die er handschriftlich auf Zetteln abgegeben hatte, über ›Elster‹ nachreichen und sitzt vermutlich heute noch am Computer.

Selbst jemand, der auf dem Lande wohnt und kein Internet hat, muss sich notfalls einen Steuerberater suchen, der seine Steuererklärung auf dem elektronischen Weg, also mit ›Elster‹, ans Finanzamt übermittelt.

BAföG – Bundesausbildungsförderungsgesetz

Seit 1971 regelt das BAföG (Bundesausbildungsförderungsgesetz) die staatliche Unterstützung in der Ausbildung von Schülern und Studierenden. **Umgangssprachlich sagt man zu dieser Sozialleistung BAföG.**

Je nachdem, wie deine persönlichen und wirtschaftlichen Verhältnisse aussehen, wo du wohnst und ob du während deiner Ausbildung schon Kinder hast, kannst du *BAföG* in unterschiedlicher Höhe beantragen und wirst so monatlich unterstützt. 2020 haben 639.000 Menschen BAföG bekommen, darunter etwa 174.000 Azubis und Schüler/innen.

Studierende bekommen bis zu 861 Euro im Monat und beantragen die Fördermittel in den Studierendenwerken der Hochschule. Sie zahlen maximal die Hälfte zurück, und das erst 5 Jahre nach der letzten BAföG-Zahlung. Die Höchstsumme, die sie zurückzahlen müssen, liegt bei 10.010 Euro.

Azubis und Schüler/innen bekommen etwas weniger, sie zahlen jedoch gar nichts zurück. Beantragen müssen sie ihr ›BAföG‹ beim Amt für Ausbildungsförderung.

In bestimmten Ausnahmefällen können sowohl Studierende als auch Azubis und Schüler/innen **elternunabhängiges BAföG** bekommen, ansonsten wird das Einkommen der Eltern berücksichtigt. Nähere Infos findest du unter www.bafög.de.

GEZ – Gebühreneinzugszentrale

Seit 1973 gibt es die **GEZ-Gebühren pro Haushalt** (nicht pro Person), die jeder an die öffentlich-rechtlichen Rundfunkanstalten zahlen muss, egal ob er/sie Azubi und knapp bei Kasse ist oder gar keinen Fernseher hat. Ein Radio im Auto reicht bereits oder auch das Nutzen von Streaming-Portalen auf dem Handy.

Gesetzesgrundlage ist der *Rundfunkbeitragsstaatsvertrag (RBStV)*.

Zahlt man die GEZ nicht, steht irgendwann der **Gerichtsvollzieher** vor der Tür und man muss damit rechnen, dass alles Pfändbare mitgenommen wird, oder man leistet im Gefängnis eine *Ersatzfreiheitsstrafe*.

Hast du die Zahlungen versäumt, vereinbare eine Ratenzahlung. Die Mitarbeiter in der Gebühreneinzugszentrale sind sehr nett und kommen dir entgegen. Über www.rundfunkbeitrag.de kannst du auch online Hilfe suchen.

Behördenpost

Solltest du einmal einen Brief von einer Behörde bekommen, wie zum Beispiel Polizei, Finanzamt oder Landratsamt/Stadtverwaltung, dann sind das formelle Schreiben, die meistens eine (positive oder negative) Aufforderung oder Stellungnahme enthalten.

Wie wir bereits im Kapitel über Verträge gelernt haben, sind *Willensäußerungen* von Behörden keine *Willenserklärungen*, sondern **Verwaltungsakte** (VA). In einem Verwaltungsakt (= Brief von der Behörde) steht ganz am Ende des Schreibens eine Rechtsbehelfsbelehrung.

Was bedeutet denn eigentlich diese Rechtsbehelfsbelehrung?

Schaue am Ende des Briefes in der **Rechtsbehelfsbelehrung** genau nach, wie viel Zeit du hast, um auf den Brief zu reagieren! Ist es zum Beispiel ein Bußgeldbescheid, weil du mit dem Auto zu schnell gefahren bist, hast du nur 2 Wochen Zeit zu widersprechen. Ist es ein sonstiger Brief/Verwaltungsakt, hast du in der Regel **einen Monat Zeit zu reagieren**.

Sollte die Behörde die ›Rechtsbehelfsbelehrung‹ am Ende des Briefes vergessen haben (was selten vorkommt), dann hast du per Gesetz ein ganzes Jahr Zeit, um dem VA zu widersprechen! Das ist eine Sonderregelung!

Das ist wichtig und betrifft zum Beispiel auch Bescheide, die du als Studierende/r vom Studierendenwerk bezüglich deines BAföG bekommst. Nehmen wir an, dein Antrag wird abgelehnt, dann ist das ein **belastender Verwaltungsakt**, dem du *innerhalb von einem Monat schriftlich und mit Begründung*, warum du dein BAföG haben willst, widersprechen kannst. Fehlt die Rechtsbehelfsbelehrung am Ende des Briefes, hast du sogar ein Jahr Zeit zu widersprechen.

Und denke bitte daran, auch dein Widerspruch MUSS zwingend bei der Behörde ANKOMMEN.

Was muss alles in deinen Widerspruch?

Vielleicht wunderst du dich, dass ich diesen Abschnitt mit ins Buch genommen habe, obwohl ich das **Briefeschreiben** schon erklärt habe.

Aber weißt du was?

Es gibt viele Erwachsene, die überhaupt nicht wissen, WIE man einen Brief an eine Behörde aufsetzt. Was gehört also in so einen (formellen) Brief, hier im Speziellen den Widerspruch?

Was musst du zwingend beachten?

1. **Frist**: Den **Widerspruch** musst du innerhalb von einem Monat bei der Behörde einreichen (Einschreiben mit Rückschein). Du kannst ihn dort aber auch zum Diktat geben. Das nennt sich dann **mündlich zur Niederschrift**!

2. **Form**: Der Widerspruch muss schriftlich sein UND begründet werden.

Als **Anfangstext** schreibst du also:

›Hiermit lege ich aus folgendem Grund form- und fristgerecht Widerspruch gegen Ihren Bescheid vom XX.XX.XXXX, Az. XX, ein‹

… Begründung: …

Mögliche Gründe:

… Gesetz XY schreibt vor, dass …

Das trifft auf mich nicht zu.

… Ich bin nicht gefahren …

…

Deine erste Wohnung

Kommen wir zu einem enorm wichtigen Thema: deinem Schlafplatz!

Schlafen unter freiem Himmel klingt wahnsinnig romantisch (für die Mädels) oder auch abenteuerlich (für die Jungs).

Aber spätestens, wenn sich der Sommer verabschiedet und/oder es regnet und gewittert, ist eine Bleibe mit 4 Wänden und einem Dach über dem Kopf doch extrem vorteilhaft, man könnte sogar sagen: ein Muss!

Wenn du dein Elternhaus verlassen möchtest oder ausbildungsbedingt musst, dann brauchst du zumindest ein Zimmer. Vielleicht wohnst du auch schon gar nicht mehr zu Hause oder brauchst eine neue Wohnung, weil du dich von deinem Partner getrennt hast oder die WG geht dir gewaltig auf die Nerven.

Natürlich gibt es auch einige Hotels/Hostels, die ein Bett im Mehrfachbettzimmer anbieten. Es ist mühsam und kaum Erholung, sich das Zimmer mit anderen teilen zu müssen. Ich weiß aber, dass das zum Teil auch übergangsweise Studierende machen, bis sie eine Wohnung gefunden haben. Man kann es auch machen wie Grindelwald in ›*Phantastische Tierwesen – Grindelwalds Verbrechen*‹ und den Vormieter per (Avada Kedavra-)Fluch aus der Wohnung holen. Davon rate ich jedoch ab, denn das hiesige Ministerium schätzt so ein Vorgehen nicht. Das bringt dich eher in eine Unterkunft mit *all inclusive*, also Rundumversorgung, und Gittern vor dem Zimmerfenster.

Weitaus günstiger sind Wege, die ich dir hier aufzeige.

Während Studierende WG-Zimmer in der Regel durch kleine Zettelchen an Pinnwänden der Universität finden (können), ist es mit der **Wohnungssuche für Nicht-Studierende** nicht ganz so einfach.

Mittlerweile gibt es das Internet und du bist in der glücklichen Lage – anders als meine Generation damals –, dass du keine Zeitungen kaufen und durchwälzen musst, um auf ein Wohnungsangebot zu stoßen.

Du schnappst dir einfach dein Smartphone und googelst nach Wohnungen.

Neben

- ✓ www.immowelt.de
- ✓ www.immonet.de
- ✓ www.immobilienscout24.de
- ✓ und anderen Plattformen kannst du auch bei
- ✓ www.ebay-kleinanzeigen.de

nach einer Wohnung suchen, da mittlerweile viele Vermieter die günstigere Annoncenvariante wählen, denn obige Immobilienriesen nehmen hohe Anzeigengebühren, was so manche Vermieter abschreckt.

Ich persönlich habe sehr gute Erfahrungen mit der stetig wachsenden Immobilienfirma *viveto Immobilien* gemacht[31], denen ich mein Haus zum Verkauf anvertraut und ein Mietgesuch für meine Wohnung aufs Auge gedrückt hatte. Die Firma ist also auch im (Miet-)Wohnungsbereich wärmstens zu empfehlen. Bei Maklern heißt es immer, aufzupassen, wem man sich anvertraut, denn sie

[31] https://www.viveto-immobilien.de/startseite.html.

kosten auch Geld. Bei viveto kann ich dir sagen, bist du gut aufgehoben.

Bei der Wohnungssuche gibt es natürlich auch immer noch die *Oldies*, die den konservativen Weg der **Zeitungsannonce** vorziehen und ihre Wohnungen darin inserieren. Derselbe Weg steht dir auch frei und kann dir mit einer pfiffigen Anzeige sogar den einen oder anderen Vermieter bringen, der DIR eine Wohnung anbietet. Aber wie du am geschicktesten eine Wohnung per Annonce suchen kannst, dazu kommen wir gleich.

Du hast dir also nach einem Abend mit deinem Smartphone ein paar Schmuckstücke herausgesucht, die für dich von der Lage und den Kosten infrage kommen, und bist voller Vorfreude, weil einige davon auch gleich Besichtigungstermine (vor allem in Großstädten) vorschlagen.

Gleich am nächsten Tag ist der erste Besichtigungstermin und du hechelst zur Wohnung.

Schon beim Aussteigen aus dem öffentlichen Bus denkst du dir: »Geil, die Gegend ist mega. Hier will ich wohnen!«, und schwebst zum Objekt der Begierde.

Kaum erreichst du die angegebene Adresse, setzt du dich fast auf deinen Allerwertesten! Heiliges Kanonenrohr! WAS ist das?

Vor dem mehrstöckigen Wohnhaus stehen ungefähr 50 Leute und warten auf den Vermieter – oder auch auf den Immobilienmakler, den der Vermieter beauftragt hat, weil er keine Lust auf diese Zusammenkünfte hat.

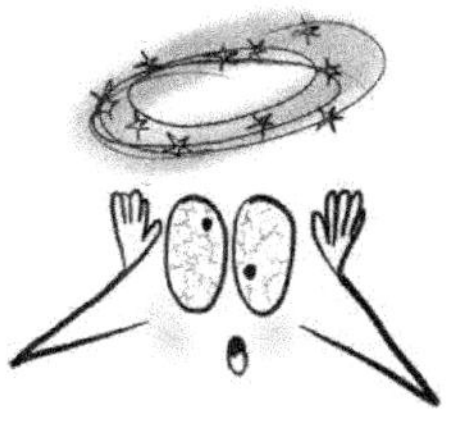

Deine Laune sinkt auf den Nullpunkt, denn unter einigen sichtlich jungen Leuten, die wie du studieren oder in Ausbildung sind, gibt es auch einige Schlipsträger im feinen Zwirn, die trotz ihres fortgeschritteneren Alters ebenfalls eine kleine Wohnung suchen.

Tja, was soll ich sagen?

Willkommen auf dem heiß umkämpften Wohnungsmarkt!

That's life!

Nun kommt der Verantwortliche und schleust 50 Leute durch die kleine Wohnung und lässt sich im Anschluss von jedem ein **Bewerbungsformular** ausfüllen.

Eifrig kritzeln alle ihre persönlichen Angaben auf das unpersönliche Stück Papier, ein paar Worte mit dem Vermieter/Makler bringen dir keine (Plus-)Punkte.

Schließlich zieht der Vermieter/Makler von dannen.

Und du?

Du stehst da mit deinen Konkurrenten und siehst die Wohnung flöten gehen. Zu Recht?

Dabei denkst du dir: »Hey, ich bin kein kleiner Ausbildling, ich habe eine Ausbildung und bin auf einem guten Weg!« Ist es da wirklich so wichtig, dass man so gut wie kein Geld hat?

Schauen wir uns die Sache einmal aus der Perspektive eines Vermieters an:

Ein Vermieter ist in der glücklichen Lage, dass er die freie Wahl hat, wen er als Mieter nimmt, und die Auswahl ist manchmal riesengroß!

Und obwohl es durch den **Mietspiegel** preisgebundene Wohnungen gibt (vor allem bei sozialen Wohnungsbaugesellschaften), kann es doch durchaus passieren, dass der Vermieter so viel Auswahl hat, dass er den Preis leicht nach oben korrigieren kann.

Warum sind junge Leute unbeliebt bei Vermietern?

Die Antwort liegt auf der Hand!

Junge Leute – vor allem Azubis und Studierende – LIEBEN in der Regel Partys und laute Musik. Sie sind jung, haben Feuer im Hintern und suchen soziale Kontakte, manchmal ist auch der Geldbeutel leer.

Ein frisch Geschiedener, der sich aufgrund von teilweise hohen Unterhaltszahlungen an den Ex-Partner und die gemeinsamen Kinder nur eine kleine Wohnung leisten kann, zieht dabei die Ruhe vor.

Was überlegt sich der Vermieter also?

Klar, er sucht den *idealen* Mieter, der so wenig Probleme wie möglich bereitet, sowohl beim Zahlen der Miete als auch beim *Nichtstören der Nachbarn*.

Welche Punkte hat der Vermieter auf seiner Checkliste?

- ✓ Der Mieter hält sich an den Vertrag.
- ✓ Der Mieter zahlt pünktlich und vollständig seine Miete.
- ✓ Der Mieter behandelt seine Wohnung wie ein rohes Ei – so, als gehöre sie ihm selbst (Eigentum).

Nicht zu unterschätzen ist die Tatsache, dass es tatsächlich einige **Mietnomaden** gibt! Sie zahlen keinen Cent Miete, verwanzen die Wohnung aufs Übelste und wenn der Vermieter sie irgendwann nach teuren Gerichtsprozessen endlich aus der Wohnung geklagt hat, kann er entweder das Haus abreißen oder es kernsanieren! Wie viele Mietnomaden es in Deutschland gibt, kann nur geschätzt werden, da hierüber keine Statistiken geführt werden.

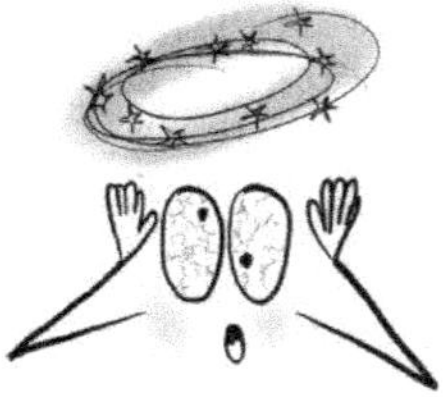

Die Vereinigung *Haus und Grund* hat 2010 geschätzt, dass es zwischen 15.000 und 100.000 Fälle gab, Mietausfälle schätzte man auf über 2 Milliarden Euro, von den Schäden ist hierbei noch keine Rede.

Mietnomaden sind ein bisschen wie Zecken: Sie nisten sich ein, saugen alles aus der Wohnung, was sie charmant und lebenswert macht, und schließlich fallen sie vollgesogen von ihrem Wirt ab. Dabei hinterlassen sie eine Spur der Verwüstung, ohne auch nur einen Cent bezahlt zu haben.

Solche schlechten Beispiele unserer Gesellschaft sind auch der Grund, weshalb die Vermieter ihre Mieter bis aufs Blut checken. Verständlicherweise.

Es gab mal eine Website, wo ein Vermieter überprüfen konnte, ob der potenzielle Mieter ein Mietnomade sein könnte, aber das wurde Anfang 2021 aus Datenschutzgründen verboten.

Du darfst also mit einer **Bonitätsprüfung** rechnen.

Das heißt, sie machen – mit deinem Einverständnis – einen Abruf bei der

Schutzgemeinschaft für allgemeine Kreditsicherung (SCHUFA) oder du musst diese Auskunft selbst liefern.

Anhand deines bisherigen *Zahlungsverhaltens*, also wie pünktlich und zuverlässig du bisher überall (meistens online) bezahlt hast und ob du bereits Kredite laufen hast, erstellt die SCHUFA eine *Prognose*, wie du zukünftig bezahlen könntest. Anhand dieser Prognose kann dein neuer Vermieter mit einer Wahrscheinlichkeit ableiten, ob du ein zuverlässiger und ›guter‹ Mieter sein wirst.

Mach dir keine Sorgen, dass du SCHUFA-Einträge hast, denn da stehen sogar Handyverträge und Kleinkredite drin. Es handelt sich also nicht nur um Negativeinträge.

ABER ... bezahle immer fleißig deine Handyrechnungen, weil auch solche Nichtzahlungen/Mahnverfahren dort gelistet und spätestens bei der Wohnungssuche zum Verhängnis werden (können).

Willkommen im Zeitalter des gläsernen Menschen.

Die SCHUFA holt sich ihre Infos wie ...

- ✓ Namen
- ✓ Geburtsdatum
- ✓ Aktuelle und frühere Anschriften
- ✓ Bankkonten
- ✓ Kreditkarten
- ✓ Kredite und Bürgschaften
- ✓ Leasingverträge
- ✓ Mobilfunkkonten (Handyverträge)
- ✓ Vergangene Zahlungsausfälle

von...

- ✓ Versandhändlern/Internet-Handel, Banken
- ✓ Leasinggesellschaften
- ✓ Telekommunikationsunternehmen
- ✓ Energieversorgern
- ✓ Versicherungen
- ✓ usw.

Eine *kleine* Auskunft reicht in vielen Fällen, und die bekommst du bereits bei www.immobilienscout.de für etwa 20 Euro per Mail.

Einmal im Jahr kannst du dir deine **SCHUFA-Selbstauskunft kostenlos** zuschicken lassen mit allen von der SCHUFA gespeicherten Daten, zum Beispiel unter https://www.meineschufa.de/. Wenn du eine Abfrage direkt bei der SCHUFA machst, wartest du ca. eine Woche auf die Unterlagen. Diese *große* oder auch *erweiterte* Auskunft verlangen Vermieter aber in der Regel NICHT, es sei denn, sie fürchten Mietnomaden.

6 goldene Tipps beim Wohnungsfang

Der Wohnungsmarkt ist vor allem in Großstädten stark umkämpft. Oftmals suchen Singles und Pärchen gleichermaßen monatelang nach einer geeigneten Wohnung.

Im Gespräch mit Immobilienmaklern habe ich den Profis Folgendes aus der Nase ziehen können:

1. Den Letzten beißen die Hunde

Sobald du eine Anzeige bekommst, melde dich, sofern die Kontaktaufnahme nicht ausgeschlossen ist, weil der Makler und/oder Vermieter nur eine Auswahl bei der Wohnungsbesichtigung treffen will.

Etwa zwei Drittel der begehrten Wohnungen gehen bereits VOR einem Inserat unter der Hand weg. Entweder durch Mundpropaganda oder durch Mitarbeiter bei Sparkassen, Immobilienfirmen und Co. Das bedeutet, dass die Wohnungen, die letztendlich im Internet landen, schwer vermittelbar waren (auch wenn du sie noch als Sahneschnittchen empfindest). Da Zeit oft mit Geld aufgewogen wird, sind viele Anzeigen auf den bekannten Immobilienplattformen teuer und wegen der starken Rückmeldung auch nur für sehr kurze Zeit online.

2. Registrieren tut nicht weh

Damit du kein Wohnungsangebot mehr verpasst, registriere dich als Wohnungssuchender auf mehreren Webseiten.

3. Geiz ist manchmal auch mega

Schaue auch bei *eBay-Kleinanzeigen* nach einer geeigneten Wohnung! Viele Vermieter haben keine Lust, 2- oder 3-stellige Beträge für eine Anzeige auszugeben, und nutzen immer mehr auch diesen Weg, um an Mieter heranzukommen.

4. Bewerbungsmappe schlägt Schluderich

Aufgrund des hart umkämpften Wohnungsmarktes solltest du eine perfekte Bewerbung vorbereitet haben. Um heute eine Wohnung zu kriegen, gibt es einige Dinge, die du beachten solltest.

Als Erstes brauchst du eine einwandfreie, gut aussehende und lückenlose Bewerbungsmappe. Keine Knicke, keine ausgelaufene Tinte, keine handschriftlichen Kritzeleien. Dafür aber brauchst du ein **schönes Foto von dir** (und deinem Lieblingsmenschen, wenn dieser mit einziehen will) und folgenden Mappen-Inhalt:

1. Erstelle deine **Bewerbung** auf dem Computer, dann gibt es keine Missverständnisse, die vor allem bei einer nicht lesbaren Adresse und/oder Telefonnummer zur Absage führen können.

2. Schreibe in dein **Anschreiben**, was dich als Person ausmacht, welche Hobbys du hast und warum du der/die richtige Mieter/in für die Wohnung bist.

3. **Selbstauskunft** sind Vordrucke, die du überall im Internet findest. Diese solltest du wahrheitsgemäß, sauber und ordentlich ausfüllen.

4. Vermieter verlangen in der Regel eine **SCHUFA-Auskunft**, die *maximal 6 Monate alt* ist. Wie du dort kostengünstig rankommst, hast du ja schon gelesen.

5. Wenn irgendwie möglich, drucke deine **Unterlagen** farbig aus. Hast du keinen Farbdrucker, kannst du zum Beispiel auch zu Print Stores gehen und sie dort **ausdrucken** lassen.

Checkliste Bewerbungsmappe:

- ✓ Deckblatt
- ✓ Anschreiben
- ✓ Selbstauskunft
- ✓ SCHUFA-Auskunft
- ✓ Elternbürgschaft (bei Minderjährigen)

Suchst du gemeinsam mit deinem Freund / deiner Freundin eine Wohnung, solltet ihr die Bewerbung auch gemeinsam aufsetzen und ebenso GEMEINSAM zur Besichtigung gehen! Kein Vermieter hat Bock auf einen 2. Termin, damit er deine/n Partner/in kennenlernt. Kommt nur einer von zweien, die die Wohnung anmieten wollen, kann das ein fataler Fehler sein!

Es gibt sogar Vermieter, die ihre Immobilienmakler anweisen, alle potenziellen Mieter abzulehnen, die zu zweit anmieten wollen, aber alleine zur Besichtigung kommen.

5. Kleider machen Leute

Wie bei der Arbeitssuche musst du dich für die Wohnungssuche so ordentlich und sauber wie möglich anziehen.

6. Der charismatische Wurm fängt den Vogel

Sei authentisch und so charismatisch wie möglich. Erzähle weder dem Vermieter noch dem Makler, dass du auf dem Weg zur Besichtigung geblitzt wurdest, dein Freund Schluss gemacht hat oder das Leben dir sonst wie einen Stein in den Weg gelegt hat. Jeder hat sein Päckchen zu tragen, und manchmal ist das auch verdammt schwer, aber bei einer Wohnungsbesichtigung hat das nichts zu suchen. Präsentiere dich so positiv wie möglich und wenn du vor dem Termin eine halbe Stunde mit dem Bleistift im Mund herumrennen musst, damit dein Gehirn aufs Lächeln programmiert wird.

Egal!

Du solltest lächeln, strahlen und den besten Eindruck hinterlassen. So wie überall.

Stelle dir die Frage, wieso der Vermieter ausgerechnet DICH nehmen soll. Wie bei einem Date hast du auch hier beim Erstkontakt keine 2. Chance. Im Bruchteil von Sekunden scannt das Hirn eines Menschen sein Gegenüber und sortiert diesen ein in **passt** oder **passt nicht**.

Hilf deiner Wohnungsfindung auf die Sprünge

Trick 16 1/2

Du hast alles probiert, deine Hand ist bereits ausgeleiert, deine Füße qualmen und du bist wieder einmal leer ausgegangen bei der Jagd nach DEINER/EURER Wohnung? Dann gebe ich dir hier einen kleinen, exklusiven Einblick in die trickreiche Welt von Immobilienmaklern.

Handzettel

Ich gehe davon aus, dass du Azubi oder Studierende/r bist und damit nur über wenig Einkommen verfügst. Sämtliche Wohnungsbesichtigungen sind im Sande verlaufen, andere waren einfach schneller oder besser. Das ist aber noch lange kein Grund, den

Kopf in den Sand zu stecken. Was kannst du also tun, um doch noch an eine Wohnung heranzukommen?

An dieser Stelle blenden wir mal aus, dass Werte wie **Ehrlichkeit** und **Korrektheit** im Leben zählen. Wir bräuchten diesen Kniff nicht, wenn wir in einer idealen fairen Welt leben würden.

Das tun wir jedoch nicht. Du bist möglicherweise verzweifelt auf Wohnungssuche, sodass wir sagen, ›im Wohnungskrieg ist alles erlaubt‹. Du kannst dann Folgendes machen:

Du schreibst einen SAUBER geschriebenen Handzettel (vorzugsweise auf dem PC) mit folgendem Text:

›*Arzt sucht für seinen Sohn eine Zweizimmerwohnung per sofort.*‹

Wenn deine Eltern Architekten, Piloten oder Stewardessen sind, hast du allerbeste Chancen, und schreibst natürlich ›Stewardess sucht für ihre Tochter ...‹ oder ›Pilot sucht für seine Kinder ...‹.

Als Telefonnummer nimmst du etwa deine eigene oder du besorgst dir ein billiges Handy und eine Prepaid-Karte, weil ja deine Nummer in den Umlauf kommt.

Vermieter haben Vorlieben

Vermieter sind ja bekanntermaßen auch nur Menschen, und wie viele haben auch sie Berufsgruppen, die sie als Menschen (= Mieter oder Eltern ihrer Mieter) vorziehen. Das sind zum Teil Erfahrungen, zum Teil aber auch Vorurteile. Wenn man einige der Berufsgruppen kennenlernt, kann man das eine oder andere Vorurteil durchaus verstehen, denn ›*Ausnahmen bestätigen ja die Regel*‹.

Vermieter lieben:

☺ Ärzte/Ärztinnen
☺ Piloten/Pilotinnen
☺ Stewards/Stewardessen
☺ Handwerker/innen

Vermieter mögen eher nicht:

☹ Lehrer/innen, Studienräte/-innen
☹ Juristen/-innen
☹ Journalisten/-innen
☹ Sozialpädagogen/-innen
☹ Psychologen/-innen

Nun kannst du dich fragen, warum das so ist. Einige Menschen in den Berufsgruppen können besserwisserisch, kompliziert bis schrullig sein. Sich mit diesen Exemplaren anzulegen, macht weder Spaß noch versüßt es das (Vermieter-)Leben. Vor allem Lehrern sagt man nach, sie seien stur und wenig verhandlungsbereit. Sind deine Eltern also Journalist und Rechtsanwalt, tust du möglicherweise gut daran, nichts davon auf deinen Handzettel zu schreiben, weil du dir dann Zeit, Arbeit und Geld sparen kannst.

Zurück zum Handzettel ...

Du hast keine Mühen gescheut und einen schicken Handzettel kreiert. Nun gehst du also in die Gegend, in der du deine Wohnung haben willst. Nehmen wir an, du möchtest nach Hamburg-Eppendorf, eine sehr beliebte Wohngegend.

Dann schläfst du gemütlich aus, frühstückst lange und erledigst noch ein paar Aufgaben, bis du dich schließlich um 15 Uhr auf den Weg machst, **bewaffnet mit Handzettel, Klebeband und Schere. Nun klebst du an alle Haustüren deinen Handzettel.**

Warum so spät am Nachmittag? Ganz klar!

Viele dort haben Hausmeister und anderes Personal, die deinen Zettel am Vormittag entfernen und kommentarlos in die Mülltonne werfen würden. Um also den fleißigen Hausmeister zu umgehen, nutzt du seine Feierabendstunden und gehst davon aus, dass die Hausbewohner alsbald von der Arbeit kommen und deinen Zettel finden.

Nun springt so eine Aktion natürlich gleich ins Auge.

Der arbeitsame Papa (oder auch die Mama) haben sich glattweg noch die Zeit genommen, neben ihrem zeitraubenden Job persönlich herumzugehen, um für ihren Spross eine Wohnung zu suchen.

Das gefällt nicht jedem, aber einige denken wirklich, das muss belohnt werden, und melden sich bei dir!

Der Rücklauf von solchen Handzettelaktionen liegt bei 100 Zetteln etwa bei 5 bis 10 Anrufen. In der Regel ergeben sich hieraus 2 bis 3 passende Wohnungen.

Nachteile dieser Aktion:

- ☹ Du bist nicht aufrichtig.
- ☹ Wenn zu viele von diesem Trick Wind bekommen, könntest du auf Misstrauen stoßen.
- ☹ Es kann bei den Leuten auch zu Unmut führen, weil du ihre Türen zugepflastert hast.

Vorteile dieser Aktion:

☺ Du hast eine (bessere) Chance auf eine Wohnung.
☺ Du sparst dir Massenbesichtigungen.

Trick 16 3/4

Nun kommt es vor, dass du weder Ärzte noch Piloten oder sonstige Berufe aus deinem Elternhaus anbieten kannst.

›Frisörin sucht Wohnung für Tochter‹ oder ›Hartzer sucht Wohnung für seinen Sohn‹ machen sich dann nicht so gut.

Das ist auch nicht schlimm.

Es kann nicht nur Ärzte, Piloten und Flugbegleiter geben, deren Ansehen in unserer Gesellschaft oft recht hoch ist.

Du bist dir deiner Werte bewusst, suchst händeringend eine Wohnung und könntest dich trotz deiner Werteklarheit entscheiden, den folgenden Text auf einen Handzettel zu schreiben:

›Arzt sucht Wohnung für seine Tochter‹

Du verteilst die Zettel fleißig am Nachmittag im Einzugsgebiet deiner Wahl an den Haustüren und wartest zitternd auf den Rückruf. Und der kommt, sogar in Mehrzahl! Du bist ein freundlicher Mensch und begrüßt den Anrufer nicht nur und stellst dich zuckersüß vor, sondern dankst ihm auch für seinen Anruf.

»Marie Mustermann, guten Tag! Danke, dass Sie sich melden. Meine beste Freundin hat soeben einen Mietvertrag unterschrieben, aber ICH suche auch eine Wohnung.« Bamm!

»Ich studiere gerade an der Universität und möchte einmal eine gute ... werden. Wenn Sie mir also Ihren Tipp geben wollen, nehme ich den dankbar entgegen.«

Das ist jetzt nicht hundertprozentig korrekt, aber niemand weiß, dass du schwindelst. (Höchstens, wenn er das Buch gelesen hat.) Und je freundlicher du bist, umso freundlicher wird der Anrufer reagieren. Frei nach dem Motto: ›Wer säet, der erntet.‹

Natürlich ist auch das nur ein Tipp von einigen Maklern, die schon seit Jahrzehnten im Beruf sind. Sei dir bewusst, dass es **keine aufrichtige Variante** ist.

Wenn du also an das Prinzip der Anziehung glaubst, solltest du die nächsten Tricks anwenden.

Trick 17

Du kannst auch andere Wege gehen und **Visitenkarten** mit deiner Wohnungssuche verteilen – in Briefkästen, Restaurants oder auf Partys – oder Flyer, die du professionell drucken lassen kannst. Mittlerweile gibt es so günstige Online-Druckereien, dass gute Qualität nicht teuer ist.

Trick 18

Auch du kannst eine **Zeitungsannonce** aufgeben, denn noch immer sind viele Vermieter fleißige Zeitungleser. Außerdem kannst du über **Facebook, Instagram und Co.** posten, dass du eine Wohnung suchst. Auch ein pfiffiges Video über **TikTok** ist eine Möglichkeit, um über Mundpropaganda und Empfehlungen an eine Wohnung zu kommen.

Trick 19

Du rufst einen **Immobilienmakler** an oder stellst ein **Inserat** zum Beispiel bei **Kleinanzeigen** ein. Du bietest eine Courtage (Maklergebühr) für die erfolgreiche Vermittlung einer Wohnung an. Je nach Geldbeutel bietest du ihm eine bis 2 Kaltmieten für die Vermittlung.

Durch die **Reform der Maklerprovision** im Mai 2020 sind die Makler nun recht beschnitten und immer weniger Leute greifen auf diese Berufsgruppe zurück, um ihre Immobilien unter die Haube zu bringen.

Vorher hatten es Verkäufer und Vermieter recht bequem, denn sie konnten die Provision auf den Käufer bzw. Mieter abwälzen und waren ihre Immobilie trotzdem los. Vor allem in Bundesländern wie Berlin, Hamburg, Bremen und Hessen trugen Käufer/Mieter die ganze Provision.

JETZT wird die Provision geteilt. Das ist vor allem beim Kauf einer Immobilie ein wichtiger Punkt. Viele, vor allem seriöse Immobilienmakler, begrüßen diese Änderung, denn Makler, die ihren Dienst umsonst anbieten, werden sich vielleicht dadurch nicht lange halten können.

Auch wird es für weniger gut aufgestellte Leute einfacher, Immobilien über Makler zu kaufen. Es muss auch niemand befürchten, dass die Immobilienbesitzer die Maklercourtage einfach auf den Kauf-/Mietpreis draufschlagen, denn zu teure Immobilien werden in der Regel zu Ladenhütern.

Es gibt allerdings von der Teilung der Provision eine Ausnahme: Der Verkäufer/Vermieter kann explizit darauf bestehen, dass er/sie die Courtage selbst bezahlt!

Wenn du jetzt also dringend eine Wohnung brauchst, kannst du dir somit selbst einen Makler schnappen und ihm anbieten, die Courtage vollständig zu übernehmen, wenn er dir eine Wohnung besorgt.

Wozu eine Kaution?

Ein Vermieter kann eine **Kaution von bis zu 3 Kaltmieten** oder eine **Bankbürgschaft** verlangen. Dies ist eine Sicherheit für ihn, dass er nach dem Auszug des Mieters nicht auf einem eventuellen Schaden sitzen bleibt, den der Mieter verursacht haben könnte.

Der Vermieter darf die Kaution nur dafür verwenden, Ansprüche aus dem Mietverhältnis aufzurechnen (BGH 2012, Az. VIII ZR 36/12). Sie ist zum Beispiel dafür da, um Schönheitsreparaturen vorzunehmen, wenn der Mieter die Wohnung verhunzt hat und laut Mietvertrag für Schönheitsreparaturen einzustehen hat.

Dazu zählt kein ausgelatschter Teppich, sondern eher der hässliche Rotweinfleck, der nicht mehr rauszuwaschen ist. Leider kann der Vermieter auch Mietrückstände und Nachzahlungsforderungen aus Betriebskostenabrechnungen mit der Kaution verrechnen.

WÄHREND deines Mietverhältnisses darf der Vermieter die Kaution NICHT verrechnen oder anfassen (BGH, 07.05.2014, Az. ZR 234/13).

Die **Mietkaution** muss vom Vermieter auf einem **extra Konto** eingezahlt werden und darf NICHT mit seinem Vermögen vermischt werden. Zinsen, die während der Mietzeit entstehen, muss der Vermieter an den Mieter auszahlen.

Für relativ wenig Geld (monatliche Raten oder Jahresbeitrag) kann man bei verschiedenen Unternehmen (meistens Banken oder auch Online-Unternehmen) eine sogenannte **Mietkautionspolice** oder **Mietkautionsbürgschaft** bekommen. Hier zahlst du jährlich einen Betrag, der sich nach der Höhe der Kaution richtet.

Um nach Beendigung der Mietzeit nachweisen zu können, dass die Wohnung in einem bestimmten Zustand war, als du sie anfangs übernommen hast, SOLLTEST du unbedingt bei Übergabe, also VOR deinem Einzug, ein **Wohnungsübergabeprotokoll** mit dem Vermieter anfertigen und gegenzeichnen. Auch bei Beendigung, wenn du die Wohnung wieder zurückgibst, MUSST du ein Übergabeprotokoll anfertigen.

Solltest du hier unsicher sein, ob alles seine Richtigkeit hat, notierst du neben deiner Unterschrift den Vermerk **unter Vorbehalt**.

NACH Übergabe der Wohnung darf der Vermieter die Kaution maximal 6 Monate einbehalten, um zu prüfen, ob es Schäden gibt. Das gilt im Übrigen auch für eine Mietkautionsbürgschaft.

Kaltmiete vs. Pauschalmiete mit Energieflat

Ja, du liest richtig! Das altherkömmliche Modell auf dem Wohnungsmarkt ist:

	Miete (= Kaltmiete ohne Nebenkosten)
+	Miete (= Betriebsnebenkosten)
+	Miete (= Wartung und Reparatur von Technik)
=	Miete

Jetzt gibt es aber auf diesem Erdball schlaue Köpfe, die sich folgendes Modell überlegt haben, und es bleibt abzuwarten, ob das unsere ZUKUNFT sein wird:

Pauschalmiete mit Energieflat

Hä?

Nie gehört?

Keine Sorge.

Ich gehörte auch zu den Ahnungslosen, bis ich als Journalistin zu einem Vortrag im ArchitekturForum ging, bei dem Prof. Dipl. Ing.

Timo Leukefeld vom *Zukunftsinstitut* einen Vortrag hielt zum Thema ›Wie werden wir in Zukunft leben‹.

Was bedeutet dieses neue Wohnmodell genau und wo liegt hier der Vorteil gegenüber dem alten System, bei dem der Vermieter oder Hausverwalter jeden Cent für irgendetwas abrechnet?

Mit *energieautarken*[32] Mehrfamilienhäusern und Pauschalmiete mit Energieflat kannst du als Mieter/in in deiner Wohnung wohnen, hast für 10 Jahre oder mehr eine FESTE Pauschalmiete (keine Kaltmiete und unberechenbare Nebenkosten) INKLUSIVE Energieflat, und damit sorgenfreies Wohnen.

Wie geil ist das denn?!

In dieser Energieflat können die Häuslebauer/Vermieter dann bis zu 15 Dienstleistungen mit aufnehmen.

Was heißt das genau?

Das bedeutet, du hast einen Betrag X, in dem ALLES enthalten ist, wie Strom, Wasser, Heizung, Telefon, TV-Programm plus Netflix und Co., E-Auto-Nutzung und – sofern der Vermieter das anbietet – eine Pizza-Flat vom geilsten Pizzabäcker im Ort.

Unvorstellbar?

Nein!

Exakt solche Modelle gibt es bereits in Lübben, Unna und Köln. Magdeburg soll folgen und ich bin sicher, wenn sich herumspricht, dass die Hauseigentümer/Vermieter mit diesem Modell nicht nur

[32] energieautark = Energie ohne Energiezufuhr von außen, sondern Energie durch Wind, Wasser, Sonne.

Zeit, sondern auch Geld sparen können, werden das DIE Zukunftsmodelle sein auf dem deutschen Wohnungsmarkt.

Mietvertrag – und nun?

Endlich ist es so weit!

Der heiß ersehnte Mietvertrag liegt direkt vor deiner Nase und du musst nur noch den Stift ansetzen und unterschreiben, dann gehört die megageile Wohnung dir!

ABER ...

Was hast du bisher gelernt?

Exakt – wer Verträge schließt, bindet sich.

Eine Wohnung kann noch so schön sein, wenn der Vertrag seine Tücken hat, kannst du ziemlich tief und lange drinstecken.

Nur, worauf musst du achten?

8 Tipps vor deiner Unterschrift

1. Angaben zum / zu den Mieter/n

Grundsätzlich müssen **ALLE Personen**, die in die Wohnung einziehen, auch **im Vertrag genannt werden**. Dein/e Freund/in bzw. Partner/in sollte als Vertragspartner/in mit drinstehen, es sei denn, du willst die Wohnung alleine mieten, weil du gar nicht weißt, ob du deine/n Partner/in behalten willst. Hier musst du allerdings aufpassen!

Soll dein/e Partner/in zwar mit in der Wohnung wohnen, aber nicht Vertragspartner werden, musst du das dem Vermieter gegenüber trotzdem angeben, weil er dich sonst abmahnen oder dir kündigen kann.

Die Anzahl der minderjährigen Kinder sollten im Mietvertrag genannt sein, namentlich ist nicht zwingend erforderlich.

2. Beschreibung der Wohnung

Zähle die Räume und achte darauf, ob die Einbauküche, Fußböden (Laminat, PVC, Parkett, Teppich) aufgeführt sind, ob du einen Keller und/oder ein Dachbodenabteil bekommst. Es sollte wirklich ALLES im Vertrag stehen und du solltest ALLE Räume vorher gesehen haben.

Schaue dir auch deinen Keller und/oder den Dachboden vor der Unterschrift genau an!

Ich habe den Fehler einmal gemacht und eine Wohnung angemietet, nachdem die Vermieterin mir mitteilte, die Wohnung sei mit Keller. Selbst bei Vertragsunterzeichnung konnte ich nicht in den Keller, weil sie angeblich den Schlüssel vergessen hatte. Ich zog nun also aus einer voll unterkellerten Wohnung aus und 550 Kilometer weiter in eine Wohnung, die einen Altbaukeller hatte, der so verschimmelt und verwarzt war, dass ich wirklich gar nichts dort unterbringen konnte. Ich musste alle Sachen, die ich vorher im Keller hatte (inklusive Kinderschlitten) in meiner Wohnung unterbringen.

Ich hätte am liebsten alles zurück in den Umzugswagen geräumt und wäre wieder zurückgefahren.

Zwar kannst du in solchen Fällen dann im Anschluss die Miete mindern, aber das kostet dich Nerven und eventuell ellenlange Gerichtsverfahren.

Spare dir also Kosten und Zeit und checke alles vor deiner Unterschrift!

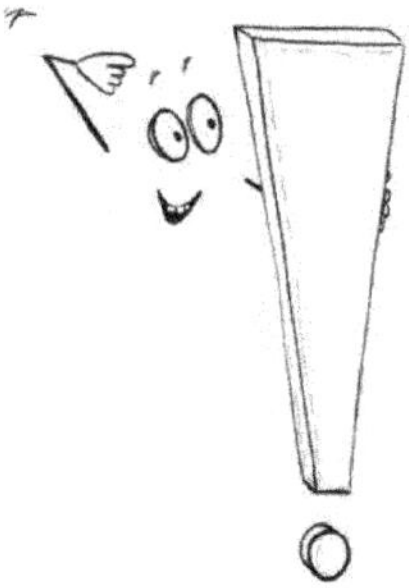

Alles, was im Mietvertrag aufgeführt ist, muss auch vorhanden und HEIL sein (mängelfrei).

Ist die Einbauküche an den Türen (= Fronten) so zerkratzt, dass man es nicht übersehen kann, halte das im Übergabeprotokoll fest!

Ist der Klodeckel kaputt, schreibe das auf!

Hast du in den Wänden diverse Löcher (die vielleicht stümperhaft gestopft sind), notiere das auf dem Protokoll, selbst wenn dir das peinlich ist. Scharten im Fußboden sind schriftlich festzuhalten. Lege dir ein **Fotoprotokoll** an. Dann hast du die besten Beweise.

Das mag dir alles sehr kleinlich vorkommen und den Vermieter nerven, ABER lass dich bitte nicht täuschen! Im Nachgang, wenn DU wieder aus der Wohnung ausziehst, ist es DEIN GELD, welches der Vermieter verlangt, weil Fußböden zerkratzt, Küchenschränke defekt und Löcher schlecht verputzt sind.

Hast du **keine Aufzeichnungen** über den Ursprungszustand, hast du **keine Beweise**.

VOR deiner Unterschrift lächeln dir einige Vermieter freundlich ins Gesicht und spielen Schäden herunter. Aber wenn DU dann ausziehst, sind einige sehr genau und verlangen dann Geld für Dinge, die vielleicht schon kaputt waren. Dann hast du einen Streitfall und wirst vielleicht sogar verklagt, wenn die Kaution nicht ausreicht.

Glaube mir, ich bin schon 20-mal umgezogen (unfassbar, ich weiß) und ich habe alle Facetten von Vermietern durch. Auch mit Untervermietern kannst du auf die Nase fallen. Also prüfe immer genau, WAS du unterschreibst.

3. Richtige Wohnungsgröße

Du schüttelst jetzt vielleicht den Kopf und sagst dir: ›Die Autorin will nicht ernsthaft, dass ich die Wohnung ausmesse, oder?‹

Ich habe dir schätzungsweise locker 30 Jahre voraus und Mietwohnungserfahrungen von einem gefühlten Jahrhundert.

Du solltest bei der Übergabe NICHT akribisch mit Zollstock durch jeden Raum flitzen und jedes Maß nachmessen. ABER ... es schadet nicht, in etwa die Größe per Augenmaß abzuchecken, denn du zahlst die Miete nach der Wohnungsgröße und so eine Wohnung kann schnell mal ein paar Quadratmeter Wohnraum mehr auf dem Papier haben, als sie tatsächlich hat, sodass du viel mehr Miete zahlst, als du zahlen müsstest.

Warum ist das so?

Weil man Miete nach Quadratmetern berechnet.

Wenn die Wohnung mit 100 Quadratmetern angegeben ist, tatsächlich aber nur 85 Quadratmeter hat, zahlst du statt der vereinbarten Miete von 1.000 Euro plötzlich nur noch 850 Euro. Auch die Betriebskosten müssen dann gekürzt werden, denn der Vermieter darf nur den tatsächlichen Wohnraum für Heizung etc. anrechnen.

Natürlich gibt es auch Vermieter, die in den Vertrag schreiben: **Gemietet wie gesehen**. Das mag bei einem Mietauto für ein Wochenende funktionieren, aber bei einem Wohnraum, der nach Größe abgerechnet wird, halte ich das für problematisch.

Solltest du hier Probleme haben, empfehle ich dir, spätestens jetzt beim Mieter(schutz)bund einzutreten und dich dort fachmännisch beraten zu lassen. Das kostet zwar im ersten Moment etwa 20 Euro Aufnahmegebühr und etwa 80 Euro pro Jahr, aber du hast IMMER rechtliche Beratungen durch Fachanwälte. Auch das **Bundesministerium für Justiz und Verbraucherschutz** hat eine sehr übersichtliche Broschüre herausgegeben, die du online abrufen kannst. Du findest sie unter Publikationen[33].

4. Mietspiegel

In so gut wie jeder (größeren) Stadt gibt es sogenannte ›Mietspiegel‹. Diesen kann man öffentlich einsehen. Er gibt dir Auskunft darüber, wie hoch die Miete im Ort ist, sodass du einen Vergleich hast.

---

[33] https://www.bmjv.de/SharedDocs/Publikationen/DE/Mietrecht.pdf?__blob=publicationFile&v=5.

Achte auch darauf, ob du eine **Inklusivmiete** hast, also sämtliche Nebenkosten bereits in der Miete enthalten sind (kommt selten vor), oder ob die Betriebsnebenkosten wie Heizung, Wasser, Gas, Müll, Treppenhausreinigung etc. extra als **Vorauspauschale**‹ (also ein ungefährer Schätzwert!) zusammen mit der sogenannten **Kaltmiete** entrichtet werden müssen. Solche Nebenkosten kannst du (auch als nachträglich nachberechnete **Betriebskostenabrechnung** für das vergangene Jahr) IMMER vom Mieter(schutz)bund checken lassen.

Vor allem in Wohnhäusern, wo du einen hohen Leerstand zu verzeichnen hast, deine Nachbarwohnungen also zu mehr als 30 Prozent unbewohnt sind, solltest du deine Betriebskostenabrechnungen IMMER fachmännisch prüfen lassen, weil Vermieter dir gerne mal die Kosten der leer stehenden Wohnungen (die zum Beispiel viel stärker beheizt werden müssen, weil sie unbewohnt sind) aufs Auge drücken.

5. Mietdauer

Wie lange soll das Mietverhältnis andauern? Mietest du nur **befristet**, also zum Beispiel für ein Jahr an?

Oder willst du in der Stadt bleiben und die Wohnung quasi *für immer* bewohnen? Dann sollte der Mietvertrag **unbefristet** sein.

Mietverträge auf Zeit (= befristet) sind für dich als Mieter IMMER nachteilig, weil du meistens VOR Ablauf der Zeit NICHT kündigen kannst und dann pünktlich ausziehen musst. So etwas bietet sich wirklich nur als Übergang an, wenn du weißt, die Reise geht noch woanders hin.

Eine **Befristung der Mietdauer muss immer begründet sein**! Fehlt die Angabe des Grundes (zum Beispiel ›mein Sohn wird nächstes Jahr 18 und will dann einziehen‹) oder fällt der Grund später weg (›der Sohn verlässt die Stadt und braucht die Wohnung nicht mehr‹), wird aus dem **Zeitmietvertrag** automatisch ein **unbefristeter Mietvertrag**! Für diesen hast du dann eine *Kündigungsfrist von 3 Monaten*.

6. Mietarten

Hier ist zu unterscheiden:

- ✓ Kaltmiete
- ✓ Warmmiete
- ✓ Indexmiete
- ✓ Staffelmiete

Was ist eine Kaltmiete?

Eine Kaltmiete ist die Wohnungsmiete **ohne Heiz- und andere Nebenkosten** wie Strom, Wasser etc.

Zu einer Kaltmiete kommen also Kosten für Wasser (warm und kalt), Abwasser, Heizung, Müllabfuhr, evtl. Kabelanschluss, Treppenhausbeleuchtung, Versicherungen (vom Hauseigentümer für das Mietobjekt) ZUSÄTZLICH dazu. Strom und Telefon gehören gar nicht zur Miete.

Was ist eine Warmmiete?

Die Warmmiete **umfasst** sowohl die **Kaltmiete als auch die Nebenkosten**. Hierzu zählen auch Kosten für Wasser und Heizung usw. Nicht enthalten jedoch sind Strom und Telefon.

Was ist eine Indexmiete?

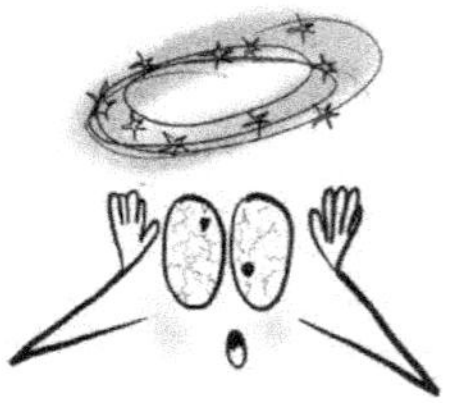

Eine Indexmiete ist eine variable Miete für eine Wohnung (§ 557b BGB) oder Gewerberaum. Sie richtet sich nach der Höhe für Lebenshaltungskosten aller privaten Haushalte in Deutschland.

Woher dein Vermieter weiß, wie hoch die Lebenshaltungskosten für alle Menschen in Deutschland sind?

Das Statistische Bundesamt gibt diesen **Preisindex** jährlich heraus. Die Berechnung erfolgt auf Grundlage von durchschnittlichen Preis- und Kaufvorgängen aller Waren und Dienstleistungen.

Was heißt das genau?

Nun, das Statistische Bundesamt hat sozusagen einen *Warenkorb*. In dem *Warenkorb* sind dann verschiedene Dinge, wie Nahrungsmittel (zum Beispiel eine Packung Salz), alkoholische Getränke, Bekleidung/Schuhe, Wohnung, Freizeit(-kosten), Bildungskosten etc., anhand derer der **Verbraucherpreisindex (VPI)** errechnet wird. Die verschiedenen Kategorien werden alle 5 Jahre überarbeitet.

Dann gibt es noch Freiwillige, die über ein paar Monate ihr Einkommen und ihre Ausgaben aufschlüsseln und die Daten zur Verfügung stellen.

Steigt also der VPI, steigt auch die Indexmiete. Sinkt der Index, sinkt auch die Miete!

Was ist eine Staffelmiete?

Bereits im Mietvertrag wird vereinbart, dass sich die Miete im Laufe der Mietdauer kontinuierlich erhöht (§ 557a BGB). Damit weiß der Mieter von vornherein, was auf ihn zukommt, er kann aber auch das Pech haben, dass die Miete über die ortsübliche Vergleichsmiete steigt.

Zwischen den Erhöhungen muss mindestens ein Jahr Abstand liegen.

Bei einer Staffelmiete kann es dir passieren, dass du erst nach 4 Jahren Mietzeit kündigen kannst. Das solltest du im Mietvertrag checken. Das ist zwar zulässig, kann aber durch Absprache VOR Unterzeichnung des Mietvertrages noch geändert werden, wenn sich der Vermieter darauf einlässt.

Worauf musst du achten?

- ✓ **Schriftform** – die Staffelvereinbarung muss im Mietvertrag stehen!
- ✓ Der **Geldbetrag** – der tatsächliche Betrag, um den sich die Miete erhöht – muss ebenfalls im Vertrag stehen.
- ✓ Stehen dort **Prozente**, ist das **ungültig**.
- ✓ Auch eine Angabe **Erhöhung pro Quadratmeter** ist **ungültig**.
- ✓ Es **muss mindestens eine Staffel** vereinbart sein.

In etwa 350 Städten gilt die Bundesregelung der ›Mietpreisbremse‹. Das bedeutet, dass die Miete bei einer Neuvermietung nur 10 Prozent über der ortsüblichen Miete liegen darf.

Übersteigt die Staffelmiete die ortsübliche Miete um mehr als 20 Prozent und herrscht in der Stadt Wohnungsknappheit, kann die Miete gemäß § 5 Absatz 2 WiStrG (Wirtschaftsstrafgesetz) unangemessen sein. In Berlin gab es einen sogenannten **Mietendeckel**, den das Bundesverfassungsgericht[34] jedoch als *nichtig*, also *nicht gültig*, erklärt hat. Hier hatte die Stadt versucht, Mieten nicht nur einzufrieren, sondern auch zu senken.

7. Kündigungsmöglichkeiten

Im Mietvertrag kann vereinbart werden, dass Mieter und Vermieter für einen Zeitraum von bis zu 4 Jahren auf ihr Kündigungsrecht verzichten.

ABER ... Vermieter dürfen ohnehin nur mit gesetzlichem Kündigungsgrund (zum Beispiel Eigenbedarf) kündigen. Der Mieter darf, wenn kein Verzicht vereinbart ist, immer mit einer Dreimonatsfrist kündigen.

Das heißt, wenn du am 01.09.2020 bis 0 Uhr (Anfang des nächsten Tages) kündigst, läuft dein Mietvertrag bis zum 30.11.2020, 24 Uhr (Ende des Tages). Dann ist die Kündigung ab 01.12.2020 wirksam.

Mittlerweile gibt es aber für ALLES im Internet Rechner, also auch für das Errechnen der Kündigungsfrist.

[34] BVerfGE, Az. 2 BvF 1/20 u. a.

8. Schönheitsreparaturen

Als ich noch frisch nach meiner Ausbildung eine Wohnung suchte, war das Problem der Schönheitsreparaturen in Hamburg ziemlich groß. Hatte man eine Wohnung angemietet und nach ein paar Jahren wieder aufgegeben, so musste man selbst pastellfarbene Wände weiß anmalen, Löcher fachmännisch stopfen und quasi unsichtbar machen.

Das hat sich im Laufe der letzten Jahre geändert.

Aber wie erkennst du, ob deine **Klauseln im Mietvertrag korrekt** und damit **wirksam** sind?

- ✓ Die Wohnung ist (annähernd) frisch renoviert.
- ✓ Die Fristen für die Renovierung sind flexibel (und nicht nach Zeitplan angegeben.
- ✓ Es dürfen nicht zu viele Aufgaben sein.

Welche Arbeiten rechtmäßig sind, ist gesetzlich nicht geregelt, aber durch viele Gerichtsentscheidungen entschieden worden.

Rechtmäßig ist zum Beispiel:

- ☺ Tapezieren/Streichen der Wände, Heizkörper, Türen, Fenster
- ☺ Reinigung von Teppichböden

Nicht rechtmäßig ist zum Beispiel:

- ☹ Abschleifen/Versiegeln von Parkettboden
- ☹ Streichen von Fenstern (außen) und Haustür
- ☹ Reparaturen von Heizung, Sanitäranlagen, Elektroinstallationen

Muster Mietvertrag

Beim *Deutschen Mieterbund* findest du einen Muster-Mietvertrag unter www.mieterbund.de.

Beendigung Mietvertrag durch Trennung

Wenn du gemeinsam mit deinem Partner eine Wohnung angemietet hast, ihr beide damit Vertragspartner/Mieter seid, und ihr euch trennt, muss derjenige, der aus der Wohnung auszieht / ausziehen will, einen **Entlassungsvertrag** mit dem Vermieter schließen, und der Partner, der in der Wohnung bleibt, braucht einen Vertragszusatz bzw. **Übernahmevertrag**, dass er die Wohnung alleine übernimmt.

Vergesst ihr das, kann das teuer werden für denjenigen, der ausgezogen ist! Warum ist das Leben so kompliziert, wenn doch früher alle in einer Höhle wohnten oder sich einfach eine neue gesucht haben?

Weil derjenige, der (heutzutage) einen Vertrag schließt, haftet.

Ziehst du also aus, bist aber noch offiziell Mieter, und das vielleicht über Jahre, musst du dem Vermieter Mietrückstände (nicht gezahlte Miete), Schäden, Betriebskosten etc., die der andere verursacht hat, zahlen. Der Vermieter hat sogar die Wahl, von wem er die Kosten verlangt!

Seid ihr miteinander verheiratet und trennt euch, gibt es nur wenige Möglichkeiten:

1. Der Vermieter kündigt euch beiden bzw. ihr kündigt beide. Wenn einer in der Wohnung bleiben will, muss er einen neuen Vertrag schließen und darauf hoffen, dass der Vermieter ihn als Mieter akzeptiert.
2. Die Wohnung wird im Scheidungsverfahren einem Ehepartner vom Gericht zugesprochen, sodass der Vermieter den Vertrag auf den in der Wohnung verbleibenden Ehepartner umschreiben muss. Ist der verbliebene Mieter allerdings zahlungsunfähig, darf der Vermieter kündigen.

Gibt es keine Einigung über die alleinige Fortsetzung des Mietvertrags durch einen der Ehegatten mit dem Vermieter, so kann der ausziehende Ehepartner die Rückzahlung der Kaution erwirken, indem er die Beendigung des gesamten Mietverhältnisses durchsetzt, sodass beide Ehepartner ausziehen müssen. Wenn allerdings beide als Mieter im Mietvertrag stehen, müssen auch beide den Vertrag kündigen.

Im Innenverhältnis der sich trennenden oder scheidenden Ehepartner gilt die Mietkaution, die innerhalb der Ehe für die Wohnung gestellt und somit auch für den die Wohnung mitnutzenden Ehepartner geleistet wurde, jedoch als **Unterhaltsleistung** (Familienunterhalt gemäß §§ 1360, 1360a BGB). Dieser Betrag muss aber auch als Unterhalt angerechnet werden.

Wird das vor Gericht beim Scheidungsverfahren vergessen, kann sich derjenige, der auszieht, die Kaution nicht vom Vermieter wiederholen. Ansonsten soll es den Anspruch auf Rückerstattung der Unterhaltsleistung natürlich NICHT geben.

Dies hat das Oberlandesgericht München entschieden (OLG München, Beschluss vom 25.10.2012, Az. 33 WF 1636/12).

Dies gilt selbst dann, wenn der ausziehende Ehepartner die Mietkaution allein gestellt hat. Wurde vereinbart, dass ein Ehegatte das Mietverhältnis alleine fortsetzt, so kann der Ehepartner, der die Kaution bezahlt hat, diese bei Trennung und Scheidung der Ehe nicht von dem in der Wohnung verbleibenden Ehegatten erstattet verlangen (sofern es als Unterhalt angerechnet wurde). Dies ergibt sich aus einem Beschluss des Berliner Kammergerichts vom 14.11.2017, Az. 19 UF 32/17.

Wohnberechtigungsschein

Was ist das nun schon wieder?

Im vorherigen ›Behördenkapitel‹ habe ich den Schein bereits erwähnt. Aber da es natürlich nichts nützt, wenn du weißt, was du für Unterlagen brauchst, um den Schein zu bekommen, ohne zu wissen, wofür und für wen er da ist, kommt hier noch eine Erklärung:

Muss ich mir für einen Wohnberechtigungsschein etwa von der Behörde eine Erlaubnis holen, dass ich eine eigene Wohnung anmieten darf?

Nee!

Es gibt Wohnungen, die mit öffentlichen Mitteln gefördert wurden oder von kommunalen/städtischen Wohnungsgesellschaften vermietet werden für sozial schwächer gestellte Menschen, sogenannte **Sozialwohnungen**. Um diese anmieten zu können, benötigt man einen sogenannten **Wohnberechtigungsschein (= WBS)**.

Wann ist denn jemand *sozial schwächer gestellt* und kann so einen WBS beantragen?

Ein WBS hilft Einzelpersonen, Pärchen und Familien mit geringem Einkommen, bezahlbaren Wohnraum zu finden.

In der Regel bekommen folgende Personen so einen WBS:

- ✓ Empfänger von Hartz-IV-Leistungen
- ✓ Geringverdienende Alleinerziehende
- ✓ Behinderte/Schwerbehinderte
- ✓ Ausländer (die mindestens 12 Monate in Deutschland gemeldet sind)
- ✓ Unter Umständen auch Auszubildende/Studierende (mehr dazu im Kapitel BAföG)

Die Bundesländer dürfen das unterschiedlich handhaben, es gibt Freibeträge und Pauschalen, die vom Bruttojahreseinkommen abgezogen werden. Da es mittlerweile so ziemlich ALLES im Internet gibt, findest du dort natürlich auch einen **WBS-Rechner**.

Egal, ob du nun ausgerechnet hast, dass du so einen WBS bekommen kannst oder ob du hier unsicher bist, du kannst diesen Schein **immer im Wohnungsamt deiner Stadt/Kommune beantragen**!

Wenn du zu viel Einkommen hast, wird dein Antrag abgelehnt.

Kosten entstehen dir bei diesem Antrag nicht!

Die Einkommensgrenze ist je nach Bundesland unterschiedlich.

Während also in Hamburg, Bremen, Mecklenburg-Vorpommern und Sachsen-Anhalt eine sehr niedrige Grenze von 12.000 Euro für eine Einzelperson und 18.000 Euro für 2 Personen (pro Jahr) angesetzt ist, könnte man schon fast sagen, schießt Baden-Württemberg mit 51.000 Euro für eine und 2 Personen als Höchstgrenze fast schon den Vogel ab.

Kommen Kinder dazu, erhöht sich die Grenze um den im Bundesland festgelegten Wert.

In Stuttgart darf ein kinderloses Paar also bis zu 58.500 Euro pro Jahr verdienen und bekommt trotzdem noch eine öffentlich geförderte Wohnung[35].

Wenn das kein *Bonbon* ist, um dorthin zu ziehen!

Da sich die Zahlen immer ändern können, recherchiere bitte für dein Bundesland.

Auch eine Beratung vor Ort kann dich weiterbringen.

Unterhaltsleistungen an dich (zum Beispiel für dein Kind aus deiner vorherigen Partnerschaft) und Kindergeld werden NICHT mit eingerechnet! Erstaunlicherweise wird für die exakte Berechnung trotzdem das jährliche Netto-Einkommen als Grundlage genommen.

Als Einkommen zählen:

- ✓ Arbeitslosengeld
- ✓ Krankengeld
- ✓ BAföG und
- ✓ andere Hilfsgelder für deine Berufsausbildung, Kurzarbeitergeld.

[35] Nähere Infos findest du zum Beispiel auf https://wbs-rechner.de/wohnberechtigungsschein#Einkommensgrenze.

Nicht zum Einkommen gehören:

- ✓ Kindergeld
- ✓ Wohngeld
- ✓ Kindesunterhalt
- ✓ Leistungen aus Kranken-/Pflegeversicherung und Unfallversicherung.

Also, du brauchst dich weder zu schämen noch zu grämen, beantrage das Ding und hole dir eine bezahlbare Wohnung, egal, in welchem Bundesland du lebst!

BAföG und **Wohnraumförderung** schließen sich aus, weil in der Berechnung deines BAföGs auch Wohnkosten enthalten sind. Ausnahme ist hier das BAföG als *Bankdarlehen*. Damit kriegst auch du einen WBS. Bist du Azubi, hängt deine Berechtigung für einen WBS von deinem Einkommen ab, sofern du kein BAföG bekommst.

Du hast den WBS beantragt und er wurde vom Wohnungsamt abgelehnt. Wir haben bereits oben gelernt, dass eine Erklärung von einer Behörde ein Verwaltungsakt ist. Wenn du der Meinung bist, aus einem bestimmten Grund hat die Behörde FALSCH entschieden, kannst und solltest du ›form- und fristgerecht‹ Widerspruch einlegen. Mehr dazu findest du im Kapitel *Lästige Behördengänge*.

Vorsicht Falle bei eBay-Kleinanzeigen

Wenn man selbst oft genug (fast) auf Betrüger reingefallen ist, kennt man einige Fallen.

Zwecks Ausbildung in einer anderen Stadt brauchte einer meiner Söhne eine Wohnung und suchte bei eBay-Kleinanzeigen.

Er tat auch eine geile Wohnung auf, möbliert sogar und spottbillig. Mega! Die Freude war riesengroß, das kannst du dir wahrscheinlich vorstellen.

Aussage des *Vermieters*: »Hallo, ich wohne in Spanien und vermiete die Wohnung möbliert zu dem günstigen Preis, weil ich die überhöhten Mieten in Hamburg als Frechheit empfinde.«

Mein Sohn war Feuer und Flamme. Er schrieb zurück, dass er Interesse an der Wohnung habe.

Die Antwort kam prompt:

> *»Sie können die Wohnung angucken. Der Verwalter gibt Ihnen den Schlüssel gegen eine Kaution von 500 Euro. Bitte überweisen Sie den Betrag im Voraus auf mein PayPal-Konto. Wenn Ihnen die Wohnung nicht gefällt, bekommen Sie Ihr Geld zurück.«*

Na, klingeln bei dir die Alarmglocken? Nein?

Sollten sie aber! DAS ist definitiv ein **Betrüger**.

Die Wohnung existiert(e) nicht.

Das Geld wäre weg gewesen, zumal diese Leute so schlau sind, dass sie mittlerweile auf einer Bezahlung per PayPal ›an Freunde‹ bestehen. Das bedeutet, du überweist das Geld an ›Freunde‹ und hast damit von PayPal KEINE Möglichkeit, im Betrugsfall das Geld zurückzubekommen, weil ›Freunde‹ keine Betrüger sind.

PayPal-Zahlungen an Geschäftskunden dagegen kannst du über PayPal zurückverlangen, allerdings sehr aufwendig über eine Strafanzeige bei der Polizei.

(Über-)Versichert?

Als ich mit blutjungen 17 Jahren von zu Hause auszog, hatte ich null Ahnung von Versicherungen. Der Zustand hat sich trotz meines Jurastudiums leider auch nicht groß geändert. Versicherungsrecht wäre ein Schwerpunkt gewesen, der mich null interessiert hat.

Durch Versicherungspapiere durchzusteigen ist, als ob man ohne Vorwarnung und ohne Überlebensgepäck über dem Versicherungsdschungel abgeworfen wird und sich nun durch das Versicherungsklauseldickicht kämpfen muss.

Sie sind seitenlang aufgeführt, zum Teil wenig verständlich und ich wage zu behaupten, dass sich lediglich diejenigen damit auskennen, die das entweder gelernt haben (Versicherungskaufleute) oder die sich mutig durch den Dschungel gekämpft und es überlebt haben.

Beide Gruppen haben meinen größten Respekt.

Dennoch gibt es ein paar Dinge, die uns nicht nur das Leben erleichtern, sondern in verschiedenen Situationen tatsächlich den Hals retten können. Und darum halte ich es für absolut wichtig, ein Kapitel über Versicherungen in dieses Buch einzufügen.

Bevor wir zu dem Punkt kommen, welche Versicherungen wichtig sind, noch ein Wort zu deiner Ausbildung!

Es gibt Versicherungen, die du als Berufsstarter oder Studierende/r nicht brauchst, weil du noch **über deine Eltern mitversichert** bist.

Aber den Hinweis baue ich bei den jeweiligen Versicherungen mit ein.

Lass uns also loslegen …

Wichtigste Versicherungen

- ✓ Krankenversicherung
- ✓ Privathaftpflichtversicherung
- ✓ Berufsunfähigkeitsversicherung
- ✓ Unfallversicherung
- ✓ Hausratversicherung
- ✓ Kfz-Versicherung (bei Besitz eines Fahrzeugs)

Krankenversicherung

In Deutschland gilt seit 2009 die allgemeine Krankenversicherungspflicht.

Das bedeutet, jeder Bundesbürger MUSS sich gesetzlich oder privat krankenversichern.

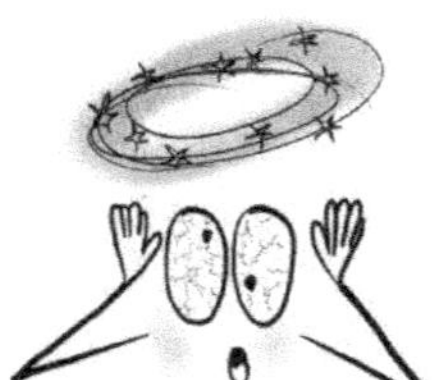

Trotzdem waren 2019 tatsächlich laut **Statistischem Bundesamt** 61.000 Menschen nicht krankenversichert[36]. Die *Dunkelziffer* (nicht öffentlich gemachten Fälle) soll deutlich höher sein.

---

[36] https://www.destatis.de/DE/Presse/Pressemitteilungen/2020/09/PD20_365_23.html.

Als Kita-Kind und Schüler/in bist du automatisch bei deinen Eltern in der Familienversicherung mitversichert.

Aber wie sieht es aus, wenn du nach der Schule eine Ausbildung oder ein Studium anfängst, dich selbstständig machst oder einfach nur abhängst?

Studierende/r

Du entscheidest dich für ein Studium. **Bis zu deinem 25. Lebensjahr** bist du **beitragsfrei** über deine Eltern in der gesetzlichen Krankenversicherung (GKV – Familienversicherung) **mitversichert**.

Bist du bereits privat krankenversichert, bleibst du das auch als Student, und zwar kostenpflichtig, weil es bei privaten Krankenversicherungen keine Familienversicherung gibt.

Verdienst du während des Semesters mehr als 470 Euro im Monat, musst du dich ebenfalls selbst versichern! In den Semesterferien gilt das allerdings nicht! Da darfst du mehr verdienen, ohne dass du dich selbst versichern musst.

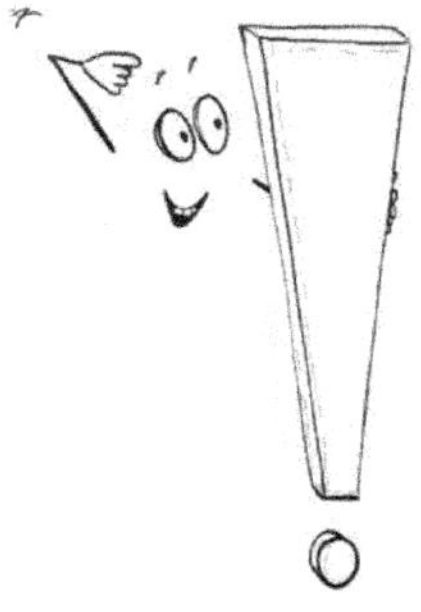

Azubi

Als Auszubildende/r (Azubi) bist du **nicht mehr** über deine Eltern **mitversichert**. Du musst dich **selbst** in einer gesetzlichen Krankenversicherung **versichern**. Die Anmeldung erfolgt aber über deinen Ausbildungsbetrieb.

Hängst du nach der Schule etwas in der Luft und weißt nicht so recht, wohin es dich verschlagen soll, dann bist du natürlich auch versichert, und zwar bei deinen Eltern.

ABER ... das gilt – wie fast alles – nur mit Einschränkungen.

Deshalb informiere dich rechtzeitig.

Modus: Auf der Suche

Nennen wir dich in diesem Stadium mal **ausbildungssuchend**.

Das musst du zum einen bei der **Familienkasse** so angeben, sonst gibt es kein Kindergeld mehr für dich. Zum anderen muss der Elternteil, bei dem du über die Krankenkasse **familienversichert** bist, es ebenfalls angeben, und zwar mit dem Hinweis, ob du nebenbei Geld verdienst. Wenn du irgendwo Geld verdienst (Minijob, selbstständige Tätigkeit, Halbwaisenrente, Miet- und Pachteinnahmen ...), darfst du nicht mehr als 470 Euro verdienen, weil du sonst aus der kostenlosen Familienversicherung rausfliegst.

Dieser Status kann nur bis zum **25. Geburtstag** aufrechterhalten werden. Danach musst du dich **selbst versichern**!

Wann benötigst du eine **eigene Krankenversicherung**?

- ✓ Azubi, Studierende/r, Ausbildungssuchende/r ab dem Alter von 25 Jahren
- ✓ berufstätig
- ✓ Einkommen höher als 470 Euro pro Monat

Work & Travel

Freiheit – Reisen – Arbeiten. Einige entscheiden sich nach der Schule für ein paar Monate oder länger für ein Auslandsjahr, in dem sie ›arbeiten und reisen‹ (= Work & Travel). Hier bist du noch bei deinen Eltern mitversichert, ABER ...

... für Auslandsaufenthalte benötigst du zusätzlich eine **Auslands(reise)krankenversicherung**.

Auch bei Ländern, mit denen es ein sogenanntes **Sozialversicherungsabkommen** gibt, wird ein Rücktransport (falls erforderlich) nicht bezahlt.

Dadurch können hohe Kosten entstehen.

Grundsätzlich musst du dich **vor Reiseantritt für die gesamte Dauer** versichern.

Vor Ort musst du alle Kosten für Arzt-, Zahnarzt- oder Krankenhausbesuche erst einmal selbst übernehmen. Erst wenn du die Originalrechnungen bei deiner Versicherung einreichst, werden diese 2 bis 4 Wochen später erstattet. Wenn es sehr hohe Kosten sind, können sich der dortige Arzt oder das Krankenhaus auch direkt mit der Versicherung über die Kostenübernahme einigen.

Bei Ländern, die mit Deutschland ein Sozialversicherungsabkommen geschlossen haben, bist du während deines Aufenthaltes im Ausland sozial abgesichert.

Der **Abrechnungsschein** wird von der gewählten deutschen Krankenkasse bei Zustimmungsfällen oder bei Vorlage eines Urlaubskrankenscheins aus einem Abkommensstaat ausgestellt.

Welche Länder haben ein **Abkommen mit der Bundesrepublik Deutschland**[37]?

→ Australien: Hoheitsgebiet Australiens
→ Bosnien-Herzegowina: Hoheitsgebiet Bosnien und Herzegowinas, bestehend aus den Entitäten Föderation Bosnien und Herzegowina und Republika Srpska; umfasst auch Leistungen bei Krankheit und Mutterschaft
→ Chile: Hoheitsgebiet der Republik Chile
→ China: Hoheitsgebiet der Volksrepublik China ohne Taiwan und die Sonderverwaltungsgebiete Hongkong und Macao
→ Indien: Hoheitsgebiet der Republik Indien
→ Israel: Hoheitsgebiet des Staates Israel; umfasst auch Leistungen bei Mutterschaft
→ Japan: Hoheitsgebiet des Staates Japan
→ Kanada: Hoheitsgebiet Kanadas, für die Provinz Quebec gilt eine gesonderte Vereinbarung
→ Korea: Hoheitsgebiet der Republik Korea
→ Kosovo: Hoheitsgebiet der Republik Kosovo
→ Kroatien: Hoheitsgebiet der Republik Kroatien (bis 30.06.2013, seitdem Mitgliedstaat); Abkommen beinhaltet auch Leistungen bei Krankheit und Mutterschaft
→ Marokko: Hoheitsgebiet des Königreichs Marokko; umfasst auch Geldleistungen bei Krankheit und Mutterschaft
→ Mazedonien: Hoheitsgebiet der ehemaligen jugoslawischen Republik Mazedonien; umfasst auch Leistungen bei Krankheit und Mutterschaft
→ Montenegro: Hoheitsgebiet Montenegros; umfasst auch Leistungen bei Krankheit und Mutterschaft
→ Serbien: Hoheitsgebiet der Republik Serbien; umfasst auch Leistungen bei Krankheit und Mutterschaft
→ Türkei: Hoheitsgebiet der Republik Türkei; umfasst auch Leistungen bei Krankheit und Mutterschaft

[37] Weitere Infos findest du unter https://www.dvka.de.

- → Tunesien: Hoheitsgebiet der Tunesischen Republik; umfasst auch Leistungen bei Krankheit und Mutterschaft
- → Uruguay: Hoheitsgebiet der Republik Östlich des Uruguay
- → USA: Hoheitsgebiet der Vereinigten Staaten von Amerika, bestehend aus: den Bundesstaaten, dem Distrikt Columbia sowie den Außengebieten Freistaat Puerto Rico sowie den Amerikanischen Jungferninseln, Amerikanisch-Samoa, Guam und Bund der Nördlichen Marianen

Privathaftpflichtversicherung

Natürlich kann man darauf hoffen, dass man wie *Hans im Glück* flockig durch die Welt hopsen kann, vielleicht mal einen Goldklumpen gegen ein Auto eintauscht, und einem ansonsten nix passiert, was so richtig teuer werden könnte.

Aber machen wir uns nichts vor.

Jeder von uns muss irgendwann mal Haus oder Wohnung verlassen, um sich zu bewegen, zu arbeiten oder auch einen Happen einzukaufen.

Und was ist, wenn man den quirligen Hund übersieht, stolpert und volle Kanne gegen ein nigelnagelneues Auto kracht?

Der Hund ist weg, von dem Halter keine Spur und die *Ausrede*, dass da ein Hund war, will auch keiner hören.

Dann sitzt du auf einem megagroßen Schaden und kannst diesen die nächsten JAHRZEHNTE monatlich abstottern[38].

Vielleicht bist du auch bei Freunden zu Besuch und stößt versehentlich gegen die 20.000 Euro teure Fotokamera, die in den Putzeimer fliegt, der noch voller Dreckwasser ist.

---

[38] Verjährung des Schadensersatzes tritt erst nach 30 Jahren ein.

Oder du kochst bei Freunden und dir fällt die Pfeffermühle aufs Kochfeld, welches zerspringt.

Und dann?

Die wenigsten Schäden passieren mit Absicht, sondern aus reiner Schusseligkeit oder einfach, weil du zur falschen Zeit irgendwo bist.

Aber bei ›Geld hört die Freundschaft‹ auf – sagt der Volksmund.

Das muss nicht auf jeden zutreffen.

Aber bei so einem enormen Schaden geht es manchmal um viiiie-eel Geld!

Glaube mir, so ein bisschen Geld für eine Haftpflichtversicherung ist nicht aufzuwiegen gegen einen Schaden, der in die Millionenhöhe gehen und dich für alle Zeiten wirtschaftlich ruinieren kann.

Du tust also sehr gut daran, eine Haftpflichtversicherung abzuschließen.

ABER ... wenn du noch in der Lehre bist, ein Studium machst, das **25. Lebensjahr** nicht überschritten hast UND unverheiratet bist, bist du in der Regel **bei deinen Eltern mitversichert**.

Das kann von Versicherung zu Versicherung variieren! Das müssen deine Eltern also nachlesen oder bei ihrer Versicherung anfragen, dann tritt die Haftpflichtversicherung deiner Eltern für Schäden ein, die du verursachst, weil du mitversichert bist.

Erst nach deiner Ausbildung solltest du schleunigst eine eigene Haftpflichtversicherung abschließen.

Hier sind dann später auch deine Kinder mitversichert!

Spare also nicht am falschen Ende!

Berufsunfähigkeitsversicherung

Als ich mit der Schule fertig war, hat mich niemand an die Hand genommen und mir erzählt, welche Versicherungen elementar wichtig sind.

Eine **Berufsunfähigkeitsversicherung (BU)** hatte ich daher nicht.

(Okay, ich bin ehrlich, ich habe sie bis heute nicht, aber obwohl man nie zu alt ist, um gewisse Umstände zu ändern, würde es mich heute mit Mitte 40 schlappe 200 Euro monatlich kosten, mich jetzt noch zu versichern. Es war also eher eine wirtschaftliche Entscheidung, darauf zu verzichten.)

Bei der Recherche zu diesem Buch bin ich natürlich auch auf Experten gestoßen und musste schnell einsehen, dass es nicht verkehrt ist, eine BU abzuschließen. Denn WHAT THE HELL tust du, wenn du dir deine Finger in der Haustür einklemmst (geht, habe ich probiert, die Tür war zu und mein Finger war noch im Haus), mit der Motorsäge das halbe Bein abs... naja, du weißt schon, worauf ich hinauswill!? Oder du gerätst so ins Hamsterrad, dass du mit dem Burn-out-Syndrom zusammenklappst und arbeitsunfähig bist.

Es können immer Situationen eintreten, die dich für deinen auserwählten Beruf ›berufsunfähig‹ machen.

Was genau ist denn mit der BU überhaupt versichert?

Die BU versichert deinen zuletzt ausgeübten Beruf und springt auch ein, wenn du erkrankst.

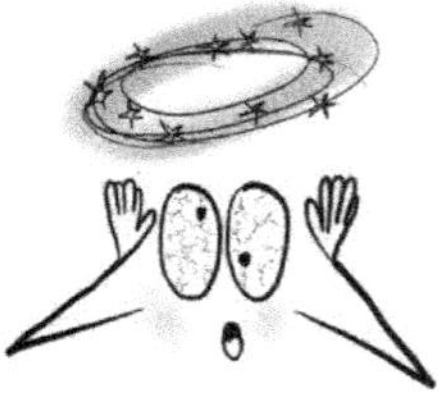

Häufigste Ursache ist hier das **Burn-out-Syndrom**, also körperliche und emotionale Erschöpfung.

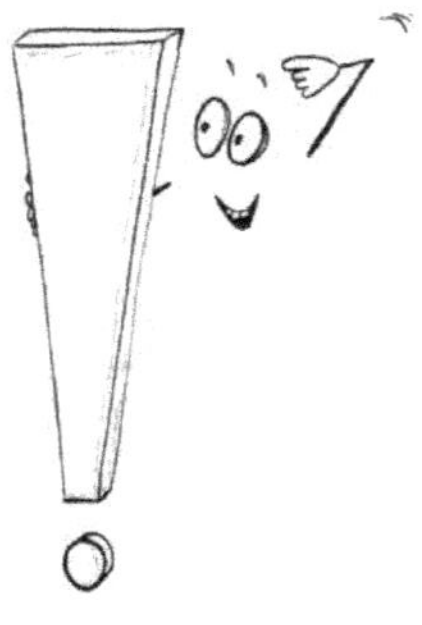

Die meisten Versicherungen zahlen bereits ab 50 Prozent Berufsunfähigkeit, sodass man monatliche Beträge bekommt und damit abgesichert ist. Wie viel du vorher verdient hast, spielt hierbei keine Rolle. Wichtig ist der Betrag, den du vor dem Eintritt des Versicherungsfalls, also in dem Vertrag, vereinbart hast!

Die BU gibt es in 3 **verschiedenen Versionen**:

1. als selbstständige Berufsunfähigkeitsversicherung[39],
2. als Zusatzversicherung zu einer Risikolebensversicherung oder
3. als Zusatzversicherung zu einer Kapitallebens- oder Rentenversicherung.

Wo passieren Unfälle denn überhaupt?

Von mehr als 9 Millionen Unfällen passierten 2019 in Deutschland über 40 Prozent in der Freizeit, 33 Prozent **im Haushalt**, 24 Prozent **bei der Arbeit** und 3 Prozent **im Straßenverkehr**. Dabei starben im häuslichen Umfeld 12.436 Menschen, im Straßenverkehr 3.161, auf Arbeit bzw. in der Schule 325, beim Sport waren es 211[40].

Egal, wo du dich verletzt oder ob du erkrankst, es ist nie auszuschließen, dass du dabei nicht deine Arbeitsfähigkeit einbüßt, und dann krebst du bis zu deiner Rente mit Arbeitslosengeld, Sozialhilfe oder einer sogenannten ›Erwerbsminderungsrente‹ herum, wenn du keine BU hast.

Machst du dich selbstständig (während oder nach deiner Ausbildung) und verkaufst zum Beispiel Fahrräder, die du gebraucht einkaufst, aufmöbelst und teurer wieder verkaufst, zahlst du NICHT in die Rentenversicherung ein. Natürlich kannst du das freiwillig tun, musst es aber nicht.

[39] Empfohlen von www.finanztip.de wird die erste Variante, da die beiden anderen zu teuer sind.

[40] https://de.statista.com/statistik/daten/studie/182904/umfrage/todesfaelle-in-deutschland-aufgrund-von-unfaellen/.

Mittlerweile gibt es Versicherungen, die eine sogenannte **Schüler-BU** oder auch **BU Start für Azubis und Studierende** anbieten. Das hat den Vorteil, dass man bereits als Schüler einen geringen Beitrag zahlt und sich dieser später auch nur um 100 Prozent erhöht, egal wie gefährlich dein Beruf später ist. Zahlst du also beispielsweise als Schüler 20 Euro pro Monat, erhöht sich der Preis nach einer bestimmten Versicherungslaufzeit auf 40 Euro pro Monat und wird beim Ausüben eines Berufs automatisch – ohne erneute Gesundheitsprüfung – umgeschrieben. Hier musst du deiner Versicherung also nur mitteilen, dass du als ›XX‹ arbeitest.

Nur wie verhält es sich dann im Falle einer Arbeitsunfähigkeit?

Erwerbsminderungsrente

Bekommst du vom Staat Unterstützung in Form einer Erwerbsminderungsrente und reicht die zum (Über-)Leben?

Wann kriegt du Erwerbsminderungsrente[41]?

Die Erwerbsminderungsrente bekommst du nur unter bestimmten Voraussetzungen von der gesetzlichen Rentenversicherung.

Was sind das für Voraussetzungen?

- ✓ Du musst bereits 5 Jahre in die gesetzliche Rentenversicherung eingezahlt haben. Bist du Azubi oder Student, ist bereits das ein Problem und du musst auf Sozialhilfe zurückgreifen.
- ✓ Du kannst nur 3 bis 6 Stunden pro Tag arbeiten, dann bekommst du eine halbe Rente, kannst du weniger als 3 Stunden pro Tag arbeiten, bekommst du die volle Rente.

---

[41] https://www.deutsche-rentenversicherung.de/DRV/DE/Rente/Allgemeine-Informationen/Rentenarten-und-Leistungen/Erwerbsminderungsrente/erwerbsminderungsrente_node.html.

✓ 2017 erhielt ein Neurentner durchschnittlich 716 Euro Erwerbsminderungsrente. Damit kann niemand große Sprünge machen, aber es ist in der Regel mehr als Sozialhilfe.

Arbeitest du nach deiner Ausbildung zum Beispiel als freie/r Journalist/in, Fotograf/in, Schauspieler/in oder sonstiger Künstler/Publizist, kannst du dich über die **Künstlersozialkasse (KSK)** versichern und zahlst damit automatisch in die gesetzliche Rentenversicherung ein. Die KSK versichert aber nicht jeden Künstler, handwerkliche Künstler wie Töpfer oder Holzkünstler, die gleichzeitig in der Handwerksrolle eingetragen werden, versichert die KSK NICHT.

Wer im Einzelnen dort versichert werden kann, erfährst du unter www.kuenstlersozialkasse.de und Telefon 04421/9734051500.

Anmerkung: Im Endeffekt gibt es so viele Einzelfälle, dass es ratsam ist, wenn du dich im Falle des Falles hier beraten lässt. Empfehlenswert sind hier unabhängige Finanzberater, denen du die Beratung ganz konkret bezahlst, wobei du natürlich immer Gefahr läufst, dass der Berater dich so berät, dass ER/SIE die meiste Provision bekommt und nicht, dass du gut aufgehoben bist. Wenn du Zweifel hast, höre auf deinen Bauch und wende dich notfalls an einen anderen Berater oder auch an die Verbraucherzentrale. Ich wünsche dir jedoch, dass du niemals in diese Situation kommst.

Unfallversicherung

Wie schon oben bei der Berufsunfähgikeitsversicherung aufgeführt, passieren Unfälle überall. Man ist nie davor gefeit und es kann dich wirklich immer und an jedem Ort treffen. Auch wenn die BU wichtiger ist als eine **Unfallversicherung**, so ist es nicht verkehrt, **spätestens nach deiner Ausbildung**, wenn du mehr Geld verdienst, eine solche abzuschließen.

Auch hier gibt es wieder viele Unterschiede und man sollte sich die Kosten und Leistungen der Versicherungen sehr gut anschauen.

Und obwohl du auf dem Weg zur Schule und zur Arbeit über die Berufsgenossenschaft versichert bist, zahlen die längst noch nicht alle Schäden! Im Gegenteil. Wenn du Pech hast, zahlen sie gar nichts.

Ich kenne leider einige Fälle, die sogar während der Arbeit passiert sind und NICHT übernommen wurden.

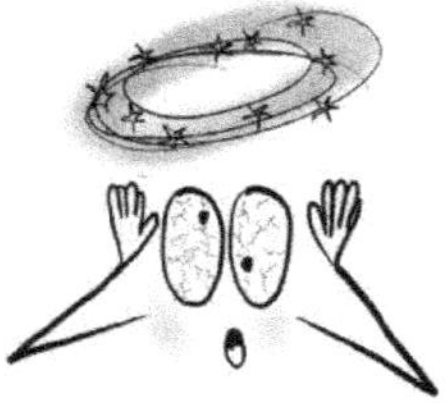

Mittlerweile gibt es schon **Fachanwälte** für Fälle, wenn die Berufsgenossenschaft die Kostenübernahme ablehnt.

Es ist bekannt, dass die **Berufsgenossenschaft** (ein staatliches Unternehmen) so gut wie alles ablehnt und in vielen Fällen (vor Gericht) verklagt wird. Die Berufsgenossenschaft lässt sich bei ihrer Prüfung der Kostenübernahme sogar Auskunft über die Krankenkasse geben, ob du eine Vorerkrankung oder bereits einen Unfall hattest. Ist das der Fall, verweigern sie die Zahlung.

Es gibt jedoch auch Unfälle während der Arbeitszeit, die von vornherein nicht übernommen werden.

Rutschst du zum Beispiel auf der Firmentoilette aus, hast du Pech.

Kein Quatsch!

Der Weg zur Toilette ist grundsätzlich laut Rechtsprechung versichert, die *Verrichtung der Notdurft* selbst allerdings nicht. Rutsch der Arbeitnehmer also beim Pinkeln aus, ist das ein *unversicherter Lebensbereich*.

Lehnt die Berufsgenossenschaft die Kostenübernahme trotz Meldungen, ärztlicher Atteste und nachweislichem Arbeitsunfall ab, hast du nur **einen Monat Zeit zu widersprechen**.

Um trotzdem gut abgesichert zu sein, ist es ratsam, **zusätzlich** eine **private Unfallversicherung** zu haben.

Ich habe vor 20 Jahren eine für meine Kinder und mich bei einer Hamburger Versicherung abgeschlossen und musste mich erst vor Kurzem belehren lassen, dass man auch hier aufpassen muss!

Willst du also *Verletzungen* wie zum Beispiel Knochenbrüche versichern lassen, muss das auch mit in deinem Vertrag stehen. Tut es das nicht, bist du lediglich im Falle der Invalidität, also dauerhaften Schädigung, versichert.

Das ist sehr ärgerlich, denn es gibt mittlerweile einige Versicherungen, die **Schmerzensgeld** bereits bei geringen monatlichen Beiträgen zahlen.

Hausratversicherung

Es gibt so einige, die keine Hausratversicherung haben.

Davon kann ich nur abraten.

Eine ›Hausratversicherung‹ war meine allererste Versicherung, die ich mit 18 Jahren selbst abgeschlossen habe, und das war auch gut so.

In meiner ersten Wohnung ist der Schlauch der Waschmaschine gerissen. Natürlich war ich nicht da, als das passierte, denn kaum einer nimmt sich die Zeit und hält Händchen mit seiner Waschmaschine, bis die fertig ist mit Waschen. Das Chaos war unbeschreiblich.

Alles stand unter Wasser, die Möbel waren kaputt, die Wände feucht und mussten mithilfe von speziellen Luftentfeuchtern getrocknet werden, damit sich kein Schimmel bildet.

Die Hausratversicherung hat alles übernommen.

Problemlos.

In meiner 3. Wohnung hatte der Hausmeister vergessen, das Fenster im Keller zu schließen und schwups, nach einem mega Unwetter war alles überschwemmt. Sämtliche Bücher, darunter auch nicht ersetzbare alte Kinderbücher, die man nicht mehr kaufen konnte, waren zerstört.

Mir blutete das Herz – ausgerechnet meine Bücher, die ich noch nicht einsortiert hatte!

Ohne die Hausratversicherung hätte ich den hohen Schaden alleine tragen bzw. verschmerzen müssen. So habe ich zumindest den materiellen Wert ersetzt bekommen.

Das hilft nicht unbedingt, unersetzbare Sachen neu zu beschaffen, aber zumindest bekommst du den Wert ersetzt.

Wann brauchst du eine eigene Hausratversicherung?

Ganz einfach (oder auch nicht): Ziehst du zwecks Studiums oder Ausbildung in ein Zimmer (Studentenwohnheim oder WG), können/müssen deine Eltern deinen vorübergehenden Auszug ihrer Versicherung melden und du bist automatisch bis zum Ende des Studiums/der Ausbildung mitversichert! Das setzt aber voraus, dass du keinen eigenen Hausstand hast.

Wann hast du einen eigenen Hausstand?

Du hast einen eigenen Hausstand, sobald du neben Schlafzimmer auch eine eigene Küche und ein eigenes Badezimmer hast.

Gibt es Ausnahmen?

Ja. Es gibt tatsächlich Versicherungen, die die ersten 12 Monate das ausgezogene Kind mitversichern, auch wenn dieses einen eigenen Hausstand hat.

Worauf solltest du achten?

Die Hausratversicherung versichert deine Sachen gegen Feuer, Explosion und Blitzschlag, aber auch gegen Einbruch und Vandalismus, Wasseraustritt und Sturm. Spezielle Tarife gibt es auch gegen Naturkatastrophen wie Erdbeben und Überschwemmungen.

Hast du einen Schadensfall, zahlt die Versicherung. Allerdings solltest du nachweisen können, dass du die Sachen auch besessen hast. Darum ist es ratsam, Fotos/Videos zu machen und Kaufbelege aufzubewahren, und das möglichst außerhalb von deiner Wohnung, vielleicht bei Freunden oder Familienmitgliedern.

Bitte lasse dir beim Gespräch mit der Versicherung GENAU vorlesen (aus dem Vertrag), WAS versichert ist. Es gibt leider immer noch Versicherungen, die zum Beispiel Schäden aus Einbrüchen und Vandalismus NICHT tragen! Informiere dich VOR dem Vertragsabschluss.

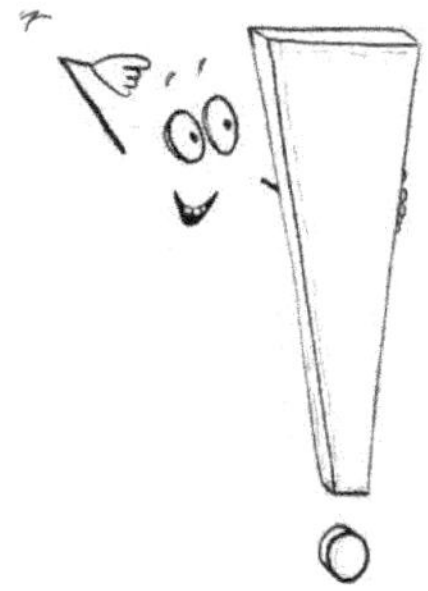

Kfz-Versicherung

Wenn du ein Auto fährst, MUSST du zwingend eine Kfz-Haftpflichtversicherung haben, die Teil- und Vollkaskoversicherung ist freiwillig. Bei Neuwagen und teuren Autos bietet sich eine Vollkasko an, bei der quasi der gesamte Schaden bei einem Unfall von der Versicherung getragen wird. Bei alten Autos brauchst du oftmals nicht einmal eine Teilkaskoversicherung, da reicht die normale Haftpflichtversicherung, weil es sein kann, dass ein Unfallschaden weniger kostet als die Teilkaskoversicherung selbst.

Der Preis für die Versicherung hängt von einigen Faktoren ab wie Alter, Beruf, Wohnort und Auto.

Für jedes unfallfreie Jahr kommt der Kunde in eine bessere **Schadensfreiheitsklasse (SF)**. Manchmal lohnt es sich also, einen kleineren Unfall selbst zu bezahlen, um die günstige Schadensfreiheitsklasse zu behalten[42].

Sparen kannst du Geld zum Beispiel durch halbjährliche Zahlung, durch Selbstbeteiligung, Werkstattbindung und das Parken in einer Garage.

[42] Für die SF-Klasse gibt es im Internet Rechner, ab welcher Schadenshöhe das vernünftig ist.

Autoversicherungen dürfen meist zum 30. November gekündigt werden, wenn diese bis zum Jahresende laufen und dann das neue Versicherungsjahr beginnen würde. Manchmal lohnt es sich deshalb, bei der eigenen Versicherung nach einem Angebot zu fragen oder bei einer anderen Versicherung einen besseren Tarif abzuschließen.

eVB-Nummer

Sobald du ein Auto kaufst, benötigst du eine Versicherung. Um diese nachzuweisen, stellen Versicherungen eine sogenannte *eVB-Nummer* aus. Ein Blick in den **Fahrzeugschein** zeigt dir die **Herstellernummer** und **Typ-Nummer**. Beide benötigst du für deine Autoversicherung.

Egal ob du einen Versicherungsmakler vor Ort hast oder online eine Versicherung abschließt, du kriegst die eVB-Nummer innerhalb von wenigen Minuten bis Stunden.

Erst mit diesem Nachweis wird man dir das Auto aufs Auge drücken und die Kfz-Zulassungsstelle dir die Anmeldung genehmigen.

Trick 17

Die Konkurrenz bei Versicherungen ist groß und so gibt es tatsächlich Versicherungen, die dir nach einem Unfall anbieten, dass du zu ihnen wechseln kannst und sie dafür deinen Schaden übernehmen.

Bei den meisten Versicherungen endet das Versicherungsjahr am 31. Dezember, sodass du bis zum 30. November kündigen müsstest.

Gerade wenn du jung bist, hat das den Vorteil, dass du nicht gleich wieder zurückgestuft wirst und wieder einen höheren Beitrag zu zahlen hast.

Das ist also durchaus ein Angebot, über das du nachdenken solltest.

Welche Versicherungen erleichtern dein Leben

Es gibt ein paar Versicherungen, die KANN man haben, MUSS man aber NICHT.

Sie KÖNNEN dein Leben versüßen, aber man kann auch ohne leben. Der Vollständigkeit halber möchte ich dir daher kurz die Rentenversicherung, die Lebensversicherung und die Rechtsschutzversicherung vorstellen.

Rentenversicherung

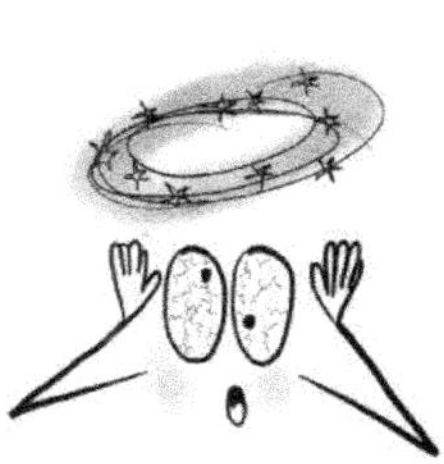

Im Schnitt bekommen

Frauen eine Rente von 736 Euro/Monat

Männer 1.148 Euro/Monat[43]

[43] Quelle: Rentenversicherungsbericht der Bundesregierung 2019.

Nur im Vergleich dazu:

Ein Lehrer mit einem Monatsgehalt von 3.800 Euro (Besoldungsgruppe A13) würde auf mindestens 2.800 Euro Pension kommen, ein *normaler* Arbeitnehmer in der freien Wirtschaft mit demselben Gehalt nur auf 1.850 Euro Rente, ein Richter mit einem Einkommen von 7.000 Euro würde eine Pension von 4.400 Euro bekommen.

Diese Summen sind umso erstaunlicher, da Beamte im Gegensatz zu Arbeitnehmern KEINE monatlichen Abgaben in die Rentenkasse tätigen, eine *Pensionskasse* gibt es nicht!

Wie kann man also als Nicht-Beamter vorsorgen?

Zu diesem Thema gibt es zig Bücher, Meinungen und Versicherungen. Männer sind da eher geneigt, sich versichern zu lassen, Frauen komischerweise nicht.

Fakt ist jedoch, auch als Frau sollte man sich um seine Altersabsicherung kümmern, denn vor allem Frauen sind von Altersarmut betroffen.

Während Männer mit 12,7 Prozent von Altersarmut betroffen waren (2019), waren es bei den Frauen sogar 16,4 Prozent.

Es gibt viele Möglichkeiten, seine Altersvorsorge zu regeln, sich allein auf die Auszahlung der Rente zu verlassen, ist Murks, denn keiner weiß, was in den nächsten Jahren mit unserem Rentensystem sein wird. Es gibt zahlreiche Bücher zu dem Thema und jeder muss im Endeffekt selbst entscheiden, wie er sich absichern möchte.

Es gibt auch diverse private Zusatzversicherungen, die allesamt für den *Nicht-Versicherungsmakler* (also dich und mich) sehr unübersichtlich sind. Da die einzelnen Versicherungen natürlich selbst ein sehr großes Interesse daran haben, an dir zu verdienen, empfehle ich dir tatsächlich, dich bei der **Verbraucherzentrale** zu informieren, www.verbraucherzentrale.de.

Bei einer privaten Rentenversicherung hast du ein sogenanntes **Kapitalwahlrecht**.

Was heißt das genau?

Du kannst mit deiner Versicherung Folgendes vereinbaren:

1. Falls du als versicherte Person VOR dem Rentenbeginn stirbst, bekommen deine Hinterbliebenen (Kinder, Eltern, Geschwister etc.) zumindest die von dir eingezahlten Beiträge oder eine festgelegte (Todesfall-)Summe ausgezahlt, sodass dein Geld nicht verloren ist, auch wenn du es nicht mehr nutzen kannst.
2. Falls du als versicherte Person NACH dem Renteneintritt stirbst, bekommen deine Hinterbliebenen die eingezahlten Beiträge oder eine feste Summe (= Beitragsrückgewähr).

Ich habe Anfang 2000 irgendeine Rentenversicherung abgeschlossen, weil mir das eine Bekannte angeboten hatte. Ich kann von Glück sagen, dass ich damit nicht auf die Nase gefallen bin, denn es gibt auch Versicherungen, die eine gestaffelte Beitragszahlung haben und dann so horrende Gebühren verlangen, dass die Kosten dann den Gewinn übersteigen.

In der Regel ist die Kündigung einer privaten Rentenversicherung NICHT möglich, sobald die Rentenzahlung begonnen hat. Wenn man vorher kündigt, kann es sein, dass man sein Geld auch nicht wiedersieht oder nur einen Teil davon. Darum sollte man sich hier gut überlegen, ob man eine Versicherung abschließt oder lieber in

Aktien oder **ETFs** (= Exchange Traded Funds) investiert. Auch **fondgebundene Rentenversicherungen** sind möglich, wo man quasi in *Firmenanteile* investiert, die ein *Fondsmanager* für dich überwacht und versucht, für dich die beste *Rendite*[44] herauszuholen.

Erwähnenswert sind auch noch die **vermögenswirksamen Leistungen (VL)**.

Diese sind zusätzliches (freiwilliges!) Geld vom Arbeitgeber, welches du quasi zum **Vermögensaufbau** nutzen kannst. Dein Chef kann dir (maximal) 40 Euro pro Monat zusätzlich zum Gehalt gewähren, wenn du es gewinnbringend anlegst. Die VL können Beamte, Arbeitnehmer, Auszubildende, Richter, Soldaten und (anteilig) auch Teilzeitarbeitnehmer in Anspruch nehmen.

Das Geld kannst du für einen Bausparvertrag oder auch eine Rentenversicherung nutzen. Dein Arbeitgeber zahlt dabei 6 Jahre lang ein, im 7. Jahr ruht der Vertrag. Dann ist normalerweise auch eine Auszahlung möglich.

---

[44] Rendite = Ertrag/Gewinn.

Lebensversicherung

Niemand denkt gerne darüber nach, dass er sterben könnte und so mogeln sich viele gerne um eine *Lebensversicherung,* liebevoll auch *LV* genannt, herum - im übrigen auch um das Testament, in dem man vorgeben kann, wer etwas von dir erbt im Falle deines Ablebens.

Trotzdem kann eine *LV* sinnvoll sein, wenn du zum Beispiel etwas oder jemanden absichern möchtest. Das kann (d)ein Haus oder (d)eine Firma sein, in dem du mit Freund oder Freundin wohnst oder auch dein Kind.

Es gibt eine **Kapitallebensversicherung** und eine **Risiko-Lebensversicherung**.

Bei der *Kapital-LV* hast du zeitgleich einen Spareffekt und du kannst Geld für dich oder eine andere von dir begünstigte Person ansparen. Bei der *Risiko-LV* sparst du nichts, sondern sicherst nur deine Angehörigen (also die/den Begünstigten) im Falle deines Todes ab.

Da dieses Thema sehr komplex ist und den Rahmen des Buches sprengen würde, sei dies nur am Rande erwähnt.

Rechtsschutzversicherung

Die Rechtsschutzversicherung hat den Zweck, dir zu helfen, wann immer du einen Rechtsstreit hast. Dann trägst du den Anwälten deiner Versicherung den Fall vor und die bezahlen die Erstberatung beim Anwalt.

Die Kosten für den Anwalt bei einem Prozess übernimmt die Rechtsschutzversicherung aber nur, wenn der Fall auch Aussicht auf Erfolg hat.

Auch in diesem Bereich gibt es zig Bereiche, die du absichern lassen kannst. Das kann *Privatrechtsschutz* sein, wenn du zB trotz Reisewarnung die Hotelkosten tragen musst und zurückhaben willst; oder *Verkehrsrechtschutz,* falls du Probleme mit dem Auto oder bei einem Unfall hast. Es gibt noch eine *Mietrechtschutzversicherung* sowie die *Vermieterrechtsschutz,* die bei Problemen im Mietrecht einspringt, den *Berufsrechtsschutz* bei Streitigkeiten am Arbeitsplatz.

Da auch dieses Feld sehr umfangreich ist, sei dies nur mit erwähnt.

Goldene Regeln

Bist du unsicher, wie du an eine Versicherung herankommst, wende dich an einen Versicherungsberater. Er bekommt direkt von dir als Kunden sein Honorar und nicht von einer Versicherung. Darum hat er weniger Anreiz, unnötige Verträge zu verkaufen.

Wenn du sicher sein willst, mit wem du es zu tun hast, gucke

- ☺ im Impressum auf der Website des Beraters,
- ☺ im Vermittlerregister,
- ☺ bei der Handelskammer.

Versicherungsvertreter sind an ihre Versicherungen gebunden.

Ein *Versicherungsmakler* bekommt Geld von den Versicherungen für seine Vermittlungen und ist deshalb nicht immer objektiv.

Bankkonto unter der Bettmatratze

Ach, waren das noch geile Zeiten, als der Arbeiter seine *Lohntüte* und der Angestellte seine *Gehaltstüte* bekam (jaaaa, ECHTE Geldscheine in der umweltfreundlichen Papiertüte) und die Hälfte davon unter seiner Bettmatratze versteckte – oder irgendwo verprasste ...

Bei meinem Opa war das noch so. Er bekam einmal die Woche (donnerstags) am Hamburger Hafen seine *Lohntüte* und die Familie konnte fürs Wochenende einkaufen gehen.

Das Sparen mit Geldscheinen unter der Matratze ginge auch heute noch, wäre aber weniger vorteilhaft, denn wie willst du im Internet etwas einkaufen, wenn du kein Bankkonto hast, von dem du die Kaufsumme überweisen kannst? Oder wie kaufst du online die neueste Mode ein, die du in keinem der Läden in deiner Stadt bekommst?

(Passiert mir leider häufiger, als mir lieb ist.)

In heutigen Zeiten mit PayPal, eBay, Amazon und Co. ist es daher absolut **lebensnotwendig**, ein **eigenes Girokonto** zu haben.

Und mit einem Arbeitgeber im Rücken, der deine Leistung bezahlen will, erst recht, denn die ›Lohntüten‹ wurden in der BRD bereits 1957 verdrängt und in der damaligen DDR in den 80er-Jahren.

Mache NIEMALS den Fehler und lass dir für das Konto deiner Freundin oder deines Freundes eine Vollmacht ausstellen, weil deine Beziehung so glücklich ist und du kein eigenes Konto brauchst!

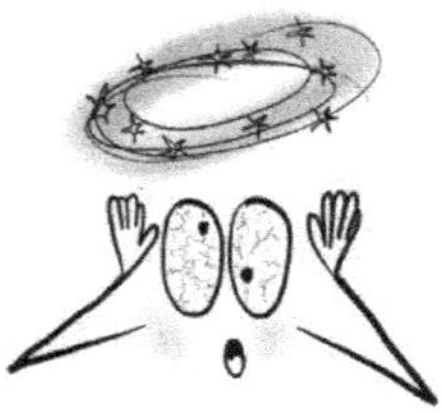

Du brauchst ein **eigenes Konto**! Mit einem eigenen Konto übernimmst du **Verantwortung** für dein Geld.

Glaube mir, ICH habe das mal gemacht und war in dem Glauben, ein **Gemeinschaftskonto** zu haben, weil mein damaliger Freund mir das als solches verkauft hat.

Aber solange **dein Name** nicht als **Kontoinhaber** auftaucht und du keinen **Vertrag** mit der Bank abgeschlossen hast (hier haben wir ihn wieder, den Vertrag!), ist das **nicht dein Bankkonto**. Ein eigenes Konto bedeutet Freiheit und Unabhängigkeit. Doch übernimm auch für diesen Vertrag die Verantwortung.

Das Konto eines anderen darfst du höchstens benutzen – oder dich ausnehmen lassen. Aber dazu gehören immer 2. Einer, der es tut, und einer, der es mit sich machen lässt. Darum sei immer achtsam mit dir selbst und bei dem, was du tust.

Denn wenn deine Freundin oder dein Freund plötzlich einen Sinneswandel hat und dir die Vollmacht – möglichst noch ohne dein Wissen – entzieht, dann ist dein schönes Geld auf dem fremden Konto und DU musst es dir per Strafanzeige (wegen Unterschlagung) oder Zivilverfahren, also per Gericht, wiederholen.

Was brauchst du also?

Genau!

Dein eigenes Girokonto bei der Bank deines Vertrauens, und hierfür MUSST du einen VERTRAG abschließen.

Du weißt nicht, was ein Girokonto ist?

Girokonto...

wird auch **Zahlungskonto** genannt. Hiermit wickelst du alle Zahlungsgeschäfte ab. Wenn du Taschengeld bekommst, können es deine Eltern überweisen oder wenn du arbeiten gehst und Gehalt bekommst, überweist dein Arbeitgeber deinen Lohn auf das Girokonto. Miete, Strom, Handykosten usw. werden von dem Konto abgebucht.

Für dein Girokonto bekommst du auch eine **Girocard** (früher EC-Karte), mit der du quasi in jedem Geschäft (ich glaube, es gibt nur noch wenige Ausnahmen, wo das nicht geht, wie zum Beispiel beim Bäcker bei Einkäufen unter 10 Euro) bezahlen kannst.

So eine Girocard ist verführerisch. Du siehst nur mit Blick auf dein Konto, wie dein Kontostand aussieht. Achte auf deine Einkäufe, um nicht unnötig ins Minus zu geraten. Am besten gerätst du niemals ins Minus, sonst ist deine Dispountergrenze irgendwann deine Nulllinie und kostet Unmengen an Geld.

Welches Geldinstitut wählst du?

Du hast keine Ahnung, warum es Banken, Sparkassen und Volksbanken gibt und wo der Unterschied ist?

Kein Problem, das ist schnell erklärt.

Schauen wir uns doch mal an, woher die unterschiedlichen Bezeichnungen kommen:

Eine **Bank** ist meistens ein privates Geldinstitut.

Eine **Volksbank** gehört ihren Eigentümern und nur diese dürfen dort ein Konto haben. Willst du also zur Volksbank, musst du **Anteilsscheine** kaufen, die verzinst werden. Als Mitglied bist du also am wirtschaftlichen Erfolg der Volksbank beteiligt. Das heißt, einmal jährlich wird dir die **Dividende** (Gewinnbeteiligung) ausgezahlt.

Eine **Sparkasse** ist eine **Anstalt des öffentlichen Rechts**, gehört also in der Regel der Stadt oder Gemeinde (= kommunaler Träger). Sie sind nicht auf Gewinnerzielung ausgerichtet und wurden ursprünglich geschaffen, um auch der armen Bevölkerung die Teilnahme an Bankgeschäften zu ermöglichen. Gewinne muss sie dem Gemeinwohl zukommen lassen, zum Beispiel für gemeinnützige Zwecke wie Kinderprojekte, Sportprojekte und andere.

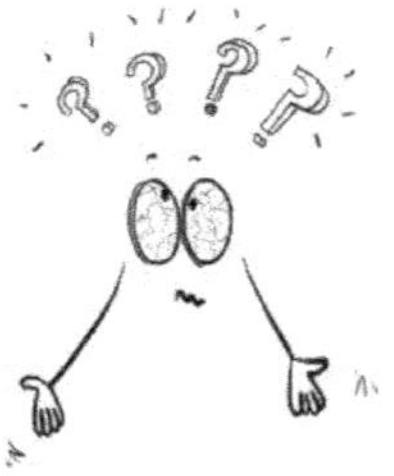

Bei einer Anstalt des öffentlichen Rechts gibt es keine Mitglieder, sondern Nutzer.

Willst du nun also ein **Geldinstitut wählen**, schaue nach folgenden Kriterien[45]:

- ✓ Gibt es Kontoführungsgebühren?
- ✓ Welche Bezahlkarten bekommst du zu welchem Preis?
- ✓ Ist das Konto an bestimmte Bedingungen geknüpft wie Zahlungseingänge?
- ✓ Wo gibt es Geldautomaten?
- ✓ Wie hoch sind die Dispo-Zinsen?
- ✓ Wie hoch sind die Negativzinsen?
- ✓ Filiale oder Online-Institut?

Kontoführungsgebühren

Vor allem wenn du Schüler oder Azubi bist, zählt natürlich jeder Cent, und dann noch *Kontoführungsgebühren* zu bezahlen, kann ganz schön ätzend sein. Auch wenn es dir auf den ersten Blick wenig erscheint, aber jeden Monat 2,50 Euro mehr in der Tasche zu haben, ist am Ende des Jahres ein Restaurant- oder Kinobesuch.

Wenn du natürlich sagst, die Gebühren sind so gering und die bieten dir dafür so tolle Vergünstigungen in deiner Stadt an, dass es sich rechnet, dann sind die Kontoführungsgebühren in Ordnung. Schließlich kriegst du günstigeren Zugang zu Veranstaltungen und hast vielleicht noch andere Vorteile.

---

[45] Checkliste der Verbraucherzentrale: https://www.verbraucherzentrale.de/sites/default/files/migration_files/media126861A.pdf.

Als Azubi brauchst du auch VOR deinem 18. Geburtstag KEINE Genehmigung zur Eröffnung eines Bankkontos von deinen Eltern. Durch die bereits genehmigte Ausbildung ist dieser Vertrag mit gedeckt!

Ich bin bei meiner Recherche auf die Seite www.finanztip.de gestoßen und fand die dortigen Beiträge sehr aufschlussreich.

Unter anderem findet man dort auch Gebühren aufgelistet, die Banken NICHT erheben dürfen. Diese zu Unrecht abgezogenen Gebühren darf man sogar zurückfordern.

Es gibt auch Banken, die verschicken Kontoauszüge und verlangen für den Versand Gebühren. Das ist gemäß Urteil vom Landgericht Frankfurt am Main (08.04.2011, Az. 2-25 O 260/10) FALSCH.

Für die Rückforderung von unzulässigen Gebühren hast du 3 Jahre bis zum Jahresende Zeit. Wenn die Bank also am 13.04.2020 Gebühren für Kontoauszüge von deinem Guthaben abgezogen hat, kannst du diese bis zum 31.12.2023 zurückfordern.

Bei www.finanztip.de kann man sich sogar einen Musterbrief herunterladen, um die unzulässigen Gebühren zurückzuverlangen.

Auch müssen Banken die Bankkarten kostenlos sperren, wenn sie als verloren oder gestohlen gemeldet werden.

Starter-Konto

Viele Geldinstitute bieten ein sogenanntes *Starter-Konto* für junge Menschen an, die noch keine 30 Jahre alt sind und gerade ins Berufsleben starten. Hier gibt es einige Institute, die dann **keine Kontogebühren** (*kostenlose Kontoführung*) nehmen, auch wenn du keine Mindesteinlagen (= *Startgeld*) oder Gehaltseingänge hast.

Manche Geldinstitute bieten schon ab dem Alter von 12 Jahren eine *Girocard* an, mit der du in jedem Store an der Kasse bargeldlos bezahlen kannst. Wer ein Girokonto haben möchte, der bekommt also auch eine *Girocard*. Manchmal kostet diese einmalig 10 Euro, manchmal gibt es die Karte aber auch kostenlos dazu.

Vereinbare am besten mit deiner Bank, dass du **keinen Dispo** (Dispositionskredit) bekommst, also keinen *Überziehungskredit*. Damit dürftest du nämlich mehr Geld ausgeben, als du auf dem Konto hast. So ein *Dispo* wirkt erst einmal super praktisch und sehr verlockend, schließlich musst du nicht darauf achten, wann dein Geld aufgebraucht ist.

Du kannst nach Herzenslust shoppen gehen und bei Bedarf einfach mehr Geld ausgeben, als du tatsächlich hast. Das ist jedoch kreuzgefährlich, denn du rutschst damit ins Minus und leihst dir gegen hohe *Zinsen* Geld.

Warum berechnet dir die Bank dafür Zinsen?

Ganz einfach: Niemand leiht dir umsonst Geld. Die Bank nimmt **(Dispo-)Zinsen**. Schaue auf der Website der verschiedenen Banken und Sparkassen, was sie für ein **Preis-Leistungs-Angebot** haben.

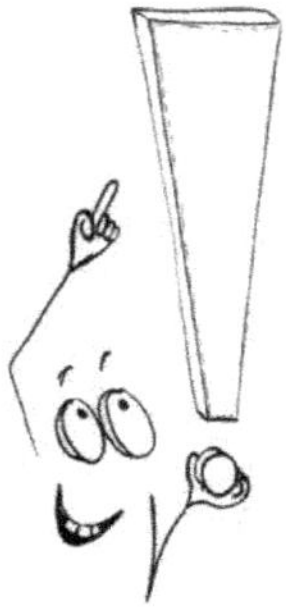

Es gibt Geldinstitute, die existieren zwar (besser is' es!), aber sie haben **keine Filialen**, in die du hineinspazieren und dich persönlich beraten lassen kannst. Das kann von Vorteil sein.

Viele finden es vorteilhafter, wenn sie in eine Filiale marschieren und einen Beratungstermin vereinbaren können. Ich selbst habe seit Jahren eine Onlinebank (auch *Direktbank* genannt), die zwar keine Filialen hat, aber einer Sparkasse angehört und sehr hohe Sicherheitsstandards im Online-Banking hat. Da funktioniert die Kommunikation nur über eine Telefon-PIN, was mich eher stört, weil man die immer parat haben muss.

Der Vorteil meiner Onlinebank ist jedoch, dass sie nicht nur als Testsiegerin mit *sicherstem* Online-Banking ausgezeichnet wurde, sondern auch eine einfache, übersichtliche App hat, über die ich alles regeln kann.

Da Sparkassen fürs Gemeinwohl arbeiten müssen, gibt es hier einige herausragende Beispiele mit verschiedenen Konzepten für Schüler und Azubis, aber auch für Studierende und Erwachsene, die mit einem Vorteilskonto beglückt werden (können). Dieses hat, je nachdem, wie viel Geld man monatlich dafür investieren will, unterschiedliche Angebote, zum Beispiel auch Vergünstigungen wie billigere Konzertkarten, Rabatte für Shoppingläden, Handy-Schutz bis zu einer bestimmten Summe, Schlüsselfund-Service, und, und, und.

Konto-Eröffnung

Das brauchst du für die Konto-Eröffnung:

- ✓ Aktuelle Meldebescheinigung (vom Einwohnermeldeamt) oder
- ✓ Personalausweis/Reisepass
- ✓ Ausbildungsvertrag (wenn du minderjährig bist)
- ✓ Immatrikulationsbescheinigung (wenn du Studierende/r bist)

Mit den Unterlagen gehst du zur Bank, schließt den Vertrag für ein Girokonto ab und sobald die Bank deine Identität und Bonität (SCHUFA-Eintrag) geprüft hat, kannst du mit deinem Konto loslegen.

Wenn du dein Konto eröffnet hast, hast du 14 Tage lang Widerrufsrecht und kannst das Konto wieder kündigen, wenn du etwas Besseres findest.

Überweisung

Als mein Sohn mich fragte, wie man eine Überweisung macht, war ich überrascht und dachte mir: »Hey, die Jugend ist so fit am Smartphone und Computer und trotzdem fragt mein Sohn, wie man eine Überweisung macht?«

Das war für mich der Anlass, die ›ÜW‹ hier ins Buch mit hineinzunehmen.

In der Regel macht man die Überweisung online, aber du brauchst dieselben *Parameter*.

Beim **Zahlungsempfänger** gibst du den Namen der Person oder Institution/Firma ein, die von dir das Geld bekommen soll.

Bei der **IBAN** hast du

1. Länderkennzeichen (DE = Deutschland)
2. 2-stellige Prüfzahl (direkt dahinter)
3. 8-stellige Bankleitzahl (findest du zur Not auf der Website oder auf Rechnungen ganz unten im Fuß
4. 10-stellige Kontonummer (kürzere werden mit Nullen aufgefüllt)

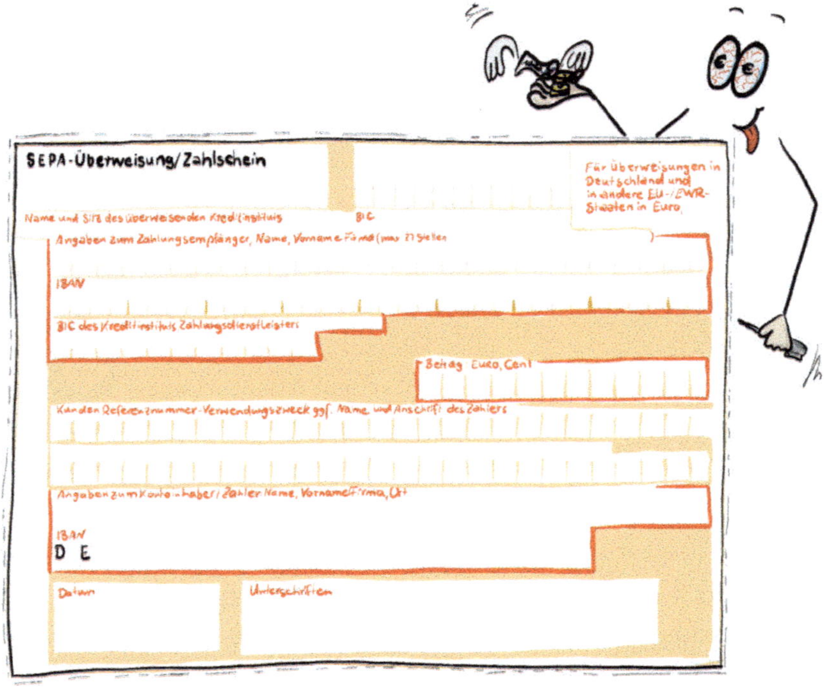

Früher hast du nur die Bankleitzahl und die Kontonummer aufgeführt, mittlerweile wird – vor allem online – die IBAN verwendet.

Es gibt natürlich auch noch die **BIC**, der *Bank Identifier Code*. Der wird, zumindest online, automatisch ausgefüllt. Die BIC dient als internationale Bankleitzahl. Seit Februar 2017 brauchst du sie nicht mehr hinschreiben.

Damit der Empfänger weiß, wofür du das Geld überweist, schreibst du zum Beispiel Folgendes in den **Verwendungszweck**:

- ✓ Kundennummer
- ✓ Rechnungsnummer und -datum
- ✓ Aktenzeichen von Behörden (Az.)
- ✓ Bestellnummer

Kreditkarte

Braucht man eigentlich eine Kreditkarte und wenn ja, wofür?

Kreditkarten sind **bargeldlose Zahlungsmittel** auf Guthabenbasis. Hier gibt es zum Beispiel die *VISA-Card* oder die *MasterCard*.

Nützlich sind solche Kreditkarten, wenn du online etwas kaufen möchtest und der Händler nur den Zahlungsweg über die Kreditkarte genehmigt.

Als mein Sohn zum Beispiel sein Führungszeugnis für den Arbeitgeber brauchte und online bestellen wollte, konnte er die 13-Euro-Gebühr nicht bezahlen, weil er keine VISA-Card hatte.

Vorteile von einer Kredit-Karte:

- ✓ Sichere (Online-)Zahlungen
- ✓ Komfort im Ausland
- ✓ Kontaktloses Bezahlen
- ✓ Flexible Rückzahlung
- ✓ Teilweise Cashback bei Unternehmen

Schulden – und nun?

Manchmal kann es vorkommen, dass man Rechnungen nicht bezahlt oder bezahlen kann. Diese **offenen Forderungen** von deinem *Vertragspartner* (= Gläubiger) nennt man *Schulden*.

Zunächst flattert dir eine **Mahnung** ins Haus, dann eine 2. und eine 3.

Danach kann der *Gläubiger* das **Mahnverfahren** eröffnen.

Viele Firmen machen es sich aber mittlerweile leicht und schalten bei finanziellem Ärger bereits NACH der ERSTEN MAHNUNG ein **Inkasso-Unternehmen** ein, indem sie die offene Forderung an das Inkasso-Unternehmen verkaufen.

Die wiederum holen sich die Forderung mit einem fetten Aufschlag, denn schließlich wollen sie daran verdienen.

Bekommst du eine **Mahnung** oder ein Inkasso-Schreiben, **reagiere** darauf und ignoriere das nicht. Rufe direkt an, schreibe eine E-Mail oder einen Brief und frage, wie du die Forderung zum Beispiel in kleineren Raten zurückzahlen kannst.

Bist du bis über beide Ohren verschuldet, kannst du dir zum Beispiel Hilfe bei der **Schuldnerberatung** holen.

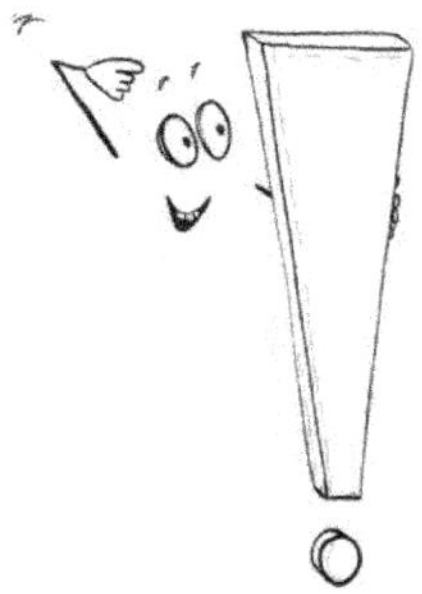

Achte hier bitte darauf, dass der **Schuldnerberater** (nach § 305 InsO) **stattlich anerkannt** ist, dich nicht drängt und eventuelle Kosten vorher klar angibt.

Gemeinnützige Schulnerberatungsstellen sind kostenfrei. Adressen zu seriösen Beratern findest du zum Beispiel unter www.schuldnerberatung.de

Haushaltsbuch und aufgebrauchte Vorräte

Bei Mama war der Kühlschrank immer voll, als würde er sich ganz von selbst füllen. Aber ganz so magisch wie bei *Harry Potter*, wo die Hauselfen Tisch und Schränke füllen, ist das Leben leider nicht.

Du musst und solltest rechnen, um dich nicht zu verzetteln. Es ist so wahnsinnig verlockend, alles auf Pump zu kaufen. **Kreditkarten** bieten sich regelrecht dafür an. Aber damit kannst du ganz schnell in der **Schuldenfalle** landen.

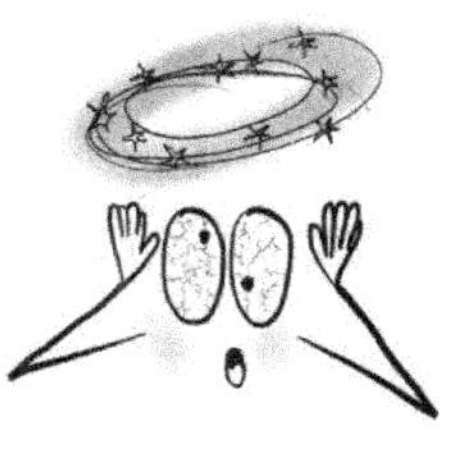

Lege dir ein **Haushaltsbuch** an (als Notizbuch oder Datei), trage dir alle **Fixkosten** ein wie zum Beispiel

- ✓ Miete
- ✓ Nebenkosten/Strom
- ✓ Telefon/Internet
- ✓ Versicherungen
- ✓ Fahrgeld/Abo Personennahverkehr

Achte darauf, dass du so mit deinem Geld haushaltest, dass du nicht schon Mitte des Monats blank bist und an der Kasse im Supermarkt den peinlichen Moment erlebst, dass du deinen Einkauf nicht bezahlen kannst. Das ist vor allem wichtig, wenn du dir mit jemandem das Bankkonto teilen solltest. Mir ist das ein einziges Mal passiert und ich möchte diesen beschämenden Augenblick NIE wieder erleben.

Es gibt auch entsprechende Apps.

Aber hier musst du – genauso wie bei vielen Anbietern im Internet – IMMER aufpassen, dass du die Kosten im Blick hast, denn so ein Abo-VERTRAG ist schnell abgeschlossen. Auch wenn die Gerichte in den letzten Jahren versucht haben, Transparenz in die Online-Vertragswelt zu bringen, hast du den finanziellen Ärger bei Vertragsschluss erst mal an der Backe.

Augen auf beim Autokauf

Zuletzt kommen wir noch zu einem Thema, welches zumindest für diejenigen wichtig ist, die mit dem Gedanken spielen, sich ein Auto zu kaufen.

Sobald du 18 Jahre alt bist, darfst du dir kaufen, was du willst.

Cool, oder?

Willst du ein neues Auto kaufen, gehst du zum Händler.

In der Regel kaufen junge Leute allerdings eher **Gebrauchtwagen**.

Hierfür gibt es zum Beispiel Gebrauchtwagenhändler, aber auch **Online-Plattformen**.

Damit dein erster Autokauf kein Desaster wird, hier ein paar wichtige Tipps, die ich dir mit auf den Weg geben möchte ...

Wenn du dein Auto über Anzeigen gebraucht bei einer Privatperson kaufst, also *von privat*, wie es in solchen Anzeigen steht, hast du KEINE Garantie, dass das Auto intakt ist.

Du kaufst das Auto dann in der Regel mit dem Zusatz ›*gekauft wie gesehen*‹. Das birgt einige Gefahren in sich, sofern du nicht selbst Kfz-Mechaniker bist und dich mit so einem Gefährt nicht auskennst.

Mein Sohn zum Beispiel hatte sich in den Kopf gesetzt, unbedingt einen VW als Starterauto zu kaufen. Das Wägelchen war schnell gefunden und mein Sohn war Feuer und Flamme.

»Das müssen wir kaufen!«, war seine Aussage.

Ich war skeptisch.

Wir sind trotzdem hingefahren, immerhin eine halbe Stunde Fahrt, und haben uns das Auto angesehen. Da ich als Juristin manchmal schon die Nachtigall trapsen höre, bevor sie überhaupt losgelaufen ist, habe ich auf einer Probefahrt bestanden.

Tja, was soll ich sagen?

Das Auto fing innerhalb kürzester Zeit an zu qualmen.

Dicker, fetter, schwarzer Rauch kam aus der Motorhaube.

Ups!

»Na, das kann ich mir gar nicht erklären«, kam vom Verkäufer.

Mein Sohn wollte das Auto trotzdem kaufen.

Da ich in der glücklichen Lage war, dass ICH das Geld hatte (es sollte sein Geburtstagsgeschenk werden), habe ich ihn mit Engelszungen überreden müssen, das Auto NICHT zu nehmen.

»Aber das ist so ein tolles Auto«, war er fast schon ein wenig bockig.

»Nein, ist es nicht. Es ist ein Haufen Schrott. Wir gucken weiter.«

Ich habe ihn so lange suchen lassen, bis er ein Auto beim Gebrauchtwagenhändler gefunden hatte.

Wir haben eine Probefahrt gemacht, kostenlos die Ummeldung und Nummernschilder rausgehandelt und das Auto schließlich gekauft.

Wo kaufst du dein Auto vorzugsweise?

Ganz einfach: Privatleute geben keine Garantie für Mängel am Fahrzeug, Gebrauchtwagenhändler haften seit 2002 per Gesetz mindestens ein Jahr lang für Mängel am Fahrzeug. Darum ist es generell eine gute Entscheidung, sein Auto bei einem (Gebrauchtwagen-)Händler zu kaufen.

Haftung

Kaufe dein gebrauchtes Auto bei einem Gebrauchtwagenhändler in deiner Nähe, damit dein Verkäufer das Auto im Notfall auch reparieren kann, sofern er über eine eigene Werkstatt verfügt.

Ist dir der Verkäufer unsympathisch – GEH!

Kaufe dein Auto nur von jemandem, dem du (annähernd) vertraust.

Der Händler haftet für bestimmte Mängel **in den ersten 6 Monaten** nach Unterzeichnung des Kaufvertrages, denn in dieser Zeit muss er beweisen, dass das Auto beim Verkauf heil war.

Das wird er in vielerlei Hinsicht nicht können.

Nach 6 Monaten musst DU beweisen, dass das Auto beim Kauf kaputt war, was du als Käufer in der Regel nicht kannst.

Neben den gesetzlichen Gewährleistungsregeln bieten viele Händler zusätzliche **Gebrauchtwagengarantien** an. Hier ist abzuwägen, ob das für dich eine gute Absicherung ist.

Quittung

Wenn du das **Auto bar bezahlst**, lass dir eine **Quittung** geben oder besser noch die Bar-Zahlung auf dem Vertrag vom Verkäufer unterschreiben.

>Kaufpreis in bar erhalten< + Unterschrift

Das ist wichtig, damit du einen Nachweis hast, dass du bezahlt hast und wann!

Was machst du also, wenn dein Auto kaputt ist?

Im ersten halben Jahr muss der Händler (= Verkäufer) Schäden am Fahrzeug reparieren (lassen), denn in diesem Zeitraum muss der Händler beweisen, dass das Auto mangelfrei war beim Verkauf.

(Das hast du schon bei der Gewährleistung gelesen.)

Aber wie verhältst du dich, wenn dein Auto streikt?

Hast du zum Beispiel eine Fehleranzeige beim Kühlwasser, musst du deinen Händler anrufen und fragen, in welche Werkstatt du das Auto bringen darfst.

Du verlangst also **Nachbesserung**.

Hat der Händler eine eigene Werkstatt, wird er dich bitten, das Auto zu ihm zu bringen.

Das darf er, denn ER ist für die Reparatur verantwortlich.

Hast du nun ein Auto 500 Kilometer von deinem Wohnort entfernt gekauft, wirst du das Auto 500 Kilometer zum Händler oder dessen Werkstatt transportieren müssen, wenn du willst, dass er für den Mangel am Fahrzeug aufkommt.

Natürlich kannst du dich – auch schon beim Kauf – darauf einigen, dass du das Auto in einer bestimmten Werkstatt in deiner Nähe reparieren lassen darfst.

Suchst du allerdings selbst eine Werkstatt aus und lässt dein Auto reparieren, **ohne das mit dem Händler abzusprechen**, brauchst du deinem Händler die Rechnung nicht mehr vorzulegen, denn nun muss er sie nicht mehr bezahlen!

Der Händler haftet nämlich nur so lange, wie er auch Kenntnis von dem Mangel hat und mit der Werkstatt deiner Wahl einverstanden ist.

Wenn du ihn nicht kontaktierst und den Mangel HINTERHER reklamieren willst, hast du Pech gehabt, weil der Händler sein Recht auf **Nachbesserung** nicht wahrnehmen konnte.

Du fährst zu der Werkstatt und lässt das Auto angucken, sagst aber von vornherein, dass jegliche **Reparaturen und Kosten vorher** mit deinem Händler abgesprochen werden müssen.

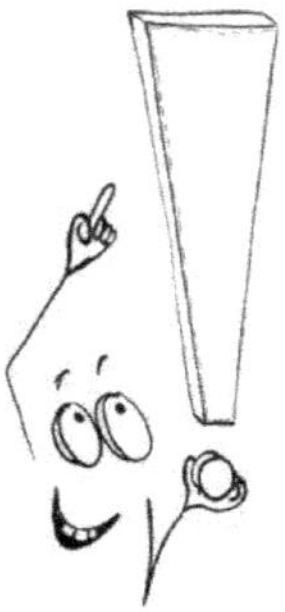

Vereinbare die Reparatur mit dem Händler, wenn er sie nicht selbst macht, **immer schriftlich**! Du hast sonst keine Beweise in der Hand und wenn du Pech hast und an einen unseriösen Händler geraten bist, bestreitet er, dass du ihn kontaktiert und um Erlaubnis gefragt hast.

Wir haben einen Audi gebraucht gekauft und innerhalb von 4 Wochen kamen die ersten Macken: *AdBlue*. Diese neckische Flüssigkeit, die viele Dieselfahrzeuge benötigen, sorgt dafür, dass sich das Auto NICHT MEHR starten lässt, wenn dieser AdBlue-Zusatztank LEER ist. Da wir wussten, dies muss ein Mangel sein, denn beim Verkauf war der Tank frisch aufgefüllt, haben wir das dem Verkäufer gemeldet. Dieser wies uns an, in die Fachwerkstatt des Audi-Autohändlers der Stadt zu fahren, um den Fehler auslesen zu lassen.

Das Auto musste repariert werden.

Dies geschah erst NACH Rücksprache mit dem Verkäufer, weil dieser die Reparatur bezahlen muss, weil er für die Mängel in den ersten 6 Monaten haftet.

Exakt 2 Monate später kam derselbe Fehler erneut und die Anzeige zeigte an, dass das Auto nur noch 800 Kilometer fahren könne.

Nach einem erneuten Telefonat war das Auto wieder in der Fachwerkstatt. Eine weitere Reparatur wurde in Absprache mit dem Verkäufer und auf dessen Kosten vorgenommen.

So ätzend es war, aber 7 Monate nach dem Kauf leuchtete die Ad-Blue-Leuchte wieder auf.

Der Verkäufer war genervt und berief sich auf die Haftung, die er nur in den ersten 6 Monaten zu vertreten hatte.

Das ist generell richtig.

ABER ... der Fehler bestand von Anfang an und war nicht neu.

Wir wollten das Auto zurückgeben, vom Kaufvertrag zurücktreten, aber der Verkäufer berief sich auf sein Rechte, dass er 3-mal nachbessern dürfe. Stimmt das?

Eine **Nachbesserung** gilt nach dem erfolglosen 2. Versuch als fehlgeschlagen, wenn sich nicht insbesondere aus der Art der Sache oder des Mangels oder den sonstigen Umständen etwas anderes ergibt.

Der Gesetzgeber hat der Geduld des Käufers also mit § 440 BGB Grenzen gesetzt. Kein Käufer muss also mehr als 2 Nachbesserungen erdulden. Was bedeutet das im konkreten Fall?

Genau, der Verkäufer muss auf Wunsch des Kunden das Auto zurücknehmen.

Bekommt der Käufer die gesamte Kaufsumme zurück?

Nein.

Der Verkäufer darf sich die **Abnutzung** gegenrechnen lassen, sodass er nur einen geminderten Kaufpreis zurückzahlen muss.

Dinge, die du beim Kauf beachten solltest

Auf Verträgen zwischen 2 Privatpersonen steht oft:

›Unter Ausschluss jeglicher Gewährleistung auf Sachmängel und Verschleißteile.‹ oder *›Kauf von privat an privat unter Ausschluss jeglicher Gewährleistungsansprüche.‹*

Verkaufst du also dein eigenes Auto, notiere das unbedingt mit auf dem Kaufvertrag.

TÜV – Technischer Überwachungsverein

Du benötigst für dein Auto einen **TÜV-Bericht**. Ist keiner mehr vorhanden bei deinem Händler, muss er dir ein Duplikat besorgen, notfalls bei der **TÜV-Prüfstelle** nachfragen.

Probefahrt

Es ist immer günstig, eine Probefahrt mit dem Auto zu machen, welches du kaufen willst. Freunde von mir haben einen Gebrauchtwagenhandel.

Sie empfehlen ganz klar, die **Probefahrt** (vor allem, wenn du von Privatleuten kaufst) zu einer Werkstatt deines Vertrauens oder **zur DEKRA-/TÜV-Prüfstelle** zu machen, wo ein Profi einmal drüber- und ggf. druntergucktt. Günstig ist es, du rufst vorher dort an und fragst, ob und wann es zeitlich passt, und vereinbarst zu dieser Zeit die Probefahrt.

Günstig ist zusätzlich eine **Fahrt in der Stadt** sowie auf der **Landstraße** und **Autobahn**.

Kfz-Versicherung

Du MUSST dich mit dem Kauf eines Autos versichern.

Je jünger du bist, desto höher ist der Versicherungsbeitrag.

Aber die Höhe deiner Versicherung hängt auch vom Fahrzeugmodell ab sowie von einigen anderen Faktoren, die du im **Kapitel Versicherungen** nachlesen kannst.

Ein normaler Golf ist zum Beispiel sehr teuer in der Versicherung, günstiger sind Ford Fiesta und Opel Corsa, auch wenn ich aus meiner Arbeit mit Jugendlichen weiß, dass viele sie für weniger cool empfinden.

Versicherungen gehen bei der Berechnung ihrer **Versicherungsbeträge** nach Unfallstatistiken. Dabei werden Dinge berücksichtigt, wie:

- ✓ Typklasse des Fahrzeuges
- ✓ Anzahl der Fahrer
- ✓ Alter des Fahrzeugs
- ✓ Werkstattbindung
- ✓ Selbstbeteiligung und die
- ✓ **Schadensfreiheitsklasse**.

Letzteres wird auch **SF-Klasse** genannt und gibt Auskunft über die unfall- und schadenfrei gefahrenen Jahre.

Kfz-Zulassung

Um dein Auto in der **Kfz-Zulassungsstelle** in deinem **Meldebezirk** zuzulassen, benötigst du folgende Unterlagen:

- ✓ Personalausweis/Reisepass
- ✓ Kfz-Versicherungsbestätigung (eVB-Nummer)
- ✓ Nachweis der letzten Hauptuntersuchung
- ✓ Zulassungsbescheinigung Teil 1 (Fahrzeugschein)
- ✓ Zulassungsbescheinigung Teil 2 (Fahrzeugbrief)

Dort bekommst du **nach erfolgreicher Anmeldung** folgende Zulassungsbescheinigungen ...

- → einen *Fahrzeugschein*
- → einen *Fahrzeugbrief*

Den **Fahrzeugschein** musst du als **Fahrzeughalter** IM ORIGINAL dabeihaben, wenn du mit deinem Auto unterwegs bist. Er ist quasi der **›Ausweis‹ deines Fahrzeugs** und enthält neben deinen Daten als Fahrzeughalter und dem amtlichen Kennzeichen auch technische Daten. Bei einer **Fahrzeugkontrolle** durch die Polizei muss der Fahrzeugschein mit deinem Führerschein zwecks Überprüfung zusammen herausgegeben werden.

Der **Fahrzeugbrief** ist der Nachweis, WER der **Eigentümer** ist! Gib ihn also NIEMALS leichtfertig aus der Hand und bewahre ihn an einem sicheren Ort (zum Beispiel Safe) auf, niemals in deinem Auto und auch nicht bei Freunden.

Was tun bei Verlust von …

- → Fahrzeugschein
- → Fahrzeugbrief

Hast du den Fahrzeugschein verloren, meldest du das der Kfz-Zulassungsstelle und beantragst einen neuen.

Wurde dein Fahrzeugschein gestohlen, musst du bei der Polizei Anzeige erstatten und dann bei der zuständigen Kfz-Zulassungsstelle einen neuen beantragen.

Im Übrigen solltest du bei der Polizei auch umgehend Strafanzeige erstatten, wenn man ein oder beide Kennzeichen deines Fahrzeuges geklaut hat. Dies ist wichtig, denn oft stehlen Diebe die Schilder, um damit Straftaten zu begehen. Die Bescheinigung deiner Anzeige brauchst du dann bei der Kfz-Zulassungsstelle, um neue Kfz-Kennzeichen zu bekommen.

Wozu gibt es Automobilclubs?

Weil Autos nun einmal nicht unfehlbar sind, kann es natürlich auch jederzeit zu Pannen kommen. Hier gibt es mittlerweile zig Automobilclubs, die neben Pannenhilfe – also einem mobilen Einsatzkommando, welches zu dir düst und dir entweder vor Ort mit ein paar schnellen Handgriffen zur Weiterfahrt verhilft oder dich gleich zur nächsten Werkstatt abschleppt – über Ersatzwagen bis hin zu Krankenrücktransporten alles gegen einen bestimmten Mitgliedsbeitrag anbieten.

Vor allem für junge Mitglieder gibt es hier oft spezielle Angebote wie kostenlose Mitgliedschaften oder Einsteiger-Mitgliedsgebühren.

Manchmal ist das Abschleppen und Co. auch bei Tarifen der Versicherung oder einer Vertragswerkstatt mit drin. Dies solltest du VOR einer Mitgliedschaft prüfen, damit du nicht doppelt abgesichert bist und Geld verpulverst.

Waschmaschine, Herd und Co.

Steigende Energiepreise, Belastungen für unser Klima und schwindende Ressourcen zwingen zum Umdenken. Ich sage nicht: »Hol das Waschbrett wieder heraus und schrubbe deine dreckige Wäsche im Fluss oder verzichte auf den Fernseher.«

Aber es heißt trotzdem **Augen auf beim Gerätekauf**!

Seit vielen Jahren gibt es europäische Standards und ein sogenanntes EU-Energielabel. Beim Kauf hängt dann an den Geräten so ein weißer Aufkleber mit bunten Strichen und Energieklassen. Seit September 2021 gibt es eine neue, EU-weite Kennzeichnung von Elektrogeräten, was für mehr Transparenz und bessere Vergleichbarkeit sorgen soll. Die Umstellung soll bis zum 28.02.2023 abgeschlossen sein. In diesem Zeitraum kann es also noch zu Überschneidungen kommen.

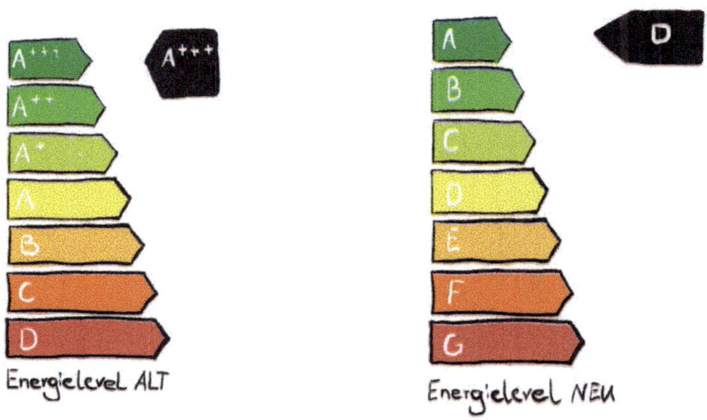

Der Plan der Europäischen Kommission geht dahin, dass mit dem neuen Label der jährliche Stromverbrauch gerade bei den Leuchtmitteln bis 2030 um 41,9 Terawattstunden (TWh) verringert werden soll, also etwa 16 Millionen Tonnen weniger Treibhausemissionen.

Waschmaschine

Die Waschmaschine ist die Freundin aller Haushaltbesitzer, nicht nur von Frauen, auch wenn das gerne so hingestellt wird, denn schließlich wollen auch die Herren mit sauberen Klamotten durch die Gegend laufen.

Wäschewaschen in der Waschmaschine ist keine Kunst! Trotzdem wissen viele nicht, wie man Wäsche wäscht.

Diese **Symbole** findest du in deinen **Kleidungsstücken**:

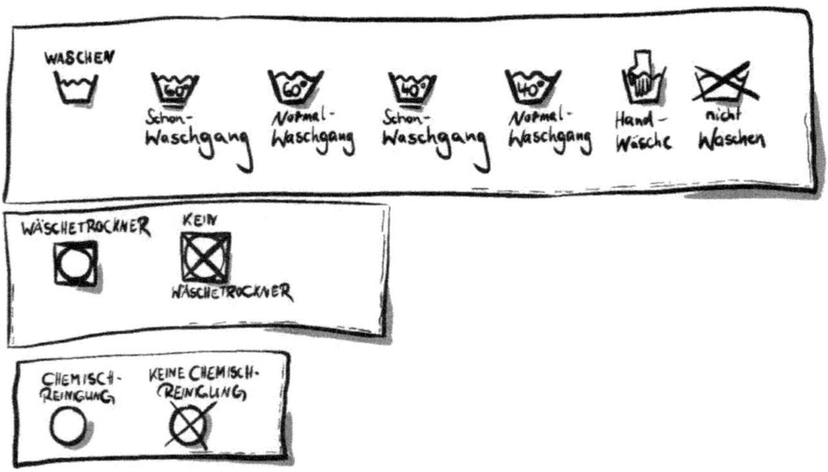

Was musst du also beachten?

Bist du alleine, sortierst du die Wäsche lediglich nach Farben: dunkle, weiße und rote Wäschestücke. Es gibt Leute, die sind tricky und haben Handtücher in diesen Farben, damit man nicht nur ein rotes T-Shirt wäscht und die Waschmaschine nicht mal halb voll ist.

Für dunkle und rote Wäsche kannst du herkömmliches **Colorwaschmittel** (Pulver oder Gel) nehmen. Für weiße Textilien empfiehlt die Verbraucherzentrale Hamburg[46] ein **Vollwaschmittel** für weiße Wäsche, damit die Wäsche auf Dauer nicht *grau* wird. Für Wolle und Feinwäsche, wie zum Beispiel Spitzenhöschen, solltest du **Wollwaschmittel** nehmen.

Pulver ist effektiver als flüssiges Waschmittel, auch wenn es passieren kann, dass es sich nicht ganz auflöst. Ich habe Jahrzehnte mit Pulver gewaschen, wasche aber mittlerweile lieber mit flüssigem Waschmittel.

Farbfangtücher wären eine tolle Erfindung, wenn sie halten würden, was sie versprechen. Tests vom Institut Hohenstein[47] haben allerdings ergeben, dass sie **praktisch wirkungslos** sind. Das Geld kannst du dir vielleicht sparen.

VOR dem Waschen

1. Großes Fach fürs Pulver.
2. Kleines Fach für Hygienespüler und/oder Weichspüler.
3. Ich empfehle dir, **keine Pods** (All-in-one-Kapseln) zu nehmen. Die lösen sich meistens nicht vollständig auf und können deine Waschmaschine kaputt machen.

---

[46] https://www.vzhh.de/themen/umwelt-nachhaltigkeit/wasch-reinigungsmittel/mal-ordentlich-waschen.
[47] https://www.hohenstein.de/de/kompetenz/textilpflege/textilpflege-im-haushalt.

4. Benutze **keinen extra Entkalker**! Dieser ist bereits im Waschmittel enthalten. Wohnst du in einer Region, wo das Wasser extrem hart (= kalkhaltig) ist, kannst du einmal pro Jahr (!) ohne Wäsche mit einem Maschinenreiniger entkalken.

NACH dem Waschen

5. Waschmittelschublade und Bullauge zum Trocknen offen stehen lassen, damit sich auf Dauer kein Schimmel bildet.
6. Bei Bedarf kannst du Waschmittelrückstände aus der Schublade entfernen und die Gummidichtung am Bullauge sauber wischen.

Damit Maschine und Schläuche erhalten bleiben, empfiehlt es sich, wenigstens einmal im Monat Handtücher mit 90° C durchzujagen.

Grobe Faustregeln

- ✓ **Sortiere** die Wäsche **nach Farben**!
- ✓ Sortiere Bettwäsche und Handtücher aus, die wasche ich in der Regel extra, weil du die bei 60° C und 90° C waschen kannst.
- ✓ Wenn du das erledigt hast, sortierst du die Wäsche (grob) nach Wolle, Feinwäsche (Seide und Co.) sowie Kochwäsche. Baumwolle kannst du auch bei der höchsten Drehzahl schleudern, allerdings bitte NICHT BEI 90° C waschen, sonst passen deine Pullis einer Babypuppe.
- ✓ Entleere ALLE Taschen VOR dem Waschgang.
- ✓ Schließe Knöpfe und Reißverschlüsse.

- ✓ BHs gehören in jedem Fall in ein **Wäschenetz**.
- ✓ Basecaps enthalten meistens Pappe im Schirm. Wasche diese lieber mit der Hand oder im Geschirrspüler, wenn du sie behalten willst.
- ✓ Sichtbare Flecken wie Blut, Kugelschreiber, Grasflecken und Co. solltest du mit *Gallseife* oder speziellen **Fleckenentfernern** VOR dem Waschen einsprühen.
- ✓ Stinkt deine Wäsche nach Schweiß, gibt es spezielle **Geruchsentferner**. Möglich ist auch, die Wäsche vorher über Nacht in verdünntes Essigwasser einzulegen (ein Teil Essig, 5 Teile Wasser).
- ✓ Hast du Wäsche, die du unter 50° C waschen musst, wie zum Beispiel Unterwäsche und Socken (damit diese nicht durch hohe Temperaturen einlaufen!), bietet sich zusätzlich ein desinfizierender Hygienespüler an.
- ✓ Je feiner der Stoff, umso empfindlicher ist er. Darum solltest du feine Viskose-/Seidenklamotten bei maximal 30° C waschen und auch nur bedingt bis gar nicht schleudern.
- ✓ Gleiches gilt für Wolle! Wolle im extra **Wollwaschprogramm** oder **Kaltwäsche** oder **Handwäsche** waschen.
- ✓ In der Regel stehen die Gradzahlen auf den Wäscheschildern IN den Klamotten. Wenn du die bereits entfernt hast, weil sie piksen und nerven, gehst du nach *Farbe* und *Gefühl*.

Vielleicht hast du eine liebe Person, die du auch fragen kannst, damit sie dir alles in der Praxis erklärt.

Geschirrspüler

Es geht mit Sicherheit ohne! Aber es ist ein Traum mit Geschirrspüler!

Ich hatte mit meiner damals noch 6-köpfigen Familie für ein halbes Jahr keinen Geschirrspüler und es war die Hölle, jeden Tag mehrfach abwaschen zu müssen.

Von der Wasser- und Stromrechnung möchte ich gar nicht reden. Die war um einige Euros erhöht.

Auch hier empfehle ich dir, **keine Tabs** zu nehmen, auch wenn die super praktisch sind mit 5 Millionen Funktionen, die sie erfüllen, weil mindestens 3 Inhaltsstoffe zeitgleich drin sind.

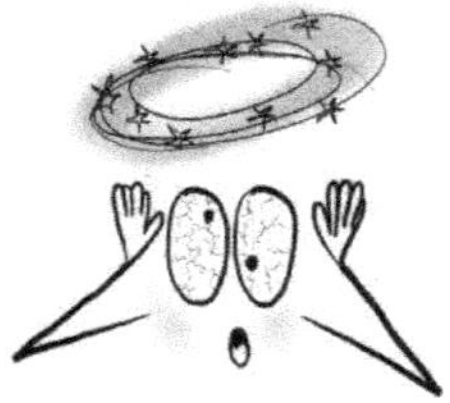

Tabs stehen auch hier im Verdacht, die Maschine auf Dauer kaputt zu machen. Außerdem sparst du Geld, weil du Pulver dosieren kannst.

Ein weiterer Vorteil, wenn du Pulver nimmst, ist der, dass das Salz, welches du extra nutzt, VOR dem Waschgang vom Spülprogramm eingeführt wird.

Meistens gibt es 3 bis 5 Programme.

Ich nehme in der Regel das energiesparendste Programm mit wenig Wasserverbrauch in der kürzesten Zeit. Noch mehr spart man, wenn man nachts wäscht und so die Möglichkeit hat, den Nachttarif für Strom zu nutzen. Allerdings ist hier Vorsicht geboten, denn in Mietwohnungen ist das Waschen nachts wegen der Lautstärke in der Regel verboten!

Herd/Ofen

Meistens hast du bereits Herd und Ofen kombiniert in einem Gerät in deiner Wohnung. Wenn nicht, ist die Auswahl online und im Laden riesengroß.

Es gibt **Elektroherde** und **Gasherde**. Mittlerweile gibt es sogar noch elektrisch betriebene **Ceran-** und **Induktionskochfelder**.

Induktionskochfelder haben den Vorteil, dass sie sehr energiesparend sind, weil sie nur dann heizen, wenn ein Topf draufsteht. Es wird nur so viel Energie erzeugt, wie du zum Kochen brauchst. Das spart enorm viel Strom und verhindert, dass du vergisst, den Herd auszuschalten. Hierfür gibt es auch extra Kochgeschirr, also magnetische Töpfe, die für Induktionskochfelder geeignet sind.

Wenn du einen Herd kaufen musst, lasse ihn dir unbedingt vom Verkäufer oder einem Elektriker anschließen.

Starkstrom ist kein Kinderspielzeug.

Aber wie kochst du eigentlich?

Nudeln kochen

Du hast Hunger und willst simple Nudeln kochen. Aber wie fängst du das an, ohne die Küche in Brand zu setzen?

Ganz einfach:

Entweder erhitzt du einen bis **2 Liter Wasser im Wasserkocher** oder im Topf mit geschlossenem Topfdeckel auf dem Herd bei höchster Stufe (in der Regel ist das zwischen 3 oder 14, je nach Herd).

Sobald das **Wasser kocht**, fügst du einen Teelöffel **Salz** hinzu.

Dann füllst du die **Nudeln in den Topf**, lässt die Kochplatte wenige Sekunden auf höchster Stufe mit geschlossenem Deckel kochen, bis das Wasser wieder blubbert. Dann nimmst du den Deckel ab (bevor es überkocht) und stellst den **Temperaturregler auf die mittlere Stufe**.

Du kochst jetzt die Nudeln ein paar Minuten. Sobald die **Nudeln fertig** gekocht sind, also bissfest und nicht matschig (es sei denn, du liebst Pampe), schaltest du den **Herd** wieder **aus**. Günstigerweise lässt du kaltes Wasser minimal in die Spüle laufen, während du jetzt die **Nudeln in ein Nudelsieb** in der Spüle abgießt. Entweder füllst du die Nudeln in den Topf zurück (kannst auch etwas Butter mit hineinklatschen – ist lecker) oder du lässt die Nudeln im Sieb und stellst das Sieb zurück auf den Topf. Den Topf stellst du auf den Herd (nicht auf die heiße Platte) oder einen Untersetzer.

Trockene Nudeln sind dir zu langweilig? Du isst alleine oder ihr seid zu zweit? Dann koche dir eine **Soße**.

Dann **schneide dir eine Zwiebel**, bei Bedarf auch etwas Knoblauch (ich nehme die chinesischen Single-Knoblauch-Knollen, danach riecht man nicht so unangenehm) sowie eine **Möhre**. Das **brätst du in der Pfanne** mit etwas (Kokos-)Fett an. Du kannst es mit etwas Brühepulver würzen. Sind die Zwiebeln glasig, fügst du etwa **500 Gramm (Rinder-)Hack** hinzu. Wenn du

Fleisch anbrätst, kannst du das auf (fast) voller Energiestufe machen, solltest aber nicht vom Herd weggehen, damit es dir nicht verbrennt.

Sobald das Fleisch braun gebraten ist, fügst du eine Tube oder **kleine Dose Tomatenmark** hinzu. Meistens nehme ich noch eine **Dose passierte Tomaten** (oder klein gehackte) Pizzatomaten und sorge damit für eine tomatige Soße. Wenn du das magst, kannst du nach dem Auffüllen noch einen Esslöffel **Crème fraîche** auf den Teller geben und **geraspelten (Gouda-)Käse** darüber streuen.

Fertig – guten Appetit!

Du siehst also anhand des obigen Beispiels, dass es beim Kochen nicht nur auf Zeiten ankommt, sondern auch auf die Temperatureinstellungen. Aber das sind Kleinigkeiten, an die du dich schnell gewöhnen wirst.

Wenn meine Kinder sich zum Beispiel ein Spiegelei in die Pfanne kloppen, lassen sie das Kokosfett (ist mega, auch bei Fleisch, weil es nicht stinkt und als natürliches Fett gesund ist) auf höchster Stufe schmelzen, hauen dann das Ei in die Pfanne und schalten die Herdplatte sofort runter auf die Hälfte (bei unserem Herd auf 5 oder 6), damit es nicht anbrennt. Steaks darfst du bei fast maximaler Temperatur anbraten. Ist der Rand bräunlich, wendest du es ein einziges Mal, damit es zart bleibt.

Soße, Milch und Sahne kochen wahnsinnig gerne über! Das ist ein riesiger Schweinkram, wenn du nicht aufpasst. Also hier niemals weggehen vom Herd und nicht zu heiß kochen.

Wie funktioniert das Backen?

Backen

Du willst etwas backen und hast keinen Plan, was die Symbole auf dem Ofen bedeuten?

Umlufthitze: wird heißer. Darum muss die Backtemperatur hier etwa 20° C niedriger eingestellt werden. Das spart Energie und Garzeit.

Ober-/Unterhitze: Hitze wird von oben und unten erzeugt. Das ist die klassische Art, Kekse zu backen, aber nur ein Blech auf einmal.

Unterhitze: Die Hitze wird vom unteren Heizelement erzeugt. Ich nehme die Funktion gerne zum Pizzabacken.

Grill: Diese Funktion eignet sich vor allem dazu, die letzten Minuten den Grill einzuschalten und Hähnchen und Co. zu bräunen.

Wenn du zum Beispiel **Hähnchenkeulen backen** willst, schiebst du die mittelgroßen Dinger für **30 bis 40 Minuten bei 180° C in den Ofen** (Umluft), Backblech auf die **mittlere Schiene**, und die letzten 10 Minuten schaltest du die Grillfunktion auf 220 bis 240° Grad.

Hast du mehrere Backbleche, die du zeitgleich nutzen willst, solltest du die **Umluftfunktion** nutzen.

Backst du **Kuchen**, die eher trocken sind, bietet sich die **Ober-/Unterhitze** an, weil das Gebäck damit saftiger bleibt.

Im Übrigen findest du mittlerweile ausführliche Anleitungen inklusive Back-/Bratzeiten in den Bedienungsanleitungen der Ofenhersteller.

Fernseher

Es gibt verschiedene TV-Geräte, wer soll da noch den Überblick behalten?

LCD-TVs haben zur Bilddarstellung Flüssigkeitskristalle und Leuchtstoffröhren für die Hintergrundbeleuchtung.

LED-TVs funktionieren wie LCD-TVs, allerdings sind die Leuchtstoffröhren durch Leuchtdioten ersetzt. Sie verbrauchen aber bis zu einem Drittel weniger Strom.

Plasma-TVs sind sehr groß (ab einer Größe von 42 Zoll – Bildschirmdiagonale 106 Zentimeter). Das Bild wird mithilfe von Gas erzeugt. Sie haben eine sehr gute Bildqualität, aber verbrauchen sehr viel Strom.

Die **Verbraucherzentrale** bringt regelmäßig Vergleichswerte heraus. Hier lohnt es sich also, mal zu gucken, welcher Fernseher energiesparend und damit umweltfreundlich ist[48].

Generell gilt, dass die Geräte natürlich Strom verbrauchen, wenn sie auf Stand-by geschaltet sind. Es wird empfohlen, sie komplett auszuschalten, aber dafür muss man wirklich sehr akribisch hinterher sein.

Bei der Verbraucherzentrale in deiner Region bekommst du viele Flyer und Broschüren zum Thema Energiesparen, auch zu verschiedenen Haushaltsgeräten.

Heizen + Lüften

Heizen kann jedes Kind. Heizung aufdrehen, ab aufs Sofa und schon wird es wohlig warm.

Das ist generell richtig, aber gerade im Winter, der Hauptjahreszeit zum Heizen, solltest du aufpassen, dass die Wände in der Wohnung nicht schimmeln.

Es empfiehlt sich, 2- bis 4-mal am Tag die Fenster komplett für 5 bis 10 Minuten aufzureißen, je nachdem wie lange und wie viele Personen sich den Tag über in den Räumen aufhalten.

---

[48] Quelle: Verbraucherzentrale Rheinland-Pfalz, Stand 11/2013.

Während du lüftest, schaltest du aber besser die Heizung ab, sonst versucht sich die hereinströmende Kälte durch mehr Heizenergie auszugleichen.

Müllentsorgung

Lach jetzt bitte nicht, aber ich habe erstaunlicherweise wirklich junge Leute getroffen, die keinerlei Ahnung von Mülltrennung haben. Darum nur ein klitzekleiner Hinweis.

In vielen Bundesländern gibt es die **Mülltrennung** von der Bio-Tonne bis zum Grünen Punkt.

Aber was ist was?

Bio-Tonne: Sie hat ein momentan total beliebtes Braun und wird vorwiegend mit Gemüseabfall gefüllt. Die Entsorgung ist in der Regel kostengünstiger als der Restmüll, aber wird nicht überall angeboten. Es gibt auch Entsorger, die den Biomüll in die Biogasanlage bringen. Dann kannst du in der braunen Tonne auch gekochte Speisereste sowie Fleisch und Wurst entsorgen. Letzteres gehört zum Beispiel NICHT auf den Komposthaufen, weil du sonst in deinem Garten Ratten und andere Tiere anlockst.

Restmüll: Ein Freund von mir meinte, ›eigentlich brauchen wir den Restmüll nicht, wenn man richtig trennt‹. Alles, was du in die schwarze Restmülltonne wirfst, wird verbrannt. In den Restmüll gehören Hygieneartikel wie Binden sowie Windeln, Tierkot, Streu, Asche, defekte Glühlampen, ausgemusterte Filzstifte, alte Fotos, zerbrochenes Porzellan u.v.m.

Gelbe Tonne: Seit 1991 gibt es in Deutschland auch den *Grünen Punkt*, den du vor allem auf vielen Plastikverpackungen sowie auf beschichteten (glänzend bedruckten) Kartons findest. Hier kannst du kostenlos Konservendosen, Menüschalen aus Metall von Fertiggerichten, Alufolie, Styropor und Plastikflaschen (ohne Pfand) entsorgen.

Blaue Tonne: Kommen wir zur letzten Möglichkeit, deinen Müll zu entsorgen, der blauen Tonne. In einigen Regionen ist die Papiertonne grün. Alles, was du an Papier hast (alte Zeitungen, Werbeprospekte, Pappe und Papier) kann dort hinein und wird regelmäßig kostenlos abgeholt. Es gibt natürlich auch Entsorgungsunternehmen, die dir pro Kilo Altpapier 0,60 Euro plus 19 Prozent Mehrwertsteuer bezahlen. Dann lohnt es sich zu sammeln und sich sein Taschengeld aufzubessern.

Hier wird dir geholfen

Scheue dich nicht davor, diese **Hilfen in Anspruch** zu **nehmen**, weil sich Probleme nicht durch Abwarten in Luft auflösen, sondern in der Regel eher schlimmer werden. Es ist keine Schande, etwas falsch zu machen oder falsch gemacht zu haben. Fehler macht jeder Mensch. Wichtig ist nur, dass du nicht nur aus den Fehlern lernst, sondern du die daraus entstehenden Probleme auch in Luft auflöst.

Wenn du dich alleine nicht traust, suche dir eine **Person deines Vertrauens**. Familie, Bekannte, Freunde und sogar (Vertrauens-)Lehrer/innen bieten sich hier an. Es gibt jedoch auch öffentliche Stellen, die du ansteuern kannst.

Finanzen

Schuldnerberatungen, zum Bespiel:
www.caritas.de
www.finanztip.de
www.verbraucherzentrale.de
www.schuldnerberatung.de

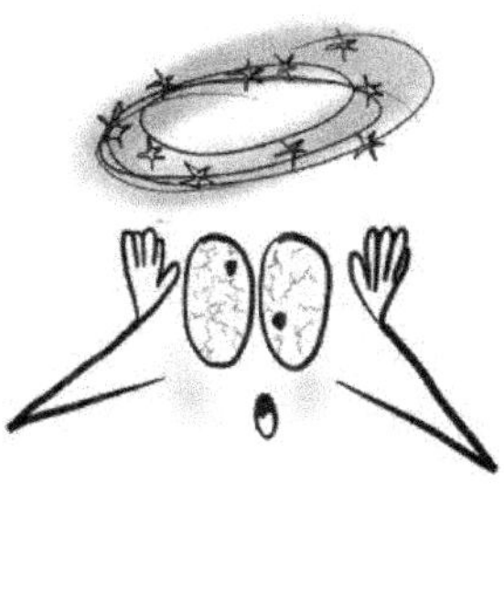

Minijob-Zentrale

www.minijob-zentrale.de.
Telefon 0355/2 90 27 07 99

Bundesministerium für Arbeit und Soziales
Telefon 030/2 21 91 10 04)

Suchtprobleme: zum Beispiel *Kauf-, Medien-, Spiel-, Drogensucht*
Drogen- und Suchtberatungsstellen, wie zum Beispiel:
Deutscher Caritasverband
Website: www.caritas.de

Arbeiterwohlfahrt e.V. (AWO)
Website: www.awo.org

Johanniter-Unfall-Hilfe
Website: www.johanniter.de

Mobile Drogenberater wie zum Beispiel:
FAB e.V.
Telefon: 03762/95140

TelefonSeelsorge®
Website: www.telefonseelsorge.de
Telefon: 0800/111 0 111 oder 0800/111 0 222 (kostenlos)
Es gibt hier auch eine *Chatseelsorge* und *Mailseelsorge*.

Nummer gegen Kummer (anonym und kostenlos)
Website: www.nummergegenkummer.de
Kinder- und Jugendtelefon: 116111
Elterntelefon: 0800/1110550

Verträge:
*Öffentliche Rechtsberatung: n*ur in Berlin, Bremen und Hamburg
In allen anderen Bundesländern kannst du *Beratungshilfe* direkt bei einem Rechtsanwalt oder beim Gericht beantragen

Verbraucherzentrale
Website: www.verbraucherzentrale.de
Mail: gemeinschaftsredaktion@verbraucherzentrale.de

Wohnung:
Den *Mieterschutzbund* gibt es in jedem Bundesland. Hier sei nur ein Beispiel genannt:
Website: www.mieterschutzbund.de
Mail: office@mieterschutzbund.de
Telefon: 02361/406470

Immobilienmakler:
viveto. Eine Marke der E.I.S. GmbH[49]
Reichsstraße 41
09112 Chemnitz
Telefon 0371/24 08 90 00
Mail: info@viveto-immobilien.de

[49] Bestelle liebe Grüße von mir und handele einen guten Preis aus!

Mein fettes Danke

Danksagungen sind so wahnsinnig schwierig, weil man auf der einen Seite niemanden vergessen, auf der anderen Seite aber auch alles in die richtigen Worte verpacken möchte. Und ja, auch ich als Autorin bin manchmal um Worte verlegen, dennoch will ich Anlauf nehmen, denn ich danke ganz vielen Menschen, die meinen Weg begleiten.

Und damit meine ›Danksagung‹ nicht mit der einer Beerdigung verwechselt wird, nenne ich sie ›mein fettes Danke‹.

Zunächst einmal danke ich meinen Kindern dafür, dass sie mein Leben bereichern und mich mit ihren Fehlern und Fragen an die Themen erinnert haben, die wichtig sind für diesen Ratgeber. Außerdem danke ich den vielen Jugendlichen, mit denen ich bisher zusammenarbeiten durfte. Es war nicht nur eine tolle Zeit, ihre Hilfegesuche haben mich erst auf die Idee gebracht, aus der Not ein Buch zu schreiben.

Ich danke Daniel für sein kritisches Feedback und Mitdenken, was die einzelnen Themen im Buch angeht.

Natürlich danke ich auch meiner Mom für ihren unerschütterlichen Glauben an mein Können, selbst wenn ich manchmal am Verzweifeln war.

Dann danke ich all meinen Freunden für ihre Unterstützung und den nötigen Scharfsinn, der mich manchmal aus meiner Erzählerwelt auf den Boden der Tatsachen zurückholt.

Ganz besonders danke ich Sandra, weil sie stets an mich glaubt und mir auch in schweren Stunden immer die richtigen Worte vor die Füße gelegt hat, damit ich wieder aufstehen konnte.

Außerdem danke ich Claudi für ihre Freundschaft und die wertvollen Tipps im Bankingbereich – es ist immer gut, mit Profis reden zu können.

Ich danke Claus Fleischhauer für seine vielen Tipps aus über 40 Jahren als Immobilienmakler sowie Mario Busse von viveto für seine Unterstützung und seinen Glauben an mich.

Ich danke Konny für den Einblick in die komplizierte Welt der Versicherungen. Es ist nach wie vor ein wilder Dschungel mit vielen Vorschriften und Regeln.

Ich danke meinem ›Köpfchenhoch‹-Coach Monika Fink, die es immer wieder versteht, mir den Kopf liebevoll, aber klar zurechtzurücken, wenn er mal wieder hängt.

Zudem danke ich meiner TV-Agentin Stephie Pierre, dass sie mich ins Glücksuniversum geschubst hat. Denn so habe ich meine megaherzliche Verlegerin Marion Glück kennengelernt sowie die coolste und tollste Illustratorin Angela Ziller und die begabte Graphikdesignerin Grit Gebauer. So viele Feen, die ihr Wissen und Können mit mir geteilt haben. Mann, bin ich reich! Reich an liebevollen Menschen in meiner Welt und reich an Erfahrungen – von denen meine Leser/innen heute profitieren dürfen.

Über die Autorin

Lilly Fröhlich alias Nicole Schwalbe

Als Juristin und Journalistin arbeitet Nicole Schwalbe schon seit vielen Jahren als Kinder- und Jugendbuchautorin ›Lilly Fröhlich‹. Sie ist in Hamburg geboren und aufgewachsen und vor vielen Jahren mit ihrer Familie nach Sachsen gezogen. Sie war lange Zeit Kinder- und Jugendtrainerin im Handball, hat einen Jugendclub geleitet und Kurse am Gymnasium gegeben.

Als Expertin für Lebensaufklärung hat sie ihren Fokus vor allem auf lebendige Aufklärungsliteratur gelegt, denn Aufklärung muss nicht staubtrocken sein. Mia und ihr kleiner Pinguin Fridolin haben es bereits an die Wiener Staatsoper geschafft und ihr Band ›Andersrum – Mia und die Regenbogenfamilie‹ werden von der Arbeitsgemeinschaft Jugendliteratur und Medien (AJuM) der GEW und dem Deutschen Lesben- und Schwulenverband (LSVD) für Schulen empfohlen und für Schulungen genutzt.

www.lilly-froehlich.de

Mail: autorin@lilly-froehlich.de

Weitere Werke der Autorenperle sind als Taschenbuch und E-Book erhältlich:

Ein Zwilling kommt niemals allein	ISBN: 9-783-740-75298-9
Du schon wieder	ISBN: 978-3-740-75312-2
Millionär auf Abwegen	ISBN: 978-3-740-75315-3
Interview mit Rumpelstilzchen Junior (Märchen)	ISBN: 978-3-740-705640
Zabzaraks Spiegel (Fantasy)	ISBN: 978-3-740-745875

Mia-Kinder-/Jugendbuchreihe: Kind- und jugendgerecht aufklärende Literatur, die nichts rosarot malt und doch so geschrieben ist, dass die Geschichten mit einem guten Gefühl abgeschlossen werden können und ein Lächeln in das Gesicht der Leser zaubert!

Band 1: Trennung	ISBN: 978-3-740-747596
Band 2: Andersrum	ISBN: 978-3-740-747954
Band 3: Neuanfang	ISBN: 978-3-740-748005
Band 4: Überlebenskampf	ISBN: 978-3-740-748043
Band 5: Entmobbt	ISBN: 978-3-740-745974
Band 6: Ungewollt	ISBN: 978-3-740-746148
Band 7: Seelenchaos	ISBN: 978-3-740-749750
Band 8: Drogen(un)glück	ISBN: 978-3-740-750527

Lillys kunterbunte
Bücherwelt

Zabzaraks
Spiegel
Lilly Fröhlich

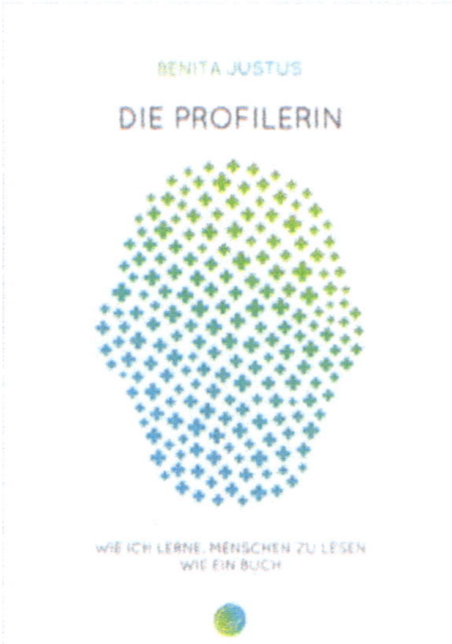

Das Wissen der headbased-Methode wird dir beim Aufbau von persönlichen Beziehungen, Führung von Mitarbeitenden, im Vertrieb und bei vielem mehr im Leben helfen.

Dank der Lektüre kannst du anschließend zwischen Gesichtsmerkmalen einen klaren Zusammenhang herstellen und dein Verhalten bewusst auf die Bedürfnisse deines Gegenübers anpassen.

Du erlernst ein System, das dir dabei hilft, objektiv einen klaren Zusammenhang zwischen bestimmten Gesichtsmerkmalen und Charaktereigenschaften herzustellen.

Dank des Profiling kannst du einen Menschen schon bei der ersten Begegnung richtig einschätzen und bessere und bewusste Entscheidungen treffen.

ISBN **Hardcover**-Print:
978-3-949536-02-1

ISBN **Softcover**-Print:
978-3-949536-07-6

ISBN **E-Pub**:
978-3-949536-06-9

www.headbased.com

Ich tue es, du tust es, wir alle tun es. Essen. Die unterschiedlichsten Ernährungsformen sind in aller Munde. Viele Menschen sind dabei auf der Suche nach der perfekten Diät oder Ernährungsweise. Der eine fragt sich, ob vegan tatsachlich die Lösung ist, für den nächsten scheint es logisch, dass Low Fat beim Abnehmen hilft. Hört man nicht auch immer wieder, dass weißes Fleisch gesünder sei als rotes Fleisch?

Und wie soll man sich gesunde Ernährung überhaupt leisten können?

Doch was ist denn nun wirklich gesund und wo bleiben intuitives Essverhalten und Bauchgefühl? Hier kommen wir ihnen näher und werden herausfinden, wie wir uns langfristig gesünder, glücklicher und leichter fühlen können. Neben interessanten Hintergrundinformationen zu Themen wie die Wirkung von Lebensmitteln oder dem Bauchhirn bilden praktische Tipps für die Umsetzung sowie passende Rezepte einen inspirativen Leitfaden.

ISBN Softcover-Print:
978-3-949536-09-0

ISBN E-Pub:
978-3-949536-10-6

www.vital-coaching.hamburg

Vielen Dank, dass du dich diesem Buch geöffnet hast.

Du bist neugierig und möchtest mehr vom Glücksuniversum?

Dann trage dich in unsere Glücksimpulse ein.

Bist Du GLÜCKlich?

Du möchtest ein Buch schreiben?

Als Ghostwriter empfehlen wir:

Lilly Fröhlich.